RACINE
ANDROMAQUE
SUIVIE DE
BRITANNICUS, PHÈDRE,
ESTHER, ATHALIE
ILLUSTRATIONS
DE
G. RIPART
ATHALIE
ESTHER
PARIS Vᵉ, MAURICE GLOMEAU

THÉATRE DE RACINE

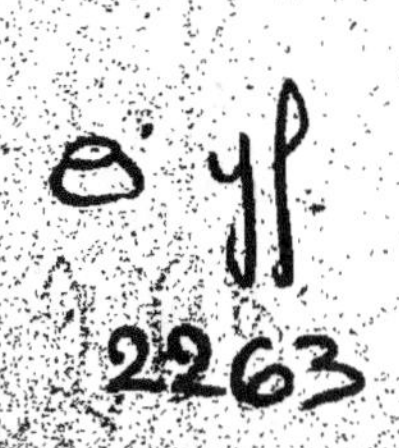

HIPPOLYTE
BRITANNICUS

RACINE

THÉÂTRE

★

ANDROMAQUE — BRITANNICUS

PHÈDRE

ESTHER — ATHALIE

ILLUSTRATIONS EN COULEURS DE

G. RIPART

PARIS-Ve

MAURICE GLOMEAU, ÉDITEUR

41, RUE PIERRE NICOLE

IL A ÉTÉ TIRÉ DE CET OUVRAGE 350 EXEMPLAIRES NUMÉROTÉS
SUR PAPIER PUR CHIFFON DES PAPETERIES DU MARAIS.

ANDROMAQUE

TRAGÉDIE

1667

———

A MADAME

Madame,

Ce n'est pas sans sujet que je mets votre illustre nom à la tête de cet ouvrage. Et de quel autre nom pourrrois-je éblouir les yeux de mes lecteurs, que de celui dont mes spectateurs ont été si heureusement éblouis ? On savoit que Votre Altesse Royale avoit daigné prendre soin de la conduite de ma tragédie ; on savoit que vous m'aviez prêté quelques-unes de vos lumières pour y ajouter de nouveaux ornements ; on savoit enfin que vous l'aviez honorée de quelques larmes dès la première lecture que je vous en fis. Pardonnez-moi, Madame, si j'ose me vanter de cet heureux commencement de sa destinée. Il me console bien glorieusement de la dureté de ceux qui ne voudroient pas s'en laisser toucher. Je leur permets de condamner l'*Andromaque* tant qu'ils voudront, pourvu qu'il me soit permis d'appeler de toutes les subtilités de leur esprit au cœur de Votre Altesse Royale.

Mais, Madame, ce n'est pas seulement du cœur que vous jugez de la bonté d'un ouvrage, c'est avec une intelligence qu'aucune fausse lueur ne sauroit tromper. Pouvons-nous mettre sur la scène une histoire que vous ne possédiez aussi bien que nous ? Pouvons-nous faire jouer une intrigue dont vous ne pénétriez tous les ressorts ? Et pouvons-nous concevoir des sentiments si nobles et si délicats qui ne soient infiniment au-dessous de la noblesse et de la délicatesse de vos pensées ?

On sait, Madame, et Votre Altesse Royale a beau s'en cacher, que, dans ce haut degré de gloire où la nature et la fortune ont pris plaisir de vous élever, vous ne dédaignez pas cette gloire obscure que les gens de lettres s'étoient réservée. Et il semble que vous ayez voulu avoir autant d'avantage sur notre sexe, par les connoissances et par la solidité de votre esprit, que vous excellez dans le vôtre par toutes les grâces qui vous environnent. La cour vous regarde comme l'arbitre de tout ce qui se fait d'agréable. Et nous qui travaillons pour plaire au public, nous n'avons plus que faire de demander aux savants si nous travaillons selon les règles : la règle souveraine est de plaire à Votre Altesse Royale.

Voilà, sans doute, la moindre de vos excellentes qualités. Mais, c'est la seule dont j'ai pu parler avec quelque connoissance : les autres sont trop élevées au-dessus de moi. Je n'en puis parler sans les rabaisser par la foiblesse de mes pensées, et sans sortir de la profonde vénération avec laquelle je suis,

Madame,
de votre altesse royale,

Le très humble, très obéissant,
et très fidèle serviteur.

Racine.

PREMIÈRE PRÉFACE

Mes personnages sont si fameux dans l'antiquité que, pour peu qu'on la connoisse, on verra fort bien que je les ai rendus tels que les anciens poètes nous les ont donnés : aussi n'ai-je pas pensé qu'il me fût permis de rien changer à leurs mœurs. Toute la liberté que j'ai prise, ç'a été d'adoucir un peu la férocité de Pyrrhus, que Sénèque, dans la *Troade*, et Virgile, dans le second livre de *l'Énéide*, ont poussée beaucoup plus loin que je n'ai cru le devoir faire ; encore s'est-il trouvé des gens qui se sont plaints qu'il s'emportât contre Andromaque, et qu'il voulût épouser une captive à quelque prix que ce fût ; et j'avoue qu'il n'est pas assez résigné à la volonté de sa maîtresse, et que Céladon a mieux connu que lui le parfait amour. Mais que faire ? Pyrrhus n'avoit pas lu nos romans ; il étoit violent de son naturel, et tous les héros ne sont pas faits pour être des Céladons.

Quoi qu'il en soit, le public m'a été trop favorable pour m'embarrasser du chagrin particulier de deux ou trois personnes qui voudroient qu'on réformât tous les héros de l'antiquité pour en faire des héros parfaits. Je trouve leur intention fort bonne de vouloir qu'on ne mette sur la scène que des hommes impeccables ; mais je les prie de se souvenir que ce n'est point à moi de changer les règles du théâtre. Horace nous recommande de peindre Achille farouche, inexorable, violent, tel qu'il étoit, et tel qu'on dépeint son fils ; Aristote, bien éloigné de nous demander des héros parfaits, veut au contraire que les personnages tragiques, c'est-à-dire ceux dont le malheur fait la catastrophe de la tragédie, ne soient ni tout à fait bons, ni tout à fait méchants. Il ne veut pas qu'ils soient extrêmement bons, parce que la punition d'un homme de bien exciteroit plus l'indignation que la pitié du spectateur ; ni qu'ils soient méchants avec excès, parce qu'on n'a point pitié d'un scélérat. Il faut donc qu'ils aient une bonté médiocre, c'est-à-dire une vertu capable de foiblesse, et qu'ils tombent dans le malheur par quelque faute qui les fasse plaindre sans les faire détester.

SECONDE PRÉFACE

Virgile au troisième livre de *l'Enéide* : c'est Énée qui parle :

> Littoraque Epiri legimus, portuque subimus
> Chaonio, et celsam Buthroti ascendimus urbem...
> . . . .
> . . . .
> Solemnes tum forte dapes, et tristia dona...
> . . . .
> Libabat cineri Andromache, Manesque vocabat
> Hectoreum ad tumulum, viridi quem cespite inanem,
> Et geminas, causam lacrymis, sacraverat aras...
> . . . .
> . . . .
> Dejecit vultum, et demissa voce locuta est :
> « O felix una ante alias Priameïa virgo,
> « Hostilem ad tumulum, Trojæ sub mœnibus altis,
> « Jussa mori, quæ sortitus non pertulit ullos,
> « Nec victoris heri tetigit captiva cubile !
> « Nos, patria incensa, diversa per æquora vectæ,
> « Stirpis Achilleæ fastus, juvenemque superbum,
> « Servitio enixæ tulimus, qui deinde secutus
> « Ledæam Hermionem, Lacedæmoniosque hymenæos...
> . . . .
> « Ast illum, ereptæ magno inflammatus amore
> « Conjugis, et scelerum Furiis agitatus, Orestes
> « Excipit incautum, patriasque obtruncat ad aras ».

Voilà en peu de vers, tout le sujet de cette tragédie, voilà le lieu de la scène, l'action qui s'y passe, les quatre principaux acteurs, et même leurs caractères, excepté celui d'Hermione dont la jalousie et les emportements sont assez marqués dans *l'Andromaque* d'Euripide.

C'est presque la seule chose que j'emprunte ici de cet auteur. Car, quoique ma tragédie porte le même nom que la sienne, le sujet en est cependant très différent. Andromaque, dans Euripide, craint pour la vie de Molossus, qui est un fils qu'elle a eu de Pyrrhus et qu'Hermione veut faire mourir avec sa mère. Mais ici il ne s'agit point de Molossus : Andromaque ne connoît point d'autre mari qu'Hector, ni d'autre fils qu'Astyanax. J'ai cru en cela me conformer à l'idée que nous avons maintenant de cette princesse. La plupart de ceux qui ont entendu parler d'Andromaque ne la connoissoient guère que pour la veuve d'Hector et pour la mère d'Astyanax. On ne croit point qu'elle doive aimer ni un autre mari, ni un autre fils ; et je doute que les larmes d'Andromaque eussent fait sur l'esprit de mes spectateurs l'impression qu'elles y ont faite, si elles avoient coulé pour un autre fils que celui qu'elle avoit d'Hector.

Il est vrai que j'ai été obligé de faire vivre Astyanax un peu plus qu'il n'a vécu ; mais j'écris dans un pays où cette liberté ne pouvoit pas être mal reçue. Car, sans parler de Ronsard, qui a choisi ce même Astyanax pour le héros de sa *Franciade*, qui ne sait que l'on fait descendre nos anciens rois de ce fils d'Hector, et que nos vieilles chroniques sauvent la vie à ce jeune prince, après la désolation de son pays, pour en faire le fondateur de notre monarchie ?

Combien Euripide a-t-il été plus hardi dans sa tragédie d'*Hélène* : il y choque ouvertement la créance commune de toute la Grèce : il suppose qu'Hélène n'a jamais mis le pied dans Troie, et qu'après l'embrasement de cette ville, Ménélas trouve sa femme en Égypte, d'où elle n'ètoit point partie ; tout cela fondé sur une opinion qui n'étoit reçue que parmi les Égyptiens, comme on le peut voir dans Hérodote.

Je ne crois pas que j'eusse besoin de cet exemple d'Euripide pour justifier le peu de liberté que j'ai prise. Car il y a bien de la différence entre détruire le principal fondement d'une fable et en altérer quelques incidents, qui changent presque de face dans toutes les mains qui les traitent. Ainsi Achille, selon la plupart des poètes, ne peut être blessé qu'au talon, quoique Homère le fasse blesser au bras, et ne le croie invulnérable en aucune partie de son corps. Ainsi Sophocle fait mourir Jocaste aussitôt après la reconnoissance d'Œdipe, tout au contraire d'Euripide qui la fait vivre jusqu'au combat et à la mort de ses deux fils. Et c'est à propos de quelques contrariétés de cette nature qu'un ancien commentateur de Sophocle remarque fort bien « qu'il ne faut point s'amuser à chicaner « les poètes pour quelques changements qu'ils ont pu faire dans la fable ; « mais qu'il faut s'attacher à considérer l'excellent usage qu'ils ont fait « de ces changements, et la manière ingénieuse dont ils ont su accommo- « der la fable à leur sujet ».

PERSONNAGES

ANDROMAQUE, veuve d'Hector, captive de Pyrrhus.
PYRRHUS, fils d'Achille, roi d'Épire.
ORESTE, fils d'Agamemnon.
HERMIONE, fille d'Hélène, accordée avec Pyrrhus.
PYLADE, ami d'Oreste.
CLÉONE, confidente d'Hermione.
CÉPHISE, confidente d'Andromaque.
PHŒNIX, gouverneur d'Achille, et ensuite de Pyrrhus.
SUITE D'ORESTE.

La scène est à Buthrote, ville d'Épire, dans une salle du palais de Pyrrhus.

ACTE PREMIER

SCÈNE I. — ORESTE, PYLADE

ORESTE

Oui, puisque je retrouve un ami si fidèle,
Ma fortune va prendre une face nouvelle ;
Et déjà son courroux semble s'être adouci
Depuis qu'elle a pris soin de nous rejoindre ici.
Qui l'eût dit, qu'un rivage à mes vœux si funeste
Présenteroit d'abord Pylade aux yeux d'Oreste ;
Q'après plus de six mois que je t'avois perdu,
A la cour de Pyrrhus tu me serois rendu ?

PYLADE

J'en rends grâce au ciel, qui, m'arrêtant sans cesse,
Sembloit m'avoir fermé le chemin de la Grèce,
Depuis le jour fatal que la fureur des eaux,
Presque aux yeux de l'Épire, écarta nos vaisseaux.
Combien, dans cet exil, ai-je souffert d'alarmes !
Combien à vos malheurs ai-je donné de larmes,
Craignant toujours pour vous quelque nouveau danger
Que ma triste amitié ne pouvoit partager !
Surtout je redoutois cette mélancolie
Où j'ai vu si longtemps votre âme ensevelie :
Je craignois que le ciel, par un cruel secours,
Ne vous offrît la mort que vous cherchiez toujours.
Mais je vous vois, seigneur ; et, si j'ose le dire,
Un destin plus heureux vous conduit en Épire :
Le pompeux appareil qui suit ici vos pas
N'est point d'un malheureux qui cherche le trépas.

ORESTE

Hélas ! qui peut savoir le destin qui m'amène ?
L'amour me fait ici chercher une inhumaine ;
Mais qui sait ce qu'il doit ordonner de mon sort,
Et si je viens chercher ou la vie ou la mort ?

PYLADE

Quoi ! votre âme à l'amour en esclave asservie
Se repose sur lui du soin de votre vie ?
Par quel charme, oubliant tant de tourments soufferts,
Pouvez-vous consentir à rentrer dans ses fers ?
Pensez-vous qu'Hermione, à Sparte inexorable,
Vous prépare en Épire un sort plus favorable ?
Honteux d'avoir poussé tant de vœux superflus,
Vous l'abhorriez ; enfin, vous ne m'en parliez plus :
Vous me trompiez, seigneur.

ORESTE

Je me trompois moi-même !
Ami, n'accable point un malheureux qui t'aime :
T'ai-je jamais caché mon cœur et mes désirs ?
Tu vis naître ma flamme et mes premiers soupirs :
Enfin, quand Ménélas disposa de sa fille
En faveur de Pyrrhus, vengeur de sa famille,
Tu vis mon désespoir ; et tu m'as vu depuis
Traîner de mers en mers ma chaîne et mes ennuis.
Je te vis à regret, en cet état funeste,
Prêt à suivre partout le déplorable Oreste,
Toujours de ma fureur interrompre le cours,
Et de moi-même enfin me sauver tous les jours.
Mais quand je me souviens que, parmi tant d'alarmes,
Hermione à Pyrrhus prodiguoit tous ses charmes,
Tu sais de quel courroux mon cœur alors épris
Voulut en l'oubliant punir tous ses mépris.
Je fis croire et je crus ma victoire certaine ;
Je pris tous mes transports pour des transports de haine.
Détestant ses rigueurs, rabaissant ses attraits,
Je défiois ses yeux de me troubler jamais.

Voilà comme je crus étouffer ma tendresse.
En ce calme trompeur j'arrivai dans la Grèce ;
Et je trouvai d'abord ses princes rassemblés,
Qu'un péril assez grand sembloit avoir troublés.
J'y courus. Je pensai que la guerre et la gloire
De soins plus importants rempliroient ma mémoire ;
Que, mes sens reprenant leur première vigueur,
L'amour achèveroit de sortir de mon cœur.
Mais admire avec moi le sort, dont la poursuite
Me fait courir alors au piège que j'évite.
J'entends de tous côtés qu'on menace Pyrrhus ;
Toute la Grèce éclate en murmures confus :
On se plaint qu'oubliant son sang et sa promesse
Il élève en sa cour l'ennemi de la Grèce,
Astyanax, d'Hector jeune et malheureux fils,
Reste de tant de rois sous Troie ensevelis.
J'apprends que pour ravir son enfance au supplice
Andromaque trompa l'ingénieux Ulysse,
Tandis qu'un autre enfant, arraché de ses bras,
Sous le nom de son fils fut conduit au trépas.
On dit que, peu sensible aux charmes d'Hermione,
Mon rival porte ailleurs son cœur et sa couronne.
Ménélas, sans le croire, en paroît affligé,
Et se plaint d'un hymen si longtemps négligé.
Parmi les déplaisirs où son âme se noie,
Il s'élève en la mienne une secrète joie :
Je triomphe ; et pourtant je me flatte d'abord
Que la seule vengeance excite ce transport.
Mais l'ingrate en mon cœur reprit bientôt sa place :
De mes feux mal éteints je reconnus la trace ;
Je sentis que ma haine alloit finir son cours,
Ou plutôt je sentis que je l'aimois toujours.
Ainsi de tous les Grecs je brigue le suffrage.
On m'envoie à Pyrrhus : j'entreprends ce voyage.
Je viens voir si l'on peut arracher de ses bras
Cet enfant dont la vie alarme tant d'États.
Heureux si je pouvois, dans l'ardeur qui me presse,

Au lieu d'Astyanax, lui ravir ma princesse !
Car enfin n'attends pas que mes feux redoublés
Des périls les plus grands puissent être troublés.
Puisque après tant d'efforts ma résistance est vaine,
Je me livre en aveugle au transport qui m'entraîne.
J'aime : je viens chercher Hermione en ces lieux,
La fléchir, l'enlever, ou mourir à ses yeux.
Toi qui connois Pyrrhus, que penses-tu qu'il fasse ?
Dans sa cour, dans son cœur, dis-moi ce qui se passe.
Mon Hermione encor le tient-il asservi ?
Me rendra-t-il, Pylade, un bien qu'il m'a ravi ?

PYLADE

Je vous abuserois, si j'osois vous promettre
Qu'entre vos mains, seigneur, il voulût la remettre.
Non que de sa conquête il paroisse flatté.
Pour la veuve d'Hector ses feux ont éclaté ;
Il l'aime : mais enfin cette veuve inhumaine
N'a payé jusqu'ici son amour que de haine ;
Et chaque jour encore on lui voit tout tenter
Pour fléchir sa captive, ou pour l'épouvanter.
De son fils qu'il lui cache il menace la tête,
Et fait couler des pleurs qu'aussitôt il arrête.
Hermione elle-même a vu plus de cent fois
Cet amant irrité revenir sous ses lois,
Et, de ses vœux troublés lui rapportant l'hommage,
Soupirer à ses pieds moins d'amour que de rage.
Ainsi n'attendez pas que l'on puisse aujourd'hui
Vous répondre d'un cœur si peu maître de lui :
Il peut, seigneur, il peut, dans ce désordre extrême,
Épouser ce qu'il hait, et perdre ce qu'il aime.

ORESTE

Mais dis-moi de quel œil Hermione peut voir
Son hymen différé, ses charmes sans pouvoir.

PYLADE

Hermione, seigneur, au moins en apparence,
Semble de son amant dédaigner l'inconstance.

Et croit que, trop heureux de fléchir sa rigueur,
Il la viendra presser de reprendre son cœur.
Mais je l'ai vue enfin me confier ses larmes :
Elle pleure en secret le mépris de ses charmes ;
Toujours prête à partir, et demeurant toujours,
Quelquefois elle appelle Oreste à son secours.

ORESTE

Ah ! si je le croyois, j'irois bientôt, Pylade,
Me jeter...

PYLADE

Achevez, seigneur, votre ambassade.
Vous attendez le roi : parlez, et lui montrez
Contre le fils d'Hector tous les Grecs conjurés.
Loin de leur accorder ce fils de sa maîtresse,
Leur haine ne fera qu'irriter sa tendresse.
Plus on les veut brouiller, plus on va les unir.
Pressez : demandez tout, pour ne rien obtenir.
Il vient.

ORESTE

Eh bien ! va donc disposer la cruelle
A revoir un amant qui ne vient que pour elle.

SCÈNE II. — PYRRHUS, ORESTE, PHŒNIX

ORESTE

Avant que tous les Grecs vous parlent par ma voix,
Souffrez que j'ose ici me flatter de leur choix,
Et qu'à vos yeux, seigneur, je montre quelque joie
De voir le fils d'Achille et le vainqueur de Troie.
Oui, comme ses exploits nous admirons vos coups.
Hector tomba sous lui, Troie expira sous vous ;
Et vous avez montré, par une heureuse audace,
Que le fils seul d'Achille a pu remplir sa place.
Mais, ce qu'il n'eût point fait, la Grèce avec douleur
Vous voit du sang troyen relever le malheur,
Et, vous laissant toucher d'une pitié funeste,

D'une guerre si longue entretenir le reste.
Ne vous souvient-il plus, seigneur, quel fut Hector ?
Nos peuples affoiblis s'en souviennent encor.
Son nom seul fait frémir nos veuves et nos filles,
Et dans toute la Grèce il n'est point de familles
Qui ne demandent compte à ce malheureux fils
D'un père ou d'un époux qu'Hector leur a ravis.
Et qui sait ce qu'un jour ce fils peut entreprendre ?
Peut-être dans nos ports nous le verrons descendre,
Tel qu'on a vu son père embraser nos vaisseaux,
Et, la flamme à la main, les suivre sur les eaux.
Oserai-je, seigneur, dire ce que je pense ?
Vous-même de vos soins craignez la récompense,
Et que dans votre sein ce serpent élevé
Ne vous punisse un jour de l'avoir conservé.
Enfin, de tous les Grecs satisfaites l'envie,
Assurez leur vengeance, assurez votre vie :
Perdez un ennemi d'autant plus dangereux,
Qu'il essaie sur vous à combattre contre eux.

PYRRHUS

La Grèce en ma faveur est trop inquiétée :
De soins plus importants je l'ai crue agitée,
Seigneur, et sur le nom de son ambassadeur,
J'avois dans ses projets conçu plus de grandeur.
Qui croiroit en effet qu'une telle entreprise
Du fils d'Agamemnon méritât l'entremise ;
Qu'un peuple tout entier tant de fois triomphant,
N'eût daigné conspirer que la mort d'un enfant ?
Mais à qui prétend-on que je le sacrifie ?
La Grèce a-t-elle encor quelque droit sur sa vie ?
Et, seul de tous les Grecs, ne m'est-il pas permis
D'ordonner d'un captif que le sort m'a soumis ?
Oui, seigneur, lorsqu'au pied des murs fumants de Troie
Les vainqueurs tout sanglants partagèrent leur proie,
Le sort, dont les arrêts furent alors suivis,
Fit tomber en mes mains Andromaque et son fils,

Hécube près d'Ulysse acheva sa misère ;
Cassandre dans Argos a suivi votre père :
Sur eux, sur leurs captifs, ai-je étendu mes droits ?
Ai-je enfin disposé du fruit de leurs exploits ?
On craint qu'avec Hector Troie un jour ne renaisse :
Son fils peut me ravir le jour que je lui laisse.
Seigneur, tant de prudence entraîne trop de soin :
Je ne sais point prévoir les malheurs de si loin.
Je songe quelle étoit autrefois cette ville
Si superbe en remparts, en héros si fertile,
Maîtresse de l'Asie ; et je regarde enfin
Quel fut le sort de Troie, et quel est son destin :
Je ne vois que des tours que la cendre a couvertes,
Un fleuve teint de sang, des campagnes désertes,
Un enfant dans les fers ; et je ne puis songer
Que Troie en cet état aspire à se venger.
Ah ! si du fils d'Hector la perte étoit jurée,
Pourquoi d'un an entier l'avons-nous différée ?
Dans le sein de Priam n'a-t-on pu l'immoler ?
Sous tant de morts, sous Troie, il falloit l'accabler.
Tout étoit juste alors : la vieillesse et l'enfance
En vain sur leur foiblesse appuyoient leur défense ;
La victoire et la nuit, plus cruelles que nous,
Nous excitoient au meurtre, et confondoient nos coups.
Mon courroux aux vaincus ne fut que trop sévère.
Mais que ma cruauté survive à ma colère,
Que, malgré la pitié dont je me sens saisir,
Dans le sang d'un enfant je me baigne à loisir ?
Non, seigneur : que les Grecs cherchent quelque autre proie :
Qu'ils poursuivent ailleurs ce qui reste de Troie ;
De mes inimitiés le cours est achevé.
L'Épire sauvera ce que Troie a sauvé.

ORESTE

Seigneur, vous savez trop avec quel artifice
Un faux Astyanax fut offert au supplice
Où le seul fils d'Hector devoit être conduit ;

Ce n'est pas les Troyens, c'est Hector qu'on poursuit.
Oui, les Grecs sur le fils persécutent le père ;
Il a par trop de sang acheté leur colère.
Ce n'est que dans le sien qu'elle peut expirer ;
Et jusque dans l'Épire il les peut attirer :
Prévenez-les.

PYRRHUS

      Non, non. J'y consens avec joie !
Qu'ils cherchent dans l'Épire une seconde Troie ;
Qu'ils confondent leur haine, et ne distinguent plus
Le sang qui les fit vaincre, et celui des vaincus.
Aussi bien ce n'est pas la première injustice
Dont la Grèce d'Achille a payé le service.
Hector en profita, seigneur ; et quelque jour
Son fils en pourroit bien profiter à son tour.

ORESTE

Ainsi la Grèce en vous trouve un enfant rebelle ?

PYRRHUS

Et je n'ai donc vaincu que pour dépendre d'elle ?

ORESTE

Hermione, seigneur, arrêtera vos coups :
Ses yeux s'opposeront entre son père et vous.

PYRRHUS

Hermione, seigneur, peut m'être toujours chère.
Je puis l'aimer, sans être esclave de son père ;
Et je saurai peut-être accorder quelque jour
Les soins de ma grandeur et ceux de mon amour.
Vous pouvez cependant voir la fille d'Hélène :
Du sang qui vous unit je sais l'étroite chaîne.
Après cela, seigneur, je ne vous retiens plus,
Et vous pourrez aux Grecs annoncer mon refus.

SCÈNE III. — PYRRHUS, PHŒNIX

PHŒNIX

Ainsi vous l'envoyez aux pieds de sa maîtresse !

PYRRHUS

On dit qu'il a longtemps brûlé pour la princesse.

PHŒNIX

Mais si ce feu, seigneur, vient à se rallumer,
S'il lui rendoit son cœur, s'il s'en faisoit aimer ?

PYRRHUS

Ah ! qu'ils s'aiment, Phœnix ! J'y consens : qu'elle parte ;
Que, charmés l'un de l'autre, ils retournent à Sparte ?
Tous nos ports sont ouverts et pour elle et pour lui.
Qu'elle m'épargneroit de contrainte et d'ennui !

PHŒNIX

Seigneur...

PYRRHUS

          Une autre fois je t'ouvrirai mon âme :
Andromaque paroît.

SCÈNE IV. — PYRRHUS, ANDROMAQUE, PHŒNIX, CÉPHISE

PYRRHUS

          Me cherchiez-vous, madame ?
Un espoir si charmant me seroit-il permis ?

ANDROMAQUE

Je passois jusqu'aux lieux où l'on garde mon fils.
Puisqu'une fois le jour vous souffrez que je voie
Le seul bien qui me reste et d'Hector et de Troie,
J'allois seigneur, pleurer un moment avec lui :
Je ne l'ai point encore embrassé d'aujourd'hui !

PYRRHUS

Ah, madame ! les Grecs, si j'en crois leurs alarmes,
Vous donneront bientôt d'autres sujets de larmes.

ANDROMAQUE

Et quelle est cette peur dont leur cœur est frappé,
Seigneur ? Quelque Troyen vous est-il échappé ?

PYRRHUS

Leur haine pour Hector n'est pas encore éteinte :
Ils redoutent son fils.

ANDROMAQUE

        Digne objet de leur crainte !
Un enfant malheureux qui ne sait point encor
Que Pyrrhus est son maître, et qu'il est fils d'Hector !

PYRRHUS

Tel qu'il est, tous les Grecs demandent qu'il périsse.
Le fils d'Agamemnon vient hâter son supplice.

ANDROMAQUE

Et vous prononcerez un arrêt si cruel ?
Est-ce mon intérêt qui le rend criminel ?
Hélas ! on ne craint point qu'il venge un jour son père ;
On craint qu'il n'essuyât les larmes de sa mère.
Il m'auroit tenu lieu d'un père et d'un époux ;
Mais il me faut tout perdre, et toujours par vos coups.

PYRRHUS

Madame, mes refus ont prévenu vos larmes.
Tous les Grecs m'ont déjà menacé de leurs armes ;
Mais, dussent-ils encore, en repassant les eaux,
Demander votre fils avec mille vaisseaux,
Coutât-il tout le sang qu'Hélène a fait répandre,
Dussé-je après dix ans voir mon palais en cendre,
Je ne balance point, je vole à son secours,
Je défendrai sa vie aux dépens de mes jours.
Mais, parmi ces périls où je cours pour vous plaire,
Me refuserez-vous un regard moins sévère ?
Haï de tous les Grecs, pressé de tous côtés,
Me faudra-t-il combattre encor vos cruautés ?
Je vous offre mon bras. Puis-je espérer encore
Que vous accepterez un cœur qui vous adore ?
En combattant pour vous, me sera-t-il permis
De ne vous point compter parmi mes ennemis ?

ANDROMAQUE

Seigneur, que faites-vous, et que dira la Grèce ?
Faut-il qu'un si grand cœur montre tant de foiblesse.
Voulez-vous qu'un dessein si beau, si généreux,
Passe pour le transport d'un esprit amoureux ?
Captive, toujours triste, importune à moi-même,
Pouvez-vous souhaiter qu'Andromaque vous aime ?
Quels charmes ont pour vous des yeux infortunés
Qu'à des pleurs éternels vous avez condamnés ?
Non, non : d'un ennemi respecter la misère,
Sauver des malheureux, rendre un fils à sa mère,
De cent peuples pour lui combattre la rigueur,
Sans me faire payer son salut de mon cœur
Malgré moi, s'il le faut, lui donner un asile ;
Seigneur, voilà des soins dignes du fils d'Achille.

PYRRHUS

Hé quoi ! votre courroux n'a-t-il pas eu son cours ?
Peut-on haïr sans cesse ? et punit-on toujours ?
J'ai fait des malheureux, sans doute ; et la Phrygie
Cent fois de votre sang a vu ma main rougie ;
Mais que vos yeux sur moi se sont bien exercés !
Qu'ils m'ont vendu bien cher les pleurs qu'ils ont versés !
De combien de remords m'ont-ils rendu la proie !
Je souffre tous les maux que j'ai faits devant Troie :
Vaincu, chargé de fers, de regrets consumé,
Brûlé de plus de feux que je n'en allumai,
Tant de soins, tant de pleurs, tant d'ardeurs inquiètes...
Hélas ! fus-je jamais si cruel que vous l'êtes ?
Mais enfin, tour à tour, c'est assez nous punir ;
Nos ennemis communs devroient nous réunir ;
Madame, dites-moi seulement que j'espère,
Je vous rends votre fils, et je lui sers de père ;
Je l'instruirai moi-même à venger les Troyens ;
J'irai punir les Grecs de vos maux et des miens.
Animé d'un regard, je puis tout entreprendre :
Votre Illion encor peut sortir de sa cendre ;

Je puis, en moins de temps que les Grecs ne l'ont pris,
Dans ses murs relevés couronner votre fils.

ANDROMAQUE

Seigneur, tant de grandeurs ne nous touchent plus guère ;
Je les lui promettois tant qu'a vécu son père.
Non, vous n'espérez plus de nous revoir encor,
Sacrés murs, que r'a pu conserver mon Hector !
A de moindres faveurs des malheureux prétendent,
Seigneur ; c'est un exil que mes pleurs vous demandent.
Souffrez que, loin des Grecs, et même loin de vous,
J'aille cacher mon fils, et pleurer mon époux.
Votre amour contre nous allume trop de haine,
Retournez, retournez à la fille d'Hélène.

PYRRHUS

Et le puis-je, madame ? Ah ! que vous me gênez !
Comment lui rendre un cœur que vous me retenez ?
Je sais que de mes vœux on lui promit l'empire ;
Je sais que pour régner elle vint dans l'Épire ;
Le sort vous y voulut l'une et l'autre amener,
Vous pour porter des fers, elle pour en donner.
Cependant ai-je pris quelque soin de lui plaire ?
Et ne diroit-on pas, en voyant au contraire,
Vos charmes tout-puissants, et les siens dédaignés,
Qu'elle est ici captive, et ques vou y régnez ?
Ah ! qu'un seul des soupirs que mon cœur vous envoie,
S'il s'échappoit vers elle, y porteroit de joie.

ANDROMAQUE

Et pourquoi vos soupirs seroient-ils repoussés ?
Auroit-elle oublié vos services passés ?
Troie, Hector, contre vous, révoltent-ils son âme ?
Aux cendres d'un époux doit-elle enfin sa flamme !
Et quel époux encore ! Ah ! souvenir cruel !
Sa mort seule a rendu votre père immortel :
Il doit au sang d'Hector tout l'éclat de ses armes ;
Et vous n'êtes tous deux connus que par mes larmes.

" Madame, dites-moi seulement que j'espère,
" Je vous rends votre fils, et lui sers de père; "

(Andromaque, acte I, scène IV)

PYRRHUS

Eh bien, madame, eh bien, il faut vous obéir :
Il faut vous oublier, ou plutôt vous haïr.
Oui, mes yeux ont trop loin poussé leur violence
Pour ne plus s'arrêter que dans l'indifférence ;
Songez-y bien : il faut désormais que mon cœur,
S'il n'aime avec transport, haïsse avec fureur.
Je n'épargnerai rien dans ma juste colère :
Le fils me répondra des mépris de la mère ;
La Grèce le demande ; et je ne prétends pas
Mettre toujours ma gloire à sauver des ingrats.

ANDROMAQUE

Hélas ! il mourra donc ! Il n'a pour sa défense
Que les pleurs de sa mère, et que son innocence...
Et peut-être après tout, en l'état où je suis,
Sa mort avancera la fin de mes ennuis.
Je prolongeois pour lui ma vie et ma misère ;
Mais enfin sur ses pas j'irai revoir son père.
Ainsi, tous trois, seigneur, par vos soins réunis,
Nous vous...

PYRRHUS

          Allez, madame, allez voir votre fils.
Peut-être, en le voyant, votre amour plus timide
Ne prendra pas toujours sa colère pour guide.
Pour savoir nos destins j'irai vous retrouver :
Madame, en l'embrassant, songez à le sauver.

ACTE DEUXIÈME

SCÈNE I. — HERMIONE, CLÉONE

HERMIONE

Je fais ce que tu veux ; je consens qu'il me voie ;
Je lui veux bien encore accorder cette joie.
Pylade va bientôt conduire ici ses pas ;
Mais, si je m'en croyois, je ne le verrois pas.

CLÉONE

Et qu'est-ce que sa vue a pour vous de funeste ?
Madame, n'est-ce pas toujours le même Oreste
Dont vous avez cent fois souhaité le retour,
Et dont vous regrettiez la constance et l'amour ?

HERMIONE

C'est cet amour payé de trop d'ingratitude
Qui me rend en ces lieux sa présence si rude.
Quelle honte pour moi, quel triomphe pour lui,
De voir mon infortune égaler son ennui !
Est-ce là, dira-t-il, cette fière Hermione ?
Elle me dédaignoit ; un autre l'abandonne :
L'ingrate qui mettoit son cœur à si haut prix,
Apprend donc, à son tour, à souffrir des mépris ?
Ah dieux !

CLÉONE

Ah ! dissipez ces indignes alarmes :
Il a trop bien senti le pouvoir de vos charmes.
Vous croyez qu'un amant vienne vous insulter ?
Il vous rapporte un cœur qu'il n'a pu vous ôter.
Mais vous ne dites point ce que vous mande un père ?

HERMIONE

Dans ses retardements si Pyrrhus persévère,
A la mort du Troyen s'il ne veut consentir,
Mon père avec les Grecs m'ordonne de partir.

CLÉONE

Eh bien, madame, eh bien, écoutez donc Oreste.
Pyrrhus a commencé, faites au moins le reste.
Pour bien faire il faudroit que vous le prévinssiez :
Ne m'avez-vous pas dit que vous le haïssiez ?

HERMIONE

Si je le hais, Cléone ! Il y va de ma gloire,
Après tant de bontés dont il perd la mémoire ;
Lui qui me fut si cher, et qui m'a pu trahir !
Ah ! je l'ai trop aimé, pour ne le point haïr !

CLÉONE

Fuyez-le donc, madame ; et puisqu'on vous adore...

HERMIONE

Ah ! laisse à ma fureur le temps de croître encore !
Contre mon ennemi laisse-moi m'assurer ;
Cléone, avec horreur je m'en veux séparer.
Il n'y travaillera que trop bien, l'infidèle !

CLÉONE

Quoi ! vous en attendez quelque injure nouvelle ?
Aimer une captive, et l'aimer à vos yeux,
Tout cela n'a donc pu vous le rendre odieux ?
Après ce qu'il a fait, que sauroit-il donc faire ?
Il vous auroit déplu, s'il pouvoit vous déplaire.

HERMIONE

Pourquoi veux-tu, cruelle, irriter mes ennuis ?
Je crains de me connoître en l'état où je suis.
De tout ce que tu vois tâche de ne rien croire ;
Crois que je n'aime plus, vante-moi ma victoire ;
Crois que dans son dépit mon cœur est endurci ;
Hélas ! et, s'il se peut, fais-le moi croire aussi.
Tu veux que je le fuie ? Eh bien ! rien ne m'arrête :

Allons, n'envions plus son indigne conquête ;
Que sur lui sa captive étende son pouvoir ;
Fuyons... Mais si l'ingrat rentroit dans son devoir ;
Si la foi dans son cœur retrouvoit quelque place ;
S'il venoit à mes pieds me demander sa grâce ;
Si sous mes lois, Amour, tu pouvois l'engager ;
S'il vouloit... Mais l'ingrat ne veut que m'outrager.
Demeurons toutefois pour troubler leur fortune ;
Prenons quelque plaisir à leur être importune ;
Ou, le forçant de rompre un nœud si solennel,
Aux yeux de tous les Grecs rendons-le criminel.
J'ai déjà sur le fils attiré leur colère ;
Je veux qu'on vienne encor lui demander la mère.
Rendons-lui les tourments qu'elle m'a fait souffrir ;
Qu'elle le perde, ou bien qu'il la fasse périr.

CLÉONE

Vous pensez que des yeux toujours ouverts aux larmes
Se plaisent à troubler le pouvoir de vos charmes,
Et qu'un cœur accablé de tant de déplaisirs
De son persécuteur ait brigué les soupirs ?
Voyez si sa douleur en paroit soulagée :
Pourquoi donc les chagrins où son âme est plongée ?
Contre un amant qui plaît pourquoi tant de fierté ?

HERMIONE

Hélas ! pour mon malheur, je l'ai trop écouté.
Je n'ai point du silence affecté le mystère :
Je croyois sans péril pouvoir être sincère ;
Et, sans armer mes yeux d'un moment de rigueur,
Je n'ai pour lui parler consulté que mon cœur.
Et qui ne se seroit comme moi déclarée
Sur la foi d'un amour si saintement jurée ?
Me voyoit-il de l'œil qu'il me voit aujourd'hui ?
Tu t'en souviens encor, tout conspiroit pour lui :
Ma famille vengée, et les Grecs dans la joie,
Nos vaisseaux tout chargés des dépouilles de Troie,
Les exploits de son père effacés par les siens,

Ses feux que je croyois plus ardents que les miens,
Mon cœur... toi-même enfin de sa gloire éblouie,
Avant qu'il me trahît, vous m'avez tous trahie.
Mais c'en est trop, Cléone, et quel que soit Pyrrhus,
Hermione est sensible, Oreste a des vertus ;
Il sait aimer du moins, et même sans qu'on l'aime,
Et peut-être il saura se faire aimer lui-même.
Allons. Qu'il vienne enfin.

CLÉONE
Madame, le voici.

HERMIONE
Ah ! je ne croyois pas qu'il fût si près d'ici.

SCÈNE II. — HERMIONE, ORESTE, CLÉONE

HERMIONE
Le croirai-je, seigneur, qu'un reste de tendresse
Vous fasse ici chercher une triste princesse ?
Ou ne dois-je imputer qu'à votre seul devoir
L'heureux empressement qui vous porte à me voir ?

ORESTE
Tel est de mon amour l'aveuglement funeste,
Vous le savez, madame ; et le destin d'Oreste
Est de venir sans cesse adorer vos attraits,
Et de jurer toujours qu'il n'y viendra jamais.
Je sais que vos regards vont rouvrir mes blessures,
Que tous mes pas vers vous sont autant de parjures :
Je le sais, j'en rougis. Mais j'atteste les dieux,
Témoins de la fureur de mes derniers adieux,
Que j'ai couru partout où ma perte certaine
Dégageoit mes serments et finissoit ma peine.
J'ai mendié la mort chez des peuples cruels
Qui n'apaisoient leurs dieux que du sang des mortels :
Ils m'ont fermé leur temple ; et ces peuples barbares
De mon sang prodigué sont devenus avares.
Enfin je viens à vous, et je me vois réduit

A chercher dans vos yeux une mort qui me fuit.
Mon désespoir n'attend que leur indifférence :
Ils n'ont qu'à m'interdire un reste d'espérance ;
Ils n'ont pour avancer cette mort où je cours,
Qu'à me dire une fois ce qu'ils m'ont dit toujours.
Voilà, depuis un an, le seul soin qui m'anime.
Madame, c'est à vous de prendre une victime
Que les Scythes auroient dérobée à vos coups
Si j'en avois trouvé d'aussi cruels que vous.

HERMIONE

Quittez, seigneur, quittez ce funeste langage :
A des soins plus pressants la Grèce vous engage.
Que parlez-vous du Scythe et de mes cruautés ?
Songez à tous ces rois que vous représentez.
Faut-il que d'un transport leur vengeance dépende ?
Est-ce le sang d'Oreste enfin qu'on vous demande ?
Dégagez-vous des soins dont vous êtes chargé.

ORESTE

Les refus de Pyrrhus m'ont assez dégagé,
Madame : il me renvoie ; et quelque autre puissance
Lui fait du fils d'Hector embrasser la défense.

HERMIONE

L'infidèle !

ORESTE

    Ainsi donc, tout prêt à le quitter,
Sur mon propre destin je viens vous consulter.
Déjà même je crois entendre la réponse
Qu'en secret contre moi votre haine prononce.

HERMIONE

Hé quoi ! toujours injuste en vos tristes discours,
De mon inimitié vous plaindrez-vous toujours ?
Quelle est cette rigueur tant de fois alléguée ?
J'ai passé dans l'Épire où j'étois reléguée ;
Mon père l'ordonnoit : mais qui sait si depuis
Je n'ai point en secret partagé vos ennuis ?

Pensez-vous avoir seul éprouvé des alarmes ;
Que l'Épire jamais n'ait vu couler mes larmes ?
Enfin, qui vous a dit que, malgré mon devoir,
Je n'ai pas quelquefois souhaité de vous voir ?

ORESTE

Souhaité de me voir ! Ah, divine princesse...
Mais, de grâce, est-ce à moi que ce discours s'adresse ?
Ouvrez vos yeux : songez qu'Oreste est devant vous,
Oreste, si longtemps l'objet de leur courroux.

HERMIONE

Oui, c'est vous dont l'amour, naissant avec leurs charmes,
Leur apprit le premier le pouvoir de leurs armes ;
Vous que mille vertus me forçoient d'estimer ;
Vous que j'ai plaint, enfin que je voudrois aimer.

ORESTE

Je vous entends. Tel est mon partage funeste :
Le cœur est pour Pyrrhus, et les vœux pour Oreste.

HERMIONE

Ah ! ne souhaitez pas le destin de Pyrrhus,
Je vous haïrois trop.

ORESTE

        Vous m'en aimeriez plus.
Ah, que vous me verriez d'un regard bien contraire !
Vous me voulez aimer, et je ne puis vous plaire ;
Et, l'amour seul alors se faisant obéir,
Vous m'aimeriez, madame, en me voulant haïr.
O dieux ! tant de respect, une amitié si tendre...
Que de raisons pour moi, si vous pouviez m'entendre !
Vous seule pour Pyrrhus disputez aujourd'hui,
Peut-être malgré vous, sans doute malgré lui :
Car enfin il vous hait ; son âme, ailleurs éprise,
N'a plus...

HERMIONE

        Qui vous l'a dit, seigneur qu'il me méprise ?
Ses regards, ses discours vous l'ont-ils donc appris ?

Jugez-vous que ma vue inspire des mépris,
Qu'elle allume en un cœur des feux si peu durables ?
Peut-être d'autres yeux me sont plus favorables.

ORESTE

Poursuivez : il est beau de m'insulter ainsi.
Cruelle, c'est donc moi qui vous méprise ici.
Vos yeux n'ont pas assez éprouvé ma constance ?
Je suis donc un témoin de leur peu de puissance ?
Je les ai méprisés ! Ah ! qu'ils voudraient bien voir
Mon rival comme moi mépriser leur pouvoir !

HERMIONE

Que m'importe, seigneur, sa haine ou sa tendresse !
Allez contre un rebelle armer toute la Grèce ;
Rapportez-lui le prix de sa rébellion ;
Qu'on fasse de l'Épire un second Illion :
Allez. Après cela direz-vous que je l'aime ?

ORESTE

Madame, faites plus, et venez-y vous-même.
Voulez-vous demeurer pour otage en ces lieux ?
Venez dans tous les cœurs faire parler vos yeux,
Faisons de notre haine une commune attaque.

HERMIONE

Mais, seigneur, cependant, s'il épouse Andromaque !

ORESTE

Eh, Madame !

HERMIONE

Songez quelle honte pour nous,
Si d'une Phrygienne il devenoit l'époux !

ORESTE

Et vous le haïssez ! Avouez-le, madame,
L'amour n'est pas un feu qu'on renferme en une âme ;
Tout nous trahit, la voix, le silence, les yeux ;
Et les feux mal couverts n'en éclatent que mieux.

HERMIONE

Seigneur, je le vois bien, votre âme prévenue
Répand sur mes discours le venin qui la tue,
Toujours dans mes raisons cherche quelque détour,
Et croit qu'en moi la haine est un effort d'amour.
Il faut donc m'expliquer. : vous agirez ensuite.
Vous savez qu'en ces lieux mon devoir m'a conduite ;
Mon devoir m'y retient ; et je n'en puis partir
Que mon père ou Pyrrhus ne m'en fassent sortir.
De la part de mon père allez lui faire entendre
Que l'ennemi des Grecs ne peut être son gendre ;
Du Troyen ou de moi faites-le décider ;
Qu'il songe qui des deux il veut rendre ou garder ;
Enfin, qu'il me renvoie, ou bien qu'il vous le livre.
Adieu. S'il y consent, je suis prête à vous suivre.

SCÈNE III. — ORESTE

Oui, oui, vous me suivrez, n'en doutez nullement ;
Je vous réponds déjà de son consentement.
Je ne crains pas enfin que Pyrrhus la retienne :
Il n'a devant les yeux que sa chère Troyenne ;
Tout autre objet le blesse ; et peut-être aujourd'hui
Il n'attend qu'un prétexte à l'éloigner de lui.
Nous n'avons qu'à parler : c'en est fait. Quelle joie
D'enlever à l'Épire une si belle proie !
Sauve tout ce qui reste et de Troie et d'Hector.
Garde son fils, sa veuve, et mille autres encor,
Epire : c'est assez qu'Hermione rendue
Perde à jamais tes bords et ton prince de vue.
Mais un heureux destin le conduit en ces lieux.
Parlons. A tant d'attraits, Amour, ferme ses yeux !

SCÈNE IV. — PYRRHUS, ORESTE, PHŒNIX

PYRRHUS

Je vous cherchois, seigneur. Un peu de violence
M'a fait de vos raisons combattre la puissance,
Je l'avoue : et, depuis que je vous ai quitté,
J'en ai senti la force et connu l'équité.
J'ai songé, comme vous, qu'à la Grèce, à mon père,
A moi-même, en un mot, je devenois contraire ;
Que je relevois Troie, et rendois imparfait
Tout ce qu'a fait Achille, et tout ce que j'ai fait.
Je ne condamne plus un courroux légitime ;
Et l'on vous va, seigneur, livrer votre victime.

ORESTE

Seigneur, par ce conseil prudent et rigoureux,
C'est acheter la paix du sang d'un malheureux.

PYRRHUS

Oui : mais je veux, seigneur, l'assurer davantage :
D'une éternelle paix Hermione est le gage ;
Je l'épouse. Il sembloit qu'un spectacle si doux
N'attendît en ces lieux qu'un témoin tel que vous :
Vous y représentez tous les Grecs et son père,
Puisqu'en vous Ménélas voit revivre son frère.
Voyez-la donc. Allez. Dites-lui que demain
J'attends avec la paix son cœur de votre main.

ORESTE, *à part.*

O dieux !

SCÈNE V. — PYRRHUS, PHŒNIX

PYRRHUS

Hé bien, Phœnix, l'amour est-il le maître ;
Tes yeux refusent-ils encor de me connoître ?

PHŒNIX

Ah ! je vous reconnois : et ce juste courroux,
Ainsi qu'à tous les Grecs, seigneur, vous rend à vous,
Ce n'est plus le jouet d'une flamme servile ;
C'est Pyrrhus, c'est le fils et le rival d'Achille,
Que la gloire à la fin ramène sous ses lois,
Qui triomphe de Troie une seconde fois.

PYRRHUS

Dis plutôt qu'aujourd'hui commence ma victoire,
D'aujourd'hui seulement je jouis de ma gloire ;
Et mon cœur, aussi fier que tu l'as vu soumis,
Croit avoir en l'amour vaincu mille ennemis.
Considère, Phœnix, les troubles que j'évite,
Quelle foule de maux l'amour traîne à sa suite,
Que d'amis, de devoirs, j'allois sacrifier,
Quels périls... un regard m'eût tout fait oublier :
Tous les Grecs conjurés fondoient sur un rebelle.
Je trouvois du plaisir à me perdre pour elle.

PHŒNIX

Oui, je bénis, seigneur, l'heureuse cruauté
Qui vous rend...

PYRRHUS

                    Tu l'as vu comme elle m'a traité.
Je pensois, en voyant sa tendresse alarmée,
Que son fils me la dût renvoyer désarmée :
J'allois voir le succès de ses embrassements ;
Je n'ai trouvé que pleurs mêlés d'emportements.
Sa misère l'aigrit ; et, toujours plus farouche,
Cent fois le nom d'Hector est sorti de sa bouche.
Vainement à son fils j'assurois mon secours :
« C'est Hector, disoit-elle en l'embrassant toujours :
« Voilà ses yeux, sa bouche, et déjà son audace ;
« C'est lui-même, c'est toi, cher époux, que j'embrasse ».
Eh ! quelle est sa pensée ? attend-elle en ce jour
Que je lui laisse un fils pour nourrir son amour ?

PHŒNIX

Sans doute, c'est le prix que vous gardoit l'ingrate.
Mais laissez-la, seigneur.

PYRRHUS

Je vois ce qui la flatte :
Sa beauté la rassure ; et, malgré mon courroux,
L'orgueilleuse m'attend encore à ses genoux.
Je la verrois aux miens, Phœnix, d'un œil tranquille.
Elle est veuve d'Hector, et je suis fils d'Achille :
Trop de haine sépare Andromaque et Pyrrhus.

PHŒNIX

Commencez donc, seigneur, à ne m'en parler plus.
Allez voir Hermione ; et, content de lui plaire,
Oubliez à ses pieds jusqu'à votre colère.
Vous-même à cet hymne venez la disposer :
Est-ce sur un rival qu'il s'en faut reposer ?
Il ne l'aime que trop.

PYRRHUS

Crois-tu, si je l'épouse,
Qu'Andromaque en son cœur n'en sera pas jalouse ?

PHŒNIX

Quoi ! toujours Andromaque occupe votre esprit !
Que vous importe, ô dieux ! sa joie ou son dépit ?
Quel charme, malgré vous, vers elle vous attire ?

PYRRHUS

Non, je n'ai pas bien dit tout ce qu'il lui faut dire :
Ma colère à ses yeux n'a paru qu'à demi ;
Elle ignore à quel point je suis son ennemi.
Retournons-y. Je veux la braver à sa vue,
Et donner à ma haine une libre étendue.
Viens voir tous ses attraits, Phœnix, humiliés.
Allons.

PHŒNIX

Allez, seigneur, vous jeter à ses pieds :

Allez, en lui jurant que votre âme l'adore,
A de nouveaux mépris l'encourager encore.

PYRRHUS

Je le vois bien, tu crois que, prêt à l'excuser,
Mon cœur court après elle, et cherche à s'apaiser.

PHŒNIX

Vous aimez : c'est assez.

PYRRHUS

                    Moi, l'aimer ? une ingrate
Qui me hait d'autant plus que mon amour la flatte ?
Sans parents, sans amis, sans espoir que sur moi ?
Je puis perdre son fils, peut-être je le doi :
Étrangère... que dis-je ? esclave dans l'Épire,
Je lui donne son fils, mon âme, mon empire ;
Et je ne puis gagner dans son perfide cœur
D'autre rang que celui de son persécuteur !
Non, non, je l'ai juré, ma vengeance est certaine ;
Il faut bien une fois justifier sa haine :
J'abandonne son fils. Que de pleurs vont couler !
De quel nom sa douleur me va-t-elle appeler !
Quel spectacle pour elle aujourd'hui se dispose !
Elle en mourra, Phœnix, et j'en serai la cause :
C'est lui mettre moi-même un poignard dans le sein.

PHŒNIX

Et pourquoi donc en faire éclater le dessein ?
Que ne consultiez-vous tantôt votre foiblesse ?

PYRRHUS

Je t'entends. Mais excuse un reste de tendresse.
Crains-tu pour ma colère un si foible combat ?
D'un amour qui s'éteint c'est le dernier éclat.
Allons. A tes conseils, Phœnix, je m'abandonne.
Faut-il livrer son fils ? faut-il voir Hermione ?

PHŒNIX

Oui, voyez-la, seigneur ; et, par des vœux soumis,
Protestez-lui...

PYRRHUS

Faisons tout ce que j'ai promis.

ACTE TROISIÈME

SCÈNE I. — ORESTE, PYLADE

PYLADE

Modérez donc, seigneur, cette fureur extrême :
Je ne vous connois plus ; vous n'êtes plus vous-même.
Souffrez...

ORESTE

Non, tes conseils ne sont plus de saison,
Pylade ; je suis las d'écouter la raison.
C'est traîner trop longtemps ma vie et mon supplice :
Il faut que je l'enlève, ou bien que je périsse.
Le dessein en est pris ; je le veux achever.
Oui, je le veux.

PYLADE

Eh bien, il la faut enlever ;
J'y consens. Mais songez cependant où vous êtes.
Que croira-ton de vous, à voir ce que vous faites ?
Dissimulez : calmez ce transport inquiet ;
Commandez à vos yeux de garder le secret.
Ces gardes, cette cour, l'air qui vous environne.
Tout dépend de Pyrrhus, et surtout d'Hermione.
A ses regards surtout cachez votre courroux.
O dieux ! en cet état pourquoi la cherchiez-vous ?

ORESTE

Que sais-je ! De moi-même étois-je alors le maître ?
La fureur m'emportait, et je venois peut-être
Menacer à la fois l'ingrate et son amant.

PYLADE

Et quel étoit le fruit de cet emportement ?

ORESTE

Et quelle âme, dis-moi, ne seroit éperdue
Du coup dont ma raison vient d'être confondue ?
Il épouse, dit-il, Hermione demain ;
Il veut, pour m'honorer, la tenir de ma main.
Ah ! plutôt cette main dans le sang du barbare...

PYLADE

Vous l'accusez, seigneur, de ce destin bizarre :
Cependant, tourmenté de ses propres desseins,
Il est peut-être à plaindre autant que je vous plains.

ORESTE

Non, non ; je le connois, mon désespoir le flatte ;
Sans moi, sans mon amour, il dédaignoit l'ingrate ;
Ses charmes jusque-là n'avoient pu le toucher :
Le cruel ne la prend que pour me l'arracher.
Ah, dieux ! c'en étoit fait : Hermione gagnée
Pour jamais de sa vue alloit être éloignée ;
Son cœur, entre l'amour et le dépit confus,
Pour se donner à moi n'attendoit qu'un refus ;
Ses yeux s'ouvroient, Pylade ; elle écoutoit Oreste,
Lui parloit, le plaignoit... Un mot eût fait le reste.

PYLADE

Vous le croyez !

ORESTE

　　　Eh quoi ! ce courroux enflammé
Contre un ingrat...

PYLADE

　　　Jamais il ne fut plus aimé.
Pensez-vous, quand Pyrrhus vous l'auroit accordée,
Qu'un prétexte tout prêt ne l'eût pas retardée ?
M'en croirez-vous ? Lassé de ses trompeurs attraits,
Au lieu de l'enlever, fuyez-la pour jamais.
Quoi ! votre amour se veut charger d'une furie

Qui vous détestera, qui, toute votre vie,
Regrettant un hymen tout prêt à s'achever,
Voudra...

ORESTE

.   C'est pour cela que je veux l'enlever.
Tout lui riroit, Pylade ; et moi, pour mon partage,
Je n'emporterois donc qu'une inutile rage ?
J'irois loin d'elle encor tâcher de l'oublier ?
Non, non ; à mes tourments je veux l'associer :
C'est trop gémir tout seul. Je suis las qu'on me plaigne.
Je prétends qu'à mon tour l'inhumaine me craigne,
Et que ses yeux cruels, à pleurer condamnés,
Me rendent tous les noms que je leur ai donnés.

PYLADE

Voilà donc le succès qu'aura votre ambassade,
Oreste ravisseur !

ORESTE

          Et qu'importe, Pylade ?
Quand nos États vengés jouiront de mes soins,
L'ingrate de mes pleurs jouira-t-elle moins ?
Et que me servira que la Grèce m'admire,
Tandis que je serai la fable de l'Épire ?
Que veux-tu ? Mais, s'il faut ne te rien déguiser,
Mon innocence enfin commence à me peser.
Je ne sais de tout temps quelle injuste puissance
Laisse le crime en paix, et poursuit l'innocence.
De quelque part sur moi que je tourne les yeux,
Je ne vois que malheurs qui condamnent les dieux.
Méritons leur courroux, justifions leur haine
Et que le fruit du crime en précède la peine.
Mais toi, par quelle erreur veux-tu toujours sur toi
Détourner un courroux qui ne cherche que moi ?
Assez et trop longtemps mon amitié t'accable :
Évite un malheureux, abandonne un coupable.
Cher Pylade, crois-moi, ta pitié te séduit.
Laisse-moi des périls dont j'attends tout le fruit.

Porte aux Grecs cet enfant que Pyrrhus m'abandonne.
Va-t'en.

PYLADE

Allons, seigneur, enlevons Hermione.
Au travers des périls un grand cœur se fait jour.
Que ne peut l'amitié conduite par l'amour !
Allons de tous vos Grecs encourager le zèle :
Nos vaisseaux sont tout prêts, et le vent nous appelle.
Je sais de ce palais tous les détours obscurs :
Vous voyez que la mer en vient battre les murs ;
Et cette nuit, sans peine, une secrète voie
Jusqu'en votre vaisseau conduira votre proie.

ORESTE

J'abuse, cher ami, de ton trop d'amitié ;
Mais pardonne à des maux dont toi seul as pitié ;
Excuse un malheureux qui perd tout ce qu'il aime,
Que tout le monde hait, et qui se hait lui-même.
Que ne puis-je à mon tour dans un sort plus heureux...

PYLADE

Dissimulez, seigneur ; c'est tout ce que je veux.
Gardez qu'avant le coup votre dessein n'éclate :
Oubliez jusque-là qu'Hermione est ingrate ;
Oubliez votre amour. Elle vient, je la voi.

ORESTE

Va-t'en. Réponds-moi d'elle, et je réponds de moi.

SCÈNE II. — HERMIONE, ORESTE, CLÉONE

ORESTE

Eh bien ! mes soins vous ont rendu votre conquête ;
J'ai vu Pyrrhus, madame, et votre hymen s'apprête.

HERMIONE

On le dit ; et de plus on vient de m'assurer
Que vous ne me cherchiez que pour m'y préparer.

ORESTE

Et votre âme à ses vœux ne sera point rebelle ?

HERMIONE

Qui l'eût cru que Pyrrhus ne fût pas infidèle ?
Que sa flamme attendroit si tard pour éclater ?
Qu'il reviendroit à moi, quand je l'allois quitter ?
Je veux croire avec vous qu'il redoute la Grèce ;
Qu'il suit son intérêt plutôt que sa tendresse ;
Que mes yeux sur votre âme étoient plus absolus.

ORESTE

Non, madame : il vous aime, et je n'en doute plus.
Vos yeux ne font-ils pas tout ce qu'ils veulent faire ?
Et vous ne vouliez pas, sans doute, lui déplaire.

HERMIONE

Mais que puis-je, seigneur ? On a promis ma foi :
Lui ravirai-je un bien qu'il ne tient pas de moi ?
L'amour ne règle pas le sort d'une princesse :
La gloire d'obéir est tout ce qu'on nous laisse.
Cependant je partois ; et vous avez pu voir
Combien je relâchois pour vous de mon devoir.

ORESTE

Ah ! que vous saviez bien, cruelle... Mais, madame,
Chacun peut à son choix disposer de son âme.
La vôtre étoit à vous. J'espérois ; mais enfin
Vous l'avez pu donner sans me faire un larcin.
Je vous accuse aussi bien moins que la fortune.
Et pourquoi vous lasser d'une plainte importune ?
Tel est votre devoir, je l'avoue ; et le mien
Est de vous épargner un si triste entretien.

SCÈNE III. — HERMIONE, CLÉONE

HERMIONE

Attendois-tu, Cléone, un courroux si modeste ?

CLÉONE

La douleur qui se tait n'en est que plus funeste.
Je le plains d'autant plus qu'auteur de son ennui,
Le coup qui l'a perdu n'est parti que de lui.
Comptez depuis quel temps votre hymen se prépare :
Il a parlé, madame, et Pyrrhus se déclare.

HERMIONE

Tu crois que Pyrrhus craint ? Et que craint-il encor ?
Des peuples qui, dix ans, ont fui devant Hector ;
Qui cent fois, effrayés de l'absence d'Achille,
Dans leurs vaisseaux brûlants ont cherché leur asile,
Et qu'on verroit encor, sans l'appui de son fils,
Redemander Hélène aux Troyens impunis ?
Non, Cléone, il n'est point ennemi de lui-même :
Il veut tout ce qu'il fait ; et, s'il m'épouse, il m'aime.
Mais qu'Oreste à son gré m'impute ses douleurs ;
N'avons-nous d'entretien que celui de ses pleurs ?
Pyrrhus revient à nous ! Eh bien ! chère Cléone,
Conçois-tu les transports de l'heureuse Hermione ?
Sais-tu quel est Pyrrhus ? T'es-tu fait raconter
Le nombre des exploits... mais qui les peut compter ?
Intrépide, et partout suivi de la victoire,
Charmant, fidèle enfin : rien ne manque à sa gloire.
Songe...

CLÉONE

    Dissimulez : votre rivale en pleurs
Vient à vos pieds, sans doute, apporter ses douleurs.

HERMIONE

Dieux ! ne puis-je à ma joie abandonner mon âme ?
Sortons : que lui dirois-je ?

SCÈNE IV. — ANDROMAQUE, HERMIONE, CLÉONE,
CÉPHISE

ANDROMAQUE

    Où fuyez-vous, madame ?

N'est-ce pas à vos yeux un spectacle assez doux
Que la veuve d'Hector pleurant à vos genoux ?
Je ne viens point ici, par de jalouses larmes,
Vous envier un cœur qui se rend à vos charmes.
Par une main cruelle, hélas ! j'ai vu percer
Le seul où mes regards prétendoient s'adresser.
Ma flamme par Hector fut jadis allumée ;
Avec lui dans la tombe elle s'est enfermée.
Mais il me reste un fils. Vous saurez quelque jour,
Madame, pour un fils jusqu'où va notre amour ;
Mais vous ne saurez pas, du moins je le souhaite,
En quel trouble mortel son intérêt nous jette,
Lorsque de tant de biens qui pouvaient nous flatter,
C'est le seul qui nous reste, et qu'on veut nous l'ôter.
Hélas ! lorsque, lassés de dix ans de misère,
Les Troyens en courroux menaçoient votre mère,
J'ai su de mon Hector lui procurer l'appui :
Vous pouvez sur Pyrrhus ce que j'ai pu sur lui.
Que craint-on d'un enfant qui survit à sa perte ?
Laissez-moi le cacher en quelque île déserte ;
Sur les soins de sa mère on peut s'en assurer,
Et mon fils avec moi n'apprendra qu'à pleurer.

HERMIONE

Je conçois vos douleurs ; mais un devoir austère,
Quand mon père a parlé, m'ordonne de me taire.
C'est lui qui de Pyrrhus fait agir le courroux.
S'il faut fléchir Pyrrhus, qui le peut mieux que vous ?
Vos yeux assez longtemps ont régné sur son âme ;
Faites-le prononcer : j'y souscrirai, madame.

SCÈNE V. — ANDROMAQUE, CÉPHISE

ANDROMAQUE

Quel mépris la cruelle attache à ses refus !

CÉPHISE

Je croirois ses conseils, et je verrois Pyrrhus.

Un regard confondroit Hermione et la Grèce...
Mais lui-même il vous cherche.

SCÈNE VI. — PYRRHUS, ANDROMAQUE, PHŒNIX,
CÉPHISE

PYRRHUS, *à Phœnix*.

Où donc est la princesse ?
Ne m'avois-tu pas dit qu'elle étoit en ces lieux ?

PHŒNIX

Je le croyois.

ANDROMAQUE, *à Céphise*.

Tu vois le pouvoir de mes yeux !

PYRRHUS

Que dit-elle, Phœnix ?

ANDROMAQUE

Hélas ! tout m'abandonne !

PHŒNIX

Allons, Seigneur, marchons sur les pas d'Hermione.

CÉPHISE

Qu'attendez-vous ? Rompez ce silence obstiné.

ANDROMAQUE

Il a promis mon fils.

CÉPHISE

Il ne l'a pas donné.

ANDROMAQUE

Non, non, j'ai beau pleurer, sa mort est résolue.

PYRRHUS

Daigne-t-elle sur nous tourner au moins la vue ?
Quel orgueil !

ANDROMAQUE

Je ne fais que l'irriter encor.
Sortons.

PYRRHUS

Allons aux Grecs livrer le fils d'Hector.

ANDROMAQUE, *se jetant aux pieds de Pyrrhus.*

Ah ! seigneur ! arrêtez ! Que prétendez-vous faire ?
Si vous livrez le fils, livrez-leur donc la mère !
Vos serments m'ont tantôt juré tant d'amitié !
Dieux ! ne pourrai-je au moins toucher votre pitié ?
Sans espoir de pardon m'avez-vous condamnée ?

PYRRHUS

Phœnix vous le dira, ma parole est donnée.

ANDROMAQUE

Vous qui braviez pour moi tant de périls divers !

PYRRHUS

J'étois aveugle alors ; mes yeux se sont ouverts.
Sa grâce à vos désirs pouvoit être accordée ;
Mais vous ne l'avez pas seulement demandée :
C'en est fait.

ANDROMAQUE

Ah ! seigneur ! vous entendiez assez
Des soupirs qui craignoient de se voir repoussés.
Pardonnez à l'éclat d'une illustre fortune
Ce reste de fierté qui craint d'être importune.
Vous ne l'ignorez pas : Andromaque, sans vous,
N'auroit jamais d'un maître embrassé les genoux.

PYRRHUS

Non, vous me haïssez ; et dans le fond de l'âme
Vous craignez de devoir quelque chose à ma flamme.
Ce fils même, ce fils, l'objet de tant de soins,
Si je l'avois sauvé, vous l'en aimeriez moins.
La haine, le mépris, contre moi tout s'assemble ;
Vous me haïssez plus que tous les Grecs ensemble.
Jouissez à loisir d'un si noble courroux.
Allons, Phœnix.

ANDROMAQUE

Allons rejoindre mon époux.

CÉPHISE

Madame...

ANDROMAQUE, *à Céphise.*

Et que veux-tu que je lui dise encore ?
Auteur de tous mes maux, crois-tu qu'il les ignore ?
(A Pyrrhus.)
Seigneur, voyez l'état où vous me réduisez.
J'ai vu mon père mort et nos murs embrasés ;
J'ai vu trancher les jours de ma famille entière,
Et mon époux sanglant traîné sur la poussière,
Son fils seul avec moi, réservé pour les fers.
Mais que ne peut un fils ! Je respire, je sers.
J'ai fait plus ; je me suis quelquefois consolée
Qu'ici, plutôt qu'ailleurs, le sort m'eût exilée ;
Qu'heureux dans son malheur, le fils de tant de rois,
Puisqu'il devoit servir, fût tombé sous vos lois.
J'ai cru que sa prison deviendroit son asile.
Jadis Priam soumis fut respecté d'Achille :
J'attendois de son fils encor plus de bonté.
Pardonne, cher Hector, à ma crédulité !
Je n'ai pu soupçonner ton ennemi d'un crime ;
Malgré lui-même enfin je l'ai cru magnanime.
Ah ! s'il l'étoit assez pour nous laisser du moins
Au tombeau qu'à ta cendre ont élevé mes soins ;
Et que, finissant là sa haine et nos misères,
Il ne séparât point des dépouilles si chères !

PYRRHUS

Va m'attendre, Phœnix.

SCÈNE VII. — PYRRHUS, ANDROMAQUE, CÉPHISE

PYRRHUS

Madame, demeurez.
On peut vous rendre encor ce fils que vous pleurez.
Oui, je sens à regret qu'en excitant vos larmes
Je ne fais contre moi que vous donner des armes :

Je croyois apporter plus de haine en ces lieux.
Mais, madame, du moins tournez vers moi les yeux :
Voyez si mes regards sont d'un juge sévère,
S'ils sont d'un ennemi qui cherche à vous déplaire.
Pourquoi me forcez-vous vous-même à vous trahir ?
Au nom de votre fils, cessons de nous haïr,
A le sauver enfin c'est moi qui vous convie.
Faut-il que mes soupirs vous demandent sa vie ?
Faut-il qu'en sa faveur j'embrasse vos genoux ?
Pour la dernière fois, sauvez-le, sauvez-vous.
Je sais de quels serments je romps pour vous les chaînes ;
Combien je vais sur moi faire éclater de haines.
Je renvoie Hermione, et je mets sur son front,
Au lieu de ma couronne, un éternel affront :
Je vous conduis au temple où son hymen s'apprête :
Je vous ceins du bandeau préparé pour sa tête.
Mais ce n'est plus, madame, une offre à dédaigner,
Je vous le dis : il faut ou périr, ou régner.
Mon cœur, désespéré d'un an d'ingratitude,
Ne peut plus de son sort souffrir l'incertitude.
C'est craindre, menacer, et gémir trop longtemps.
Je meurs si je vous perds ; mais je meurs si j'attends.
Songez-y : je vous laisse ; et je viendrai vous prendre
Pour vous mener au temple où ce fils doit m'attendre.
Et là vous me verrez, soumis ou furieux,
Vous couronner, madame, ou le perdre à vos yeux.

SCÈNE VIII. — ANDROMAQUE, CÉPHISE

CÉPHISE

Je vous l'avois prédit, qu'en dépit de la Grèce,
De votre sort encor vous seriez la maîtresse.

ANDROMAQUE

Hélas ! de quel effet tes discours sont suivis !
Il ne me restoit plus qu'à condamner mon fils.

CÉPHISE

Madame, à votre époux c'est être assez fidèle.
Trop de vertu pourroit vous rendre criminelle.
Lui-même il porteroit votre âme à la douceur.

ANDROMAQUE

Quoi ! je lui donnerois Pyrrhus pour successeur !

CÉPHISE

Ainsi le veut son fils, que les Grecs vous ravissent.
Pensez-vous qu'après tout ses mânes en rougissent ?
Qu'il méprisât, madame, un roi victorieux
Qui vous fait remonter au rang de vos aïeux,
Qui foule aux pieds pour vous vos vainqueurs en colère,
Qui ne se souvient plus qu'Achille étoit son père,
Qui dément ses exploits et les rend superflus ?

ANDROMAQUE

Dois-je les oublier, s'il ne s'en souvient plus ?
Dois-je oublier Hector privé de funérailles,
Et traîné sans honneur autour de nos murailles ?
Dois-je oublier mon père à mes pieds renversé,
Ensanglantant l'autel qu'il tenoit embrassé ?
Songe, songe, Céphise, à cette nuit cruelle
Qui fut pour tout un peuple une nuit éternelle ;
Figure-toi Pyrrhus, les yeux étincelants,
Entrant à la lueur de nos palais brûlants,
Sur tous mes frères morts se faisant un passage,
Et, de sang tout couvert, échauffant le carnage ;
Songe aux cris des vainqueurs, songe aux cris des mourants
Dans la flamme étouffés, sous le fer expirants ;
Peins-toi dans ces horreurs Andromaque éperdue :
Voilà comme Pyrrhus vint s'offrir à ma vue ;
Voilà par quels exploits il sut se couronner ;
Enfin, voilà l'époux que tu me veux donner.
Non, je ne serai point complice de ses crimes ;
Qu'il nous prenne, s'il veut, pour dernières victimes.
Tous mes ressentiments lui seroient asservis !

CÉPHISE

Eh bien, allons donc voir expirer votre fils :
On n'attend plus que vous... Vous frémissez, madame.

ANDROMAQUE

Ah ! de quel souvenir viens-tu frapper mon âme !
Quoi ! Céphise, j'irai voir expirer encor
Ce fils, ma seule joie, et l'image d'Hector,
Ce fils, que de sa flamme il me laissa pour gage !
Hélas ! je m'en souviens, le jour que son courage
Lui fit chercher Achille, ou plutôt le trépas,
Il demanda son fils, et le prit dans ses bras :
« Chère épouse, dit-il en essuyant mes larmes,
« J'ignore quel succès le sort garde à mes armes ;
« Je te laisse mon fils pour gage de ma foi :
« S'il me perd, je prétends qu'il me retrouve en toi.
« Si d'un heureux hymen la mémoire t'est chère,
« Montre au fils à quel point tu chérissois le père ».
Et je puis voir répandre un sang si précieux !
Et je laisse avec lui périr tous ses aïeux !
Roi barbare, faut-il que mon crime l'entraîne ?
Si je te hais, est-il coupable de ma haine ?
T'a-t-il de tous les siens reproché le trépas ?
S'est-il plaint à tes yeux des maux qu'il ne sent pas ?
Mais cependant, mon fils, tu meurs si je n'arrête
Le fer que le cruel tient levé sur ta tête.
Je l'en puis détourner, et je t'y vais offrir !...
Non, tu ne mourras point, je ne le puis souffrir.
Allons trouver Pyrrhus. Mais non, chère Céphise,
Va le trouver pour moi.

CÉPHISE

Que faut-il que je dise ?

ANDROMAQUE

Dis-lui que de mon fils l'amour est assez fort...
Crois-tu que dans son cœur il ait juré sa mort ?
L'amour peut-il si loin pousser sa barbarie ?

CÉPHISE

Madame, il va bientôt revenir en furie.

ANDROMAQUE

Eh bien ! va l'assurer...

CÉPHISE

De quoi ? de votre foi ?

ANDROMAQUE

Hélas ! pour la promettre est-elle encore à moi ?
O cendres d'un époux ! ô Troyens ! ô mon père !
O mon fils, que tes jours coûtent cher à ta mère !
Allons.

CÉPHISE

Où donc, madame ? et que résolvez-vous ?

ANDROMAQUE

Allons sur son tombeau consulter mon époux.

ACTE QUATRIÈME

SCÈNE I. — ANDROMAQUE, CÉPHISE

CÉPHISE

Ah ! je n'en doute point : c'est votre époux, madame,
C'est Hector qui produit ce miracle en votre âme !
Il veut que Troie encor se puisse relever
Avec cet heureux fils qu'il vous fait conserver.
Pyrrhus vous l'a promis. Vous venez de l'entendre,
Madame : il n'attendoit qu'un mot pour vous le rendre.
Croyez-en ses transports : père, sceptre, alliés,
Content de votre cœur, il met tout à vos pieds ;
Sur lui, sur tout son peuple il vous rend souveraine.
Est-ce là ce vainqueur digne de tant de haine ?
Déjà contre les Grecs plein d'un noble courroux,
Le soin de votre fils le touche autant que vous :
Il prévient leur fureur ; il lui laisse sa garde :
Pour ne pas l'exposer, lui-même il se hasarde.
Mais tout s'apprête au temple ; et vous avez promis...

ANDROMAQUE

Oui, je m'y trouverai. Mais allons voir mon fils.

CÉPHISE

Madame, qui vous presse ? Il suffit que sa vue
Désormais à vos yeux ne soit plus défendue.
Vous lui pourrez bientôt prodiguer vos bontés,
Et vos embrassements ne seront plus comptés.
Quel plaisir d'élever un enfant qu'on voit croître,
Non plus comme un esclave élevé pour son maître,
Mais pour voir avec lui renaître tant de rois !

ANDROMAQUE

Céphise allons le voir pour la dernière fois.

CÉPHISE

Que dites-vous ? O dieux !

ANDROMAQUE

O ma chère Céphise !
Ce n'est point avec toi que mon cœur se déguise :
Ta foi, dans mon malheur, s'est montrée à mes yeux ;
Mais j'ai cru qu'à mon tour tu me connoissois mieux.
Quoi donc ! as-tu pensé qu'Andromaque infidèle
Pût trahir un époux qui croit revivre en elle,
Et que, de tant de morts réveillant la douleur,
Le soin de mon repos me fit troubler le leur ?
Est-ce là cette ardeur tant promise à sa cendre ?
Mais son fils périssoit, il l'a fallu défendre.
Pyrrhus en m'épousant s'en déclare l'appui ;
Il suffit : je veux bien m'en reposer sur lui,
Je sais quel est Pyrrhus : violent, mais sincère,
Céphise, il fera plus qu'il n'a promis de faire.
Sur le courroux des Grecs je m'en repose encor :
Leur haine va donner un père au fils d'Hector,
Je vais donc, puisqu'il faut que je me sacrifie,
Assurer à Pyrrhus le reste de ma vie ;
Je vais, en recevant sa foi sur les autels,
L'engager à mon fils par des nœuds immortels.
Mais aussitôt ma main, à moi seule funeste,
D'une infidèle vie abrégera le reste ;
Et, sauvant ma vertu, rendra ce que je doi
A Pyrrhus, à mon fils, à mon époux, à moi.
Voilà de mon amour l'innocent stratagème :
Voilà ce qu'un époux m'a commandé lui-même.
J'irai seule rejoindre Hector et mes aïeux.
Céphise, c'est à toi de me fermer les yeux.

CÉPHISE

Ah ! ne prétendez pas que je puisse survivre...

ANDROMAQUE

Non, non, je te défends, Céphise de me suivre.
Je confie à tes soins mon unique trésor.
Si tu vivois pour moi, vis pour le fils d'Hector.
De l'espoir des Troyens seule dépositaire,
Songe à combien de rois tu deviens nécessaire.
Veille auprès de Pyrrhus ; fais-lui garder sa foi :
S'il le faut, je consens qu'on lui parle de moi ;
Fais-lui valoir l'hymen où je me suis rangée :
Dis-lui qu'avant sa mort je lui fus engagée !
Que ses ressentiments doivent être effacés ;
Qu'en lui laissant mon fils, c'est l'estimer assez.
Fais connoître à mon fils les héros de sa race ;
Autant que tu pourras, conduis-le sur leur trace :
Dis-lui par quels exploits leurs noms ont éclaté,
Plutôt ce qu'ils ont fait que ce qu'ils ont été ;
Parle-lui tous les jours des vertus de son père ;
Et quelquefois aussi parle-lui de sa mère.
Mais qu'il ne songe plus, Céphise, à nous venger :
Nous lui laissons un maître, il le doit ménager.
Qu'il ait de ses aïeux un souvenir modeste :
Il est du sang d'Hector, mais il en est le reste ;
Et pour ce reste enfin j'ai moi-même, en un jour,
Sacrifié mon sang, ma haine et mon amour.

CÉPHISE

Hélas !

ANDROMAQUE

Ne me suis point, si ton cœur en alarmes
Prévoit qu'il ne pourra commander à tes larmes.
On vient. Cache tes pleurs, Céphise ; et souviens-toi
Que le sort d'Andromaque est commis à ta foi,
C'est Hermione. Allons, fuyons sa violence.

SCÈNE II. — HERMIONE, CLÉONE

CLÉONE

Non, je ne puis assez admirer ce silence.
Vous vous taisez, madame ; et ce cruel mépris
N'a pas du moindre trouble agité vos esprits !
Vous soutenez en paix une si rude attaque,
Vous qu'on voyoit frémir au seul nom d'Andromaque !
Vous qui sans désespoir ne pouviez endurer
Que Pyrrhus d'un regard la voulût honorer !
Il l'épouse ; il lui donne, avec son diadème,
La foi que vous venez de recevoir vous-même :
Et votre bouche encor, muette à tant d'ennui,
N'a pas daigné s'ouvrir pour se plaindre de lui !
Ah ! que je crains, madame, un calme si funeste !
Et qu'il vaudrait bien mieux...

HERMIONE

                Fais-tu venir Oreste ?

CLÉONE

Il vient, madame, il vient ; et vous pouvez juger
Que bientôt à vos pieds il alloit se ranger,
Prêt à servir toujours sans espoir de salaire :
Vos yeux ne sont que trop assurés de lui plaire.
Mais il entre.

SCÈNE III. — ORESTE, HERMIONE, CLÉONE

ORESTE

           Ah ! madame ! est-il vrai qu'une fois
Oreste en vous cherchant obéisse à vos lois ?
Ne m'a-t-on point flatté d'une fausse espérance ?
Avez-vous en effet souhaité ma présence ?
Croirai-je que vos yeux, à la fin désarmés,
Veulent...

HERMIONE

Je veux savoir, seigneur, si vous m'aimez.

ORESTE

Si je vous aime ! ô dieux ! Mes serments, mes parjures,
Ma fuite, mon retour, mes respects, mes injures,
Mon désespoir, mes yeux de pleurs toujours noyés ;
Quels témoins croirez-vous, si vous ne les croyez ?

HERMIONE

Vengez-moi, je crois tout.

ORESTE

                    Eh bien, allons, madame
Mettons encore un coup toute la Grèce en flamme ;
Prenons, en signalant mon bras et votre nom,
Vous, la place d'Hélène, et moi, d'Agamemnon ;
De Troie en ce pays réveillons les misères,
Et qu'on parle de nous ainsi que de nos pères.
Partons, je suis tout prêt.

HERMIONE

                    Non, seigneur, demeurons :
Je ne veux pas si loin porter de tels affronts.
Quoi ! de mes ennemis couronnant l'insolence,
J'irois attendre ailleurs une lente vengeance !
Et je m'en remettrois au destin des combats,
Qui peut-être à la fin ne me vengeroit pas !
Je veux qu'à mon départ toute l'Épire pleure.
Mais, si vous me vengez, vengez-moi dans une heure.
Tous vos retardements sont pour moi des refus.
Courez au temple. Il faut immoler...

ORESTE

                    Qui ?

HERMIONE

                                        Pyrrhus.

ORESTE

Pyrrhus, madame !

HERMIONE

Eh quoi ! votre haine chancelle ?
Ah ! courez, et craignez que je ne vous rappelle.
N'alléguez point des droits que je veux oublier ;
Et ce n'est pas à vous à le justifier.

ORESTE

Moi, je l'excuserois ! Ah ! vos bontés, madame,
Ont gravé trop avant ses crimes dans mon âme.
Vengeons-nous, j'y consens, mais par d'autres chemins :
Soyons ses ennemis, et non ses assassins ;
Faisons de sa ruine une juste conquête.
Quoi ! pour répondre aux Grecs porterai-je sa tête ?
Et n'ai-je pris sur moi le soin de tout l'État,
Que pour m'en acquitter par un assassinat ?
Souffrez, au nom des dieux, que la Grèce s'explique,
Et qu'il meure chargé de la haine publique.
Souvenez-vous qu'il règne, et qu'un front couronné...

HERMIONE

Ne vous suffit-il pas que je l'ai condamnée ?
Ne vous suffit-il pas que ma gloire offensée
Demande une victime à moi seule adressée ;
Qu'Hermione est le prix d'un tyran opprimé ;
Que je le hais ; enfin, seigneur, que je l'aimai ?
Je ne m'en cache point : l'ingrat m'avoit su plaire ;
Soit qu'ainsi l'ordonnât mon amour ou mon père,
N'importe ; mais enfin réglez-vous là-dessus.
Malgré mes vœux, seigneur, honteusement déçus,
Malgré la juste horreur que son crime me donne,
Tant qu'il vivra, craignez que je ne lui pardonne.
Doutez jusqu'à sa mort d'un courroux incertain ;
S'il ne meurt aujourd'hui, je puis l'aimer demain.

ORESTE

Eh bien, il faut le perdre, et prévenir sa grâce ;
Il faut... Mais cependant que faut-il que je fasse ?
Comment puis-je sitôt servir votre courroux ?
Quel chemin jusqu'à lui peut conduire mes coups ?

A peine suis-je encore arrivé dans l'Épire,
Vous voulez par mes mains renverser un empire ;
Vous voulez qu'un roi meure ; et pour son châtiment
Vous ne donnez qu'un jour, qu'une heure, qu'un moment !
Aux yeux de tout son peuple il faut que je l'opprime.
Laissez-moi vers l'autel conduire ma victime,
Je ne m'en défends plus ; et je ne veux qu'aller
Reconnoître la place où je dois l'immoler :
Cette nuit je vous sers, cette nuit je l'attaque.

HERMIONE

Mais cependant, ce jour, il épouse Andromaque ;
Dans le temple déjà le trône est élevé,
Ma honte est confirmée, et son crime achevé.
Enfin qu'attendez-vous ? Il vous offre sa tête :
Sans gardes, sans défense, il marche à cette fête ;
Autour du fils d'Hector il les fait tous ranger ;
Il s'abandonne au bras qui me voudra venger.
Voulez-vous malgré lui prendre soin de sa vie ?
Armez, avec vos Grecs, tous ceux qui m'ont suivie.
Soulevez vos amis ; tous les miens sont à vous :
Il me trahit, vous trompe, et nous méprise tous.
Mais quoi ! déjà leur haine est égale à la mienne :
Elle épargne à regret l'époux d'une Troyenne.
Parlez : mon ennemi ne peut vous échapper,
Ou plutôt il ne faut que les laisser frapper.
Conduisez ou suivez une fureur si belle ;
Revenez tout couvert du sang de l'infidèle ;
Allez : en cet état soyez sûr de mon cœur.

ORESTE

Mais, madame, songez...

HERMIONE

                    Ah ! c'en est trop, seigneur !
Tant de raisonnements offensent ma colère.
J'ai voulu vous donner un moyen de me plaire,
Rendre Oreste content ; mais enfin je vois bien
Qu'il veut toujours se plaindre, et ne mériter rien.

Partez : allez ailleurs vanter votre constance,
Et me laissez ici le soin de ma vengeance.
De mes lâches bontés mon courage est confus ;
Et c'est trop en un jour essuyer de refus.
Je m'en vais seule au temple où leur hymen s'apprête,
Où vous n'osez aller mériter ma conquête :
Là, de mon ennemi je saurai m'approcher ;
Je percerai le cœur que je n'ai pu toucher ;
Et mes sanglantes mains, sur moi-même tournées,
Aussitôt, malgré lui, joindront nos destinées ;
Et, tout ingrat qu'il est, il me sera plus doux
De mourir avec lui que de vivre avec vous.

ORESTE

Non, je vous priverai de ce plaisir funeste,
Madame : il ne mourra que de la main d'Oreste.
Vos ennemis par moi vous vont être immolés,
Et vous reconnoîtrez mes soins, si vous voulez.

HERMIONE

Allez. De votre sort laissez-moi la conduite,
Et que tous vos vaisseaux soient prêts pour notre fuite.

SCÈNE IV. — HERMIONE, CLÉONE

CLÉONE

Vous vous perdez, madame ; et vous devez songer...

HERMIONE

Que je me perde ou non, je songe à me venger.
Je ne sais même encor, quoi qu'il m'ait pu promettre,
Sur d'autres que sur moi si je dois m'en remettre :
Pyrrhus n'est pas coupable à ses yeux comme aux miens,
Et je tiendrois mes coups bien plus sûrs que les siens.
Quel plaisir de venger moi-même mon injure,
De retirer mon bras teint du sang du parjure,
Et, pour rendre sa peine et mes plaisirs plus grands,
De cacher ma rivale à ses regards mourants !
Ah ! si du moins Oreste, en punissant son crime,

Lui laissoit le regret de mourir ma victime !
Va le trouver : dis-lui qu'il apprenne à l'ingrat
Qu'on l'immole à ma haine, et non pas à l'État.
Chère Cléone, cours : ma vengeance est perdue
S'il ignore en mourant que c'est moi qui le tue.

CLÉONE

Je vous obéirai. Mais qu'est-ce que je voi ?
O dieux ! qui l'auroit cru, madame ? C'est le roi !

HERMIONE

Ah ! cours après Oreste ; et dis-lui, ma Cléone,
Qu'il n'entreprenne rien sans revoir Hermione !

SCÈNE V. — PYRRHUS, HERMIONE, PHŒNIX

PYRRHUS

Vous ne m'attendiez pas, madame ; et je vois bien
Que mon abord ici trouble votre entretien.
Je ne viens point, armé d'un indigne artifice,
D'un voile d'équité couvrir mon injustice ;
Il suffit que mon cœur me condamne tout bas ;
Et je soutiendroi mal ce que je ne crois pas.
J'épouse une Troyenne. Oui, madame, et j'avoue
Que je vous ai promis la foi que je lui voue.
Un autre vous diroit que dans les champs troyens
Nos deux pères sans nous formèrent ces liens,
Et que, sans consulter ni mon choix ni le vôtre,
Nous fûmes sans amour attachés l'un à l'autre ;
Mais c'est assez pour moi que je me sois soumis.
Par mes ambassadeurs mon cœur vous fut promis ;
Loin de les révoquer, je voulus y souscrire :
Je vous vis avec eux arriver en Épire ;
Et quoique d'un autre œil l'éclat victorieux
Eût déjà prévenu le pouvoir de vos yeux,
Je ne m'arrêtai point à cette ardeur nouvelle ;
Je voulus m'obstiner à vous être fidèle ;
Je vous reçus en reine ; et jusques à ce jour

J'ai cru que mes serments me tiendroient lieu d'amour.
Mais cet amour l'emporte ; et, par un coup funeste,
Andromaque m'arrache un cœur qu'elle déteste ;
L'un par l'autre entraînés, nous courons à l'autel
Nous jurer malgré nous un amour immortel.
Après cela, madame, éclatez contre un traître,
Qui l'est avec douleur, et qui pourtant veut l'être.
Pour moi, loin de contraindre un si juste courroux,
Il me soulagera peut-être autant que vous.
Donnez-moi tous les noms destinés aux parjures :
Je crains votre silence, et non pas vos injures ;
Et mon cœur, soulevant mille secrets témoins,
M'en dira d'autant plus que vous m'en direz moins.

HERMIONE

Seigneur, dans cet aveu dépouillé d'artifice,
J'aime à voir que du moins vous vous rendiez justice,
Et que, voulant bien rompre un nœud si solennel,
Vous vous abandonniez au crime en criminel.
Est-il juste, après tout, qu'un conquérant s'abaisse
Sous la servile loi de garder sa promesse ?
Non, non, la perfidie a de quoi vous tenter ;
Et vous ne me cherchez que pour vous en vanter.
Quoi ! sans que ni serment ni devoir vous retienne,
Rechercher une Grecque, amant d'une Troyenne ;
Me quitter, me reprendre, et retourner encor
De la fille d'Hélène à la veuve d'Hector ;
Couronner tour à tour l'esclave et la princesse ;
Immoler Troie aux Grecs, au fils d'Hector la Grèce !
Tout cela part d'un cœur toujours maître de soi,
D'un héros qui n'est point esclave de sa foi.
Pour plaire à votre épouse, il vous faudroit peut-être
Prodiguer les doux noms de parjure et de traître.
Vous veniez de mon front observer la pâleur,
Pour aller dans ses bras rire de ma douleur.
Pleurante après son char vous voulez qu'on me voie ;
Mais, seigneur, en un jour ce seroit trop de joie ;

Et sans chercher ailleurs des titres empruntés,
Ne vous suffit-il pas de ceux que vous portez ?
Du vieux père d'Hector la valeur abattue
Aux pieds de sa famille expirante à sa vue,
Tandis que dans son sein votre bras enfoncé
Cherche un reste de sang que l'âge avoit glacé ;
Dans des ruisseaux de sang Troie ardente plongée ;
De votre propre main Polyxène égorgée
Aux yeux de tous les Grecs indignés contre vous :
Que peut-on refuser à ces généreux coups !

PYRRHUS

Madame, je sais trop à quel excès de rage
La vengeance d'Hélène emporta mon courage :
Je puis me plaindre à vous du sang que j'ai versé ;
Mais enfin je consens d'oublier le passé.
Je rends grâces au ciel que votre indifférence
De mes heureux soupirs m'apprenne l'innocence.
Mon cœur, je le vois bien, trop prompt à se gêner,
Devoit mieux vous connoître et mieux s'examiner.
Mes remords vous faisoient une injure mortelle
Il faut se croire aimé pour se croire infidèle.
Vous ne prétendiez point m'arrêter dans vos fers :
Je crains de vous trahir, peut-être je vous sers.
Nos cœurs n'étoient point faits dépendants l'un de l'autre :
Je suivois mon devoir, et vous cédiez au vôtre :
Rien ne vous engageoit à m'aimer en effet.

HERMIONE

Je ne t'ai point aimé, cruel ! Qu'ai-je donc fait ?
J'ai dédaigné pour toi les vœux de tous nos princes ;
Je t'ai cherché moi-même au fond de tes provinces ;
J'y suis encor, malgré tes infidélités,
Et malgré tous mes Grecs honteux de mes bontés,
Je leur ai commandé de cacher mon injure ;
J'attendois en secret le retour d'un parjure ;
J'ai cru que tôt ou tard, à ton devoir rendu,
Tu me rapporterois un cœur qui m'étoit dû.

Je t'aimois inconstant ; qu'aurois-je fait fidèle ?
Et même en ce moment où ta bouche cruelle
Vient si tranquillement m'annoncer le trépas,
Ingrat, je doute encor si je ne t'aime pas.
Mais, seigneur, s'il le faut, si le ciel en colère
Réserve à d'autres yeux la gloire de vous plaire,
Achevez votre hymen, j'y consens ; mais du moins
Ne forcez pas mes yeux d'en être les témoins.
Pour la dernière fois je vous parle peut-être.
Différez-le d'un jour, demain vous serez maître...
Vous ne répondez point ? Perfide, je le voi :
Tu comptes les moments que tu perds avec moi !
Ton cœur, impatient de revoir ta Troyenne,
Ne souffre qu'à regret qu'une autre t'entretienne.
Tu lui parles du cœur, tu la cherches des yeux.
Je ne te retiens plus, sauve-toi de ces lieux ;
Va lui jurer la foi que tu m'avois jurée ;
Va profaner des dieux la majesté sacrée ;
Ces dieux, ces justes dieux n'auront pas oublié
Que les mêmes serments avec moi t'ont lié.
Porte au pied des autels ce cœur qui m'abandonne ;
Va, cours ; mais crains encor d'y trouver Hermione.

SCÈNE VI. — PYRRHUS, PHŒNIX

PHŒNIX

Seigneur, vous entendez : garder de négliger
Une amante en fureur qui cherche à se venger.
Elle n'est en ces lieux que trop bien appuyée ;
La querelle des Grecs à la sienne est liée ;
Oreste l'aime encore ; et peut-être à ce prix...

PYRRHUS

Andromaque m'attend. Phœnix, garde son fils.

« Tais-toi, perfide »
« Et n'impute qu'à toi ton lâche parricide. »

(ANDROMAQUE, acte V, scène III)

ACTE CINQUIÈME

SCÈNE I. — HERMIONE

Où suis-je ? Qu'ai-je fait ? Que dois-je faire encore ?
Quel transport me saisit ? Quel chagrin me dévore ?
Errante et sans dessein, je cours dans ce palais.
Ah ! ne puis-je savoir si j'aime ou si je hais ?
Le cruel ! de quel œil il m'a congédiée :
Sans pitié, sans douleur au moins étudiée !
L'ai-je vu s'attendrir, se troubler un moment ?
En ai-je pu tirer un seul gémissement ?
Muet à mes soupirs, tranquille à mes alarmes,
Sembloit-il seulement qu'il eût part à mes larmes ?
Et je le plains encore ! Et, pour comble d'ennui,
Mon cœur, mon lâche cœur s'intéresse pour lui !
Je tremble au seul penser du coup qui le menace !
Et, prête à me venger, je lui fais déjà grâce !
Non, ne révoquons point l'arrêt de mon courroux :
Qu'il périsse ! aussi bien il ne vit plus pour nous.
Le perfide triomphe et se rit de ma rage :
Il pense voir en pleurs dissiper cet orage :
Il croit que, toujours foible, et d'un cœur incertain,
Je parerai d'un bras les coups de l'autre main.
Il juge encor de moi par mes bontés passées.
Mais plutôt le perfide a bien d'autres pensées :
Triomphant dans le temple, il ne s'informe pas
Si l'on souhaite ailleurs sa vie ou son trépas.
Il me laisse, l'ingrat, cet embarras funeste.
Non, non, encore un coup, laissons agir Oreste.

Qu'il meure, puisque enfin il a dû le prévoir,
Et puisqu'il m'a forcée enfin à le vouloir...
A le vouloir ? Eh quoi ! c'est donc moi qui l'ordonne ?
Sa mort sera l'effet de l'amour d'Hermione ?
Ce prince, dont mon cœur se faisoit autrefois
Avec tant de plaisir redire les exploits ;
A qui même en secret je m'étois destinée
Avant qu'on eût conclu ce fatal hyménée ;
Je n'ai donc traversé tant de mers, tant d'États,
Que pour venir si loin préparer son trépas,
L'assassiner, le perdre ? Ah ! devant qu'il expire...

SCÈNE II. — HERMIONE, CLÉONE

HERMIONE

Ah ! qu'ai-je fait, Cléone ? et que viens-tu me dire ?
Que fait Pyrrhus ?

CLÉONE

       Il est au comble de ses vœux,
Le plus fier des mortels, et le plus amoureux.
Je l'ai vu vers le temple, où son hymen s'apprête,
Mener en conquérant sa nouvelle conquête ;
Et, d'un œil où brilloient sa joie et son espoir,
S'enivrer en marchant du plaisir de la voir.
Andromaque, au travers de mille cris de joie,
Porte jusqu'aux autels le souvenir de Troie ;
Incapable toujours d'aimer et de haïr,
Sans joie et sans murmure elle semble obéir.

HERMIONE

Et l'ingrat ? jusqu'au bout il a poussé l'outrage ?
Mais as-tu bien, Cléone, observé son visage ?
Goûte-t-il des plaisirs tranquilles et parfaits ?
N'a-t-il point détourné ses yeux vers le palais ?
Dis-moi, ne t'es-tu point présentée à sa vue ?
L'ingrat a-t-il rougi lorsqu'il t'a reconnue ?

Son trouble avouoit-il son infidélité ?
A-t-il jusqu'à la fin soutenu sa fierté ?

CLÉONE

Madame, il ne voit rien : son salut et sa gloire
Semblent être avec vous sortis de sa mémoire.
Sans songer qui le suit, ennemis ou sujets,
Il poursuit seulement ses amoureux projets.
Autour du fils d'Hector il a rangé sa garde,
Et croit que c'est lui seul que le péril regarde.
Phœnix même en répond, qui l'a conduit exprès
Dans un fort éloigné du temple et du palais.
Voilà dans ses transports le seul soin qui lui reste.

HERMIONE

Le perfide ! il mourra. Mais que t'a dit Oreste ?

CLÉONE

Oreste avec ses Grecs dans le temple est entré.

HERMIONE

Eh bien ! à me venger n'est-il pas préparé ?

CLÉONE

Je ne sais.

HERMIONE

         Tu ne sais ? Quoi donc ! Oreste encore,
Oreste me trahit ?

CLÉONE

             Oreste vous adore ;
Mais de mille remords son esprit combattu
Croit tantôt son amour et tantôt sa vertu.
Il respecte en Pyrrhus l'honneur du diadème ;
Il respecte en Pyrrhus Achille et Pyrrhus même ;
Il craint les Grecs, il craint l'univers en courroux ;
Mais il se craint, dit-il, soi-même plus que tous.
Il voudroit en vainqueur vous apporter sa tête ;
Le seul nom d'assassin l'épouvante et l'arrête.
Enfin il est entré, sans savoir dans son cœur
S'il en devoit sortir coupable ou spectateur.

HERMIONE

Non, non, il les verra triompher sans obstacle ;
Il se gardera bien de troubler ce spectacle.
Je sais de quels remords son courage est atteint :
Le lâche craint la mort, et c'est tout ce qu'il craint.
Quoi ! sans qu'elle employât une seule prière,
Ma mère en sa faveur arma la Grèce entière ;
Ses yeux pour leur querelle, en dix ans de combats,
Virent périr vingt rois qu'ils ne connoissoient pas ;
Et moi, je ne prétends que la mort d'un parjure,
Et je charge un amant du soin de mon injure ;
Il peut me conquérir à ce prix, sans danger ;
Je me livre moi-même, et ne puis me venger !
Allons : c'est à moi seule à me rendre justice.
Que de cris de douleurs le temple retentisse ;
De leur hymen fatal troublons l'événement ;
Et qu'ils ne soient unis, s'il se peut, qu'un moment.
Je ne choisirai point dans ce désordre extrême :
Tout me sera Pyrrhus, fût-ce Oreste lui-même.
Je mourrai ; mais au moins ma mort me vengera :
Je ne mourrai pas seule, et quelqu'un me suivra.

SCÈNE III. — ORESTE, HERMIONE, CLÉONE

ORESTE

Madame, c'en est fait, et vous êtes servie :
Pyrrhus rend à l'autel son infidèle vie.

HERMIONE

Il est mort !

ORESTE

       Il expire ; et nos Grecs irrités
Ont lavé dans son sang ses infidélités.
Je vous l'avois promis ; et, quoique mon courage
Se fît de ce complot une funeste image,
J'ai couru vers le temple, où nos Grecs dispersés
Se sont jusqu'à l'autel dans la foule glissés.

Pyrrhus m'a reconnu, mais sans changer de face :
Il sembloit que ma vue excitât son audace ;
Que tous les Grecs, bravés en leur ambassadeur,
Dussent de son hymen relever la splendeur.
Enfin, avec transport prenant son diadème,
Sur le front d'Andromaque il l'a posé lui-même :
« Je vous donne, a-t-il dit, ma couronne et ma foi.
« Andromaque, régnez sur l'Épire et sur moi.
« Je voue à votre fils une amitié de père ;
« J'en atteste les dieux, je le jure à sa mère :
« Pour tous mes ennemis je déclare les siens,
« Et je le reconnois pour le roi des Troyens ».
A ces mots, qui du peuple attiroient le suffrage,
Nos Grecs n'ont répondu que par un cri de rage ;
L'infidèle s'est vu partout envelopper,
Et je n'ai pu trouver de place pour frapper :
Chacun se disputoit la gloire de l'abattre.
Je l'ai vu dans leurs mains quelque temps se débattre,
Tout sanglant à leurs coups vouloir se dérober ;
Mais enfin à l'autel il est allé tomber.
Du peuple épouvanté j'ai traversé la presse
Pour venir de ces lieux enlever ma princesse,
Et regagner le port, où bientôt nos amis
Viendront couverts du sang que je vous ai promis.

HERMIONE

Qu'ont-ils fait !

ORESTE

      Pardonnez à leur impatience :
Ils ont, je le vois bien, trahi notre vengeance ;
Vous vouliez que ma main portât les premiers coups,
Qu'il sentît en mourant qu'il expiroit pour vous ;
Mais c'est moi dont l'ardeur leur a servi d'exemple :
Je les ai pour vous seule entraînés dans le temple,
Madame ; et vous pouvez justement vous flatter
D'une mort que leurs bras n'ont fait qu'exécuter,
Vous seule avez poussé les coups...

HERMIONE

Tais-toi, perfide,
Et n'impute qu'à toi ton lâche parricide.
Va faire chez tes Grecs admirer ta fureur,
Va : je la désavoue, et tu me fais horreur.
Barbare, qu'as-tu fait ! Avec quelle furie
As-tu tranché le cours d'une si belle vie !
Avez-vous pu, cruels, l'immoler aujourd'hui,
Sans que tout votre sang se soulevât pour lui !
Mais parle : de son sort qui t'a rendu l'arbitre ?
Pourquoi l'assassiner ? Qu'a-t-il fait ? A quel titre ?
Qui te l'a dit ?

ORESTE

O dieux ! Quoi ! ne m'avez-vous pas
Vous-même, ici, tantôt, ordonné son trépas ?

HERMIONE

Ah ! falloit-il en croire une amante insensée ?
Ne devois-tu pas lire au fond de ma pensée ?
Et ne voyois-tu pas, dans mes emportements,
Que mon cœur démentoit ma bouche à tous moments ?
Quand je l'aurois voulu, falloit-il y souscrire ?
N'as-tu pas dû cent fois te le faire redire ?
Toi-même avant le coup me venir consulter,
Y revenir encore, ou plutôt m'éviter ?
Que ne me laissois-tu le soin de ma vengeance ?
Qui t'amène en des lieux où l'on fuit ta présence ?
Voilà de ton amour le détestable fruit :
Tu m'apportois, cruel, le malheur qui te suit.
C'est toi dont l'ambassade, à tous les deux fatale,
L'a fait pour son malheur pencher vers ma rivale.
Nous le verrions encor nous partager ses soins ;
Il m'aimeroit peut-être ; il le feindroit du moins.
Adieu. Tu peux partir. Je demeure en Épire :
Je renonce à la Grèce, à Sparte, à son empire,
A toute ma famille ; et c'est assez pour moi,
Traître, qu'elle ait produit un monstre tel que toi.

SCÈNE IV. — ORESTE

Que vois-je ? est-ce Hermione ? Et que viens-je d'entendre ?
Pour qui coule le sang que je viens de répandre ?
Je suis, si je l'en crois, un traître, un assassin.
Est-ce Pyrrhus qui meurt ? et suis-je Oreste enfin ?
Quoi ! j'étouffe en mon cœur la raison qui m'éclaire ;
J'assassine à regret un roi que je révère ;
Je viole en un jour les droits des souverains,
Ceux des ambassadeurs, et tous ceux des humains,
Ceux même des autels où ma fureur l'assiège ;
Je deviens parricide, assassin, sacrilège :
Pour qui ? pour une ingrate à qui je le promets,
Qui même, s'il ne meurt, ne me verra jamais,
Dont j'épouse la rage ! Et quand je l'ai servie,
Elle me redemande et son sang et sa vie !
Elle l'aime ! et je suis un monstre furieux !
Je la vois pour jamais s'éloigner de mes yeux !
Et l'ingrate en fuyant me laisse pour salaire
Tous les noms odieux que j'ai pris pour lui plaire !

SCÈNE V. — ORESTE, PYLADE, Soldats d'Oreste

PYLADE

Il faut partir, seigneur. Sortons de ce palais,
Ou bien résolvons-nous de n'en sortir jamais.
Nos Grecs pour un moment en défendent la porte :
Tout le peuple assemblé nous poursuit à main-forte.
Aux ordres d'Andromaque ici tout est soumis :
Ils la traitent en reine, et nous comme ennemis.
Andromaque elle-même, à Pyrrhus si rebelle,
Lui rend tous les devoirs d'une veuve fidèle,
Commande qu'on le venge ; et peut-être qu'encor
Elle poursuit sur nous la vengeance d'Hector.
Allons, n'attendons pas que l'on nous environne ;
Nos Grecs nous rejoindront ; et tandis qu'Hermione

Tient encore le peuple autour d'elle arrêté,
Voilà notre chemin, sortons en sûreté.

ORESTE

Non, non, c'est Hermione, amis, que je veux suivre :
A son dernier arrêt je ne puis plus survivre.
Partez : j'ai fait le crime, et je vais l'expier.

PYLADE

Hermione, seigneur ? Il la faut oublier.
Quoi ! toujours l'instrument et l'objet de sa rage,
Cherchez-vous chez les morts quelque nouvel outrage ?
Et parce qu'elle meurt faut-il que vous mouriez ?

ORESTE

Elle meurt ! Dieux ! qu'entends-je !

PYLADE

                     Eh quoi ! vous l'ignoriez !
En rentrant dans ces lieux nous l'avons rencontrée
Qui couroit vers le temple, inquiète, égarée.
Elle a trouvé Pyrrhus porté par des soldats
Que son sang excitoit à venger son trépas.
Sans doute à cet objet sa rage s'est émue.
Mais du haut de la porte enfin nous l'avons vue
Un poignard à la main sur Pyrrhus se courber,
Lever les yeux au ciel, se frapper, et tomber.

ORESTE

Grâce aux dieux, mon malheur passe mon espérance !
Oui, je te loue, ô ciel, de ta persévérance !
Appliqué sans relâche au soin de me punir,
Au comble des douleurs tu m'as fait parvenir ;
Ta haine a pris plaisir à former ma misère ;
J'étois né pour servir d'exemple à ta colère,
Pour être du malheur un modèle accompli.
Eh bien ! je meurs content, et mon sort est rempli.
Où sont ces deux amants ? Pour couronner ma joie,
Dans leur sang, dans le mien, il faut que je me noie ;
L'un et l'autre en mourant je les veux regarder :

Réunissons trois cœurs qui n'ont pu s'accorder...
Mais quelle épaisse nuit tout à coup m'environne ?
De quel côté sortir ? D'où vient que je frissonne ?
Quelle horreur me saisit ! Grâce au ciel j'entrevoi...
Dieux ! quels ruisseaux de sang coulent autour de moi !

PYLADE

Ah ! seigneur !

ORESTE

Quoi ! Pyrrhus, je te rencontre encore :
Trouverai-je partout un rival que j'abhorre ?
Percé de tant de coups, comment t'es-tu sauvé ?
Tiens, tiens, voilà le coup que je t'ai réservé.
Mais que vois-je ! A mes yeux Hermione l'embrasse !
Elle vient l'arracher au coup qui le menace !
Dieux ! quels affreux regards elle jette sur moi !
Quels démons, quels serpents traîne-t-elle après soi ?
Eh bien ! filles d'enfer, vos mains sont-elles prêtes ?
Pour qui sont ces serpents qui sifflent sur vos têtes ?
A qui destinez-vous l'appareil qui vous suit ?
Venez-vous m'enlever dans l'éternelle nuit ?
Venez, à vos fureurs Oreste s'abandonne.
Mais non, retirez-vous, laissez faire Hermione :
L'ingrate mieux que vous saura me déchirer ;
Et je lui porte enfin mon cœur à dévorer.

PYLADE

Il perd le sentiment. Amis, le temps nous presse ;
Ménageons les moments que ce transport nous laisse.
Sauvons-le. Nos efforts deviendroient impuissants
S'il reprenoit ici sa rage avec ses sens.

BRITANNICUS

TRAGÉDIE

1669

———

A MONSEIGNEUR
LE DUC DE CHEVREUSE

Monseigneur,

Vous serez peut-être étonné de voir votre nom à la tête de cet ouvrage ; et si je vous avois demandé la permission de vous l'offrir, je doute si je l'aurois obtenue. Mais ce seroit être en quelque sorte ingrat que de cacher plus longtemps au monde les bontés dont vous m'avez toujours honoré. Quelle apparence qu'un homme qui ne travaille que pour la gloire se puisse taire d'une protection aussi glorieuse que la vôtre ?

Non, Monseigneur, il m'est trop avantageux que l'on sache que mes amis mêmes ne vous sont pas indifférents, que vous prenez part à tous mes ouvrages, et que vous m'avez procuré l'honneur de lire celui-ci devant un homme dont toutes les heures sont précieuses. Vous fûtes témoin avec quelle pénétration d'esprit il jugea l'économie de la pièce, et combien l'idée qu'il s'est formée d'une excellente tragédie est au delà de tout ce que j'ai pu concevoir.

Ne craignez pas, Monseigneur, que je m'engage plus avant, et que, n'osant le louer en face, je m'adresse à vous pour le louer avec plus de liberté. Je sais qu'il seroit dangereux de le fatiguer de ses louanges ; et j'ose dire que cette même modestie qui vous est commune avec lui, n'est pas un des moindres liens qui vous attachent l'un à l'autre.

La modération n'est qu'une vertu ordinaire quand elle ne se rencontre qu'avec des qualités ordinaires. Mais qu'avec toutes les qualités et du cœur et de l'esprit, qu'avec un jugement qui, ce semble ne devroit être

le fruit que de l'expérience de plusieurs années, qu'avec mille belles connoissances que vous ne sauriez cacher à vos amis particuliers, vous ayez
encore cette sage retenue que tout le monde admire en vous, c'est sans
doute une vertu rare en un siècle où l'on fait vanité des moindres choses.
Mais je me laisse emporter insensiblement à la tentation de parler de
vous ; il faut qu'elle soit bien violente, puisque je n'ai pu y résister dans
une lettre où je n'avois autre dessein que de vous témoigner avec combien
de respect je suis,

MONSEIGNEUR,

Votre très humble et très obéissant serviteur,

RACINE.

PREMIÈRE PRÉFACE

De tous les ouvrages que j'ai donnés au public, il n'y en a point qui
m'ait attiré plus d'applaudissements ni plus de censeurs que celui-ci.
Quelque soin que j'ai pris pour travailler cette tragédie, il semble qu'autant que je me suis efforcé de la rendre bonne, autant de certaines gens
se sont efforcés de la décrier : il n'y a point de cabale qu'ils n'aient faite,
point de critique dont ils ne se soient avisés. Il y en a qui ont pris même
le parti de Néron contre moi : ils ont dit que je le faisois trop cruel. Pour
moi, je croyois que le nom seul de Néron faisoit entendre quelque chose
de plus que cruel. Mais peut-être qu'ils raffinent sur son histoire, et veulent dire qu'il étoit honnête homme dans ses premières années : il ne faut
qu'avoir lu Tacite pour savoir que, s'il a été quelque temps un bon empereur, il a toujours étéun très méchant homme. Il ne s'agit point dans ma
tragédie des affaires du dehors : Néron est ici dans son particulier et dans
sa famille ; et ils me dispenseront de leur rapporter tous les passages qui
pourroient aisément leur prouver que je n'ai point de réparation à lui
faire.

D'autres ont dit, au contraire, que je l'avois fait trop bon. J'avoue que
je ne m'étois pas formé l'idée d'un bon homme en la personne de Néron :
je l'ai toujours regardé comme un monstre. Mais c'est ici un monstre
naissant. Il n'a pas encore mis le feu à Rome ; il n'a pas encore tué sa
mère, sa femme, ses gouverneurs : à cela près, il me semble qu'il lui
échappe assez de cruautés pour empêcher que personne ne le méconnoisse.

Quelques-uns ont pris l'intérêt de Narcisse, et se sont plaints que j'en
eusse fait un très méchant homme, et le confident de Néron. Il suffit d'un
passage pour leur répondre. « Néron, dit Tacite, porta impatiemment la
« mort de Narcisse, parce que cet affranchi avoit une conformité merveil-
« leuse avec les vices du prince encore cachés : *Cujus abditis adhuc vitiis*
« *mire congruebat.* »

Les autres se sont scandalisés que j'eusse choisi un homme aussi jeune
que Britannicus pour le héros d'une tragédie. Je leur ai déclaré, dans la

préface d'*Andromaque*, le sentiment d'Aristote sur le héros de la tragédie, et que, bien loin d'être parfait, il faut toujours qu'il ait quelque imperfection. Mais je leur dirai encore ici qu'un jeune prince de dix-sept ans, qui a beaucoup de cœur, beaucoup d'amour, beaucoup de franchise et beaucoup de crédulité, qualités ordinaires d'un jeune homme, m'a semblé très capable d'exciter la compassion. Je n'en veux pas davantage.

« Mais, disent-ils, ce prince n'entroit que dans sa quinzième année « lorsqu'il mourut. On le fait vivre, lui et Narcisse, deux ans plus qu'ils « n'ont vécu. » Je n'aurois point parlé de cette objection, si elle n'avoit été faite avec chaleur par un homme qui s'est donné la liberté de faire régner vingt ans un empereur qui n'en a régné que huit, quoique ce changement soit bien plus considérable dans la chronologie, où l'on suppute les temps par les années des empereurs.

Junie ne manque pas non plus de censeurs : ils disent que d'une vieille coquette, nommée Junia Silana, j'en ai fait une jeune fille très sage. Qu'auroient-ils à me répondre, si je leur disois que cette Junie est un personnage inventé, comme l'Émilie de *Cinna*, comme la Sabine d'*Horace* ? Mais j'ai à leur dire que, s'ils avoient bien lu l'histoire, ils auroient trouvé une Junia Calvina, de la famille d'Auguste, sœur de Silanus, à qui Claudius avoit promis Octavie. Cette Junie étoit jeune, belle, et, comme dit Sénèque, *festivissima omnium puellarum*. Elle aimoit tendrement son frère ; et leurs ennemis, dit Tacite, les accusèrent tous deux d'inceste, quoiqu'ils ne fussent coupables que d'un peu d'indiscrétion. Si je la présente plus retenue qu'elle n'étoit, je n'ai pas ouï dire qu'il nous fût défendu de rectifier les mœurs d'un personnage, surtout lorsqu'il n'est pas connu.

L'on trouve étrange qu'elle paroisse sur le théâtre après la mort de Britannicus. Certainement la délicatesse est grande de ne pas vouloir qu'elle dise en quatre vers assez touchants qu'elle passe chez Octavie. « Mais, disent-ils, cela ne valoit pas la peine de la faire revenir, un autre « l'auroit pu raconter pour elle. » Ils ne savent pas qu'une des règles du théâtre est de ne mettre en récit que les choses qui ne se peuvent passer en action , et que tous les anciens font venir souvent sur la scène des acteurs qui n'ont autre chose à dire, sinon qu'ils viennent d'un endroit, et qu'ils s'en retournent à un autre.

« Tout cela est inutile, disent mes censeurs : la pièce est finie au récit « de la mort de Britannicus, et l'on ne devroit point écouter le reste. » On l'écoute pourtant, et même avec autant d'attention qu'aucune fin de tragédie. Pour moi j'ai toujours compris que la tragédie étant l'imitation d'une action complète, où plusieurs personnes concourent, cette action n'est point finie que l'on ne sache en quelle situation elle laisse ces mêmes personnes. C'est ainsi que Sophocle en use presque partout ; c'est ainsi que dans l'*Antigone* il emploie autant de vers à représenter la fureur d'Hémon et la punition de Créon après la mort de cette princesse, que j'en ai employé aux imprécations d'Agrippine, à la retraite de Junie, à la punition de Narcisse, et au désespoir de Néron, après la mort de Britannicus.

Que faudroit-il faire pour contenter des juges si difficiles ? La chose seroit aisée, pour peu qu'on voulût trahir le bon sens. Il ne faudroit que s'écarter du naturel pour se jeter dans l'extraordinaire. Au lieu d'une action simple, chargée de peu de matière, telle que doit être une action qui se passe en un seul jour, et qui, s'avançant par degrés vers sa fin, n'est soutenue que par les intérêts, les sentiments et les passions des personnages, il faudroit remplir cette même action de quantité d'incidents qui ne se pourroient passer qu'en un mois, d'un grand nombre de jeux de théâtre d'autant plus surprenants qu'ils seroient moins vraisemblables, d'une infinité de déclamations où l'on feroit dire aux acteurs tout le contraire de ce qu'ils devroient dire. Il faudroit, par exemple, représenter quelque héros ivre, qui se voudroit faire haïr de sa maîtresse, de gaieté de cœur, un Lacédémonien grand parleur, un conquérant qui ne débiteroit que des maximes d'amour, une femme qui donneroit des leçons de fierté à des conquérants : voilà sans doute de quoi faire récrier tous ces messieurs. Mais que diroit cependant le petit nombre de gens sages auxquels je m'efforce de plaire ? De quel front oserois-je me montrer, pour ainsi dire, aux yeux de ces grands hommes de l'antiquité que j'ai choisis pour modèles ? Car, pour me servir de la pensée d'un ancien, voilà les véritables spectateurs que nous devons nous proposer ; et nous devons sans cesse nous demander : que diroient Homère et Virgile, s'ils lisoient ces vers ? que diroit Sophocle, s'il voyait représenter cette scène ? Quoi qu'il en soit, je n'ai point prétendu empêcher qu'on ne parlât contre mes ouvrages ; je l'aurois prétendu inutilement : *Quid de te alii loquantur ipsi videant*, dit Cicéron ; *sed loquentur tamen*.

Je prie seulement le lecteur de me pardonner cette petite préface, que j'ai faite pour lui rendre raison de ma tragédie. Il n'y a rien de plus naturel que de se défendre quand on se croit justement attaqué. Je vois que Térence même semble n'avoir fait des prologues que pour se justifier contre les critiques d'un vieux poète malintentionné, *malevoli veteris poetæ*, et qui venoit briguer des voix contre lui jusqu'aux heures où l'on représentoit ses comédies.

> « ....Occœpta est agi :
> « Exclamat, etc. »

On me pouvoit faire une difficulté qu'on ne m'a point faite. Mais ce qui est échappé aux spectateurs pourra être remarqué par les lecteurs. C'est que je fais entrer Junie dans les vestales, où, selon Aulu-Gelle, on ne recevoit personne au-dessous de six ans, ni au-dessus de dix. Mais le peuple prend ici Junie sous sa protection ; et j'ai cru qu'en considération de sa naissance, de sa vertu et de son malheur, il pouvoit la dispenser de l'âge prescrit par les lois, comme il a dispensé de l'âge pour le consulat tant de grands hommes qui avoient mérité ce privilège.

Enfin, je suis très persuadé qu'on me peut faire bien d'autres critiques, sur lesquelles je n'aurois d'autre parti à prendre que celui d'en profiter à l'avenir. Mais je plains fort le malheur d'un homme qui travaille pour le public. Ceux qui voient le mieux nos défauts sont ceux qui les dissimulent le plus volontiers : ils nous pardonnent les endroits qui leur ont déplu, en faveur de ceux qui leur ont donné du plaisir. Il n'y a rien, au contraire, de plus injuste qu'un ignorant : il croit toujours que l'admiration est le partage des gens qui ne savent rien ; il condamne toute une pièce pour une scène qu'il n'approuve pas ; il s'attaque même aux endroits les plus éclatants, pour faire croire qu'il a de l'esprit ; et pour peu que nous résistions à ses sentiments, il nous traite de présomptueux qui ne veulent croire personne, et ne songe pas qu'il tire quelquefois plus de vanité d'une critique fort mauvaise, que nous n'en tirons d'une assez bonne pièce de théâtre.

« Homine imperito numquam quidquam injustius. »

SECONDE PRÉFACE

Voici celle de mes tragédies que je puis dire que j'ai le plus travaillée. Cependant j'avoue que le succès ne répondit pas d'abord à mes espérances ; à peine elle parut sur le théâtre, qu'il s'éleva quantité de critiques qui sembloient la devoir détruire. Je crus moi-même que sa destinée seroit à l'avenir moins heureuse que celle de mes autres tragédies. Mais enfin il est arrivé de cette pièce ce qui arrivera toujours des ouvrages qui auront quelque bonté : les critiques se sont évanouies, la pièce est demeurée. C'est maintenant celle des miennes que la cour et le public revoient le plus volontiers. Et si j'ai fait quelque chose de solide, et qui mérite quelque louange, la plupart des connoisseurs demeurent d'accord que c'est ce même *Britannicus*.

A la vérité j'avois travaillé sur des modèles qui m'avoient extrêmement soutenu dans la peinture que je voulois faire de la cour d'Agrippine et de Néron. J'avois copié mes personnages d'après le plus grand peintre de l'antiquité, je veux dire d'après Tacite, et j'étois alors si rempli de la lecture de cet excellent historien, qu'il n'y a presque pas un trait éclatant dans ma tragédie dont il ne m'ait donné l'idée. J'avois voulu mettre dans ce recueil un extrait des plus beaux endroits que j'ai tâché d'imiter ; mais j'ai trouvé que cet extrait tiendroit presque autant de place que la tragédie. Ainsi le lecteur trouvera bon que je le renvoie à cet auteur, qui aussi bien est entre les mains de tout le monde ; et je me contenterai de rapporter ici quelques-uns de ses passages sur chacun des personnages que j'introduis sur la scène.

Pour commencer par Néron, il faut se souvenir qu'il est ici dans les premières années de son règne, qui ont été heureuses, comme l'on sait. Ainsi il ne m'a pas été permis de le représenter aussi méchant qu'il l'a été depuis. Je ne le représente pas non plus comme un homme vertueux, car il ne l'a jamais été. Il n'a pas encore tué sa mère, sa femme, ses gouverneurs ; mais il a en lui les semences de tous ces crimes : il commence à vouloir secouer le joug ; il les hait les uns et les autres ; il leur cache sa haine sous de fausses caresses, *factus natura velare odium fallacibus blanditiis*. En un mot, c'est ici un monstre naissant, mais qui n'ose encore se déclarer, et qui cherche des couleurs à ses méchantes actions : *Hactenus Nero flagitiis et sceleribus velamenta quæsivit*. Il ne pouvoit souffrir Octavie, princesse d'une bonté et d'une vertu exemplaires, *fato quodam, an quia prævalent illicita ; metuebaturque ne in stupra feminarum illustrium prorumperet*.

Je lui donne Narcisse pour confident. J'ai suivi en cela Tacite, qui dit que Néron porta impatiemment la mort de Narcisse ; parce que cet affranchi avoit une conformité merveilleuse avec les vices du prince encore cachés : *Cujus abditis adhuc vitiis mire congruebat*. Ce passage prouve deux choses : il prouve et que Néron étoit déjà vicieux, mais qu'il dissimuloit ses vices, et que Narcisse l'entretenoit dans ses mauvaises inclinations.

J'ai choisi Burrhus pour opposer un honnête homme à cette peste de cour ; et je l'ai choisi plutôt que Sénèque ; en voici la raison : ils étoient tous deux gouverneurs de la jeunesse de Néron, l'un pour les armes, et l'autre pour les lettres ; et ils étoient fameux, Burrhus pour son expérience dans les armes et pour la sévérité de ses mœurs, *militaribus curis et severitate morum* ; Sénèque pour son éloquence et le tour agréable de son esprit, *Seneca præceptis eloquentiæ et comitate honestâ*. Burrhus, après sa mort, fut extrêmement regretté à cause de sa vertu : *Civitati grande desiderium ejus mansit per memoriam virtutis*.

Toute leur peine étoit de résister à l'orgueil et à la férocité d'Agrippine, *quæ, cunctis malæ dominationis cupidinibus flagrans, habebat in partibus Pallantem*. Je ne dis que ce mot d'Agrippine, car il y auroit trop de choses à en dire. C'est elle que je me suis surtout efforcé de bien exprimer, et ma tragédie n'est pas moins la disgrâce d'Agrippine que la mort de Britannicus. Cette mort fut un coup de foudre pour elle ; et il parut, dit Tacite, par sa frayeur et par sa consternation, qu'elle étoit aussi innocente de cette mort qu'Octavie. Agrippine perdoit en lui sa dernière espérance, et ce crime lui en faisoit craindre un plus grand : *Sibi supremum auxilium ereptum, et parricidii exemplum intelligebat*.

L'âge de Britannicus étoit si connu, qu'il ne m'a pas été permis de le représenter autrement que comme un jeune prince qui avoit beaucoup de cœur, beaucoup d'amour et beaucoup de franchise, qualités ordinaires d'un jeune homme. Il avoit quinze ans, et on dit qu'il avoit beaucoup d'esprit, soit qu'on dise vrai, ou que ses malheurs aient fait croire cela de lui, sans qu'il ait pu en donner des marques : *Neque segnem ei fuisse indolem ferunt ; sive verum, seu, periculis commendatus, retinuit famam sine experimento*.

Il ne faut pas s'étonner s'il n'a auprès de lui qu'un aussi méchant homme que Narcisse ; car il y avoit longtemps qu'on avoit donné ordre qu'il n'y eût auprès de Britannicus que des gens qui n'eussent ni foi ni honneur : *Nam, ut proximus quisque Britannico, neque fas neque fidem, pensi haberet, olim provisum erat*.

Il me reste à parler de Junie. Il ne la faut pas confondre avec une vieille coquette qui s'appeloit *Junia Silana*. C'est ici une autre Junie, que Tacite appelle *Junia Calvina*, de la famille d'Auguste, sœur de Silanus, à qui Claudius avoit promis Octavie. Cette Junie étoit jeune, belle, et, comme dit Sénèque, *festivissima omnium puellarum*. Son frère et elle s'aimoient tendrement ; *et leurs ennemis*, dit Tacite, *les accusèrent tous deux d'inceste, quoiqu'ils ne fussent coupables que d'un peu d'indiscrétion.* Elle vécut jusqu'au règne de Vespasien.

Je la fais entrer dans les vestales, quoique, selon Aulu-Gelle, on n'y reçût jamais personne au-dessous de six ans ni au-dessus de dix. Mais le peuple prend ici Junie sous sa protection ; et j'ai cru qu'en considération de sa naissance, de sa vertu et de son malheur, il pouvoit la dispenser de l'âge prescrit par les lois, comme il a dispensé de l'âge pour le consulat tant de grands hommes qui avoient mérité ce privilège.

PERSONNAGES

NÉRON, empereur, fils d'Agrippine.

BRITANNICUS, fils de l'empereur Claudius et de Messaline.

AGRIPPINE, veuve de Domitius Ænobarbus, père de Néron, et, en secondes noces, veuve de l'empereur Claudius.

JUNIE, amante de Britannicus.

BURRHUS, gouverneur de Néron.

NARCISSE, gouverneur de Britannicus.

ALBINE, confidente d'Agrippine.

GARDES.

La scène est à Rome, dans une chambre du palais de Néron.

ACTE PREMIER

SCÈNE I. — AGRIPPINE, ALBINE

ALBINE

Quoi ! tandis que Néron s'abandonne au sommeil,
Faut-il que vous veniez attendre son réveil ?
Qu'errant dans le palais, sans suite et sans escorte,
La mère de César veille seule à sa porte ?
Madame, retournez dans votre appartement.

AGRIPPINE

Albine, il ne faut pas s'éloigner un moment.
Je veux l'attendre ici : les chagrins qu'il me cause
M'occuperont assez tout le temps qu'il repose.
Tout ce que j'ai prédit n'est que trop assuré :
Contre Britannicus Néron s'est déclaré.
L'impatient Néron cesse de se contraindre ;
Las de se faire aimer, il veut se faire craindre.
Britannicus le gêne, Albine ; et chaque jour
Je sens que je deviens importune à mon tour.

ALBINE

Quoi ! vous à qui Néron doit le jour qu'il respire,
Qui l'avez appelé de si loin à l'Empire ?
Vous qui, déshéritant le fils de Claudius ?
Avez nommé César l'heureux Domitius ?
Tout lui parle, madame, en faveur d'Agrippine :
Il vous doit son amour.

AGRIPPINE

      Il me le doit, Albine :

Tout, s'il est généreux, lui prescrit cette loi ;
Mais tout, s'il est ingrat, lui parle contre moi.

ALBINE

S'il est ingrat, madame ? Ah ! toute sa conduite
Marque dans son devoir une âme trop instruite.
Depuis trois ans entiers, qu'a-t-il dit, qu'a-t-il fait
Qui ne promette à Rome un empereur parfait ?
Rome, depuis trois ans, par ses soins gouvernée,
Au temps de ses consuls croit être retournée ;
Il la gouverne en père. Enfin, Néron naissant
A toutes les vertus d'Auguste vieillissant.

AGRIPPINE

Non, non, mon intérêt ne me rend point injuste :
Il commence, il est vrai, par où finit Auguste ;
Mais crains que, l'avenir détruisant le passé,
Il ne finisse ainsi qu'Auguste a commencé.
Il se déguise en vain : je lis sur son visage
Des fiers Domitius l'humeur triste et sauvage ;
Il mêle avec l'orgueil qu'il a pris dans leur sang
La fierté des Nérons qu'il puisa dans mon flanc.
Toujours la tyrannie a d'heureuses prémices :
De Rome, pour un temps, Caïus fut les délices ;
Mais, sa feinte bonté se tournant en fureur,
Les délices de Rome en devinrent l'horreur.
Que m'importe, après tout, que Néron plus fidèle,
D'une longue vertu laisse un jour le modèle ?
Ai-je mis dans sa main le timon de l'État
Pour le conduire au gré du peuple et du sénat ?
Ah ! que de la patrie il soit, s'il veut, le père :
Mais qu'il songe un peu plus qu'Agrippine est sa mère.
De quel nom cependant pouvons-nous appeler
L'attentat que le jour vient de nous révéler ?
Il sait, car leur amour ne peut être ignorée,
Que de Britannicus Junie est adorée :
Et ce même Néron, que la vertu conduit,
Fait enlever Junie au milieu de la nuit !

Que veut-il ? Est-ce haine, est-ce amour qui l'inspire ?
Cherche-t-il seulement le plaisir de leur nuire ;
Ou plutôt n'est-ce point que sa malignité
Punit sur eux l'appui que je leur ai prêté ?

ALBINE

Vous, leur appui, madame ?

AGRIPPINE

Arrête, chère Albine.
Je sais que j'ai moi seule avancé leur ruine ;
Que du trône, où le sang l'a dû faire monter,
Britannicus par moi s'est vu précipiter.
Par moi seule, éloigné de l'hymen d'Octavie,
Le frère de Junie abandonna la vie,
Silanus, sur qui Claude avoit jeté les yeux,
Et qui comptoit Auguste au rang de ses aïeux.
Néron jouit de tout : et moi, pour récompense,
Il faut qu'entre eux et lui je tienne la balance,
Afin que quelque jour par une même loi,
Britannicus la tienne entre mon fils et moi.

ALBINE

Quel dessein !

AGRIPPINE

Je m'assure un port dans la tempête.
Néron m'échappera, si ce frein ne l'arrête.

ALBINE

Mais prendre contre un fils tant de soins superflus ?

AGRIPPINE

Je le craindrois bientôt, s'il ne me craignoit plus.

ALBINE

Une juste frayeur vous alarme peut-être.
Mais si Néron pour vous n'est plus ce qu'il doit être,
Du moins son changement ne vient pas jusqu'à nous,
Et ce sont des secrets entre César et vous.
Quelques titres nouveaux que Rome lui défère,

Néron n'en reçoit point qu'il ne donne à sa mère.
Sa prodigue amitié ne se réserve rien ;
Votre nom est dans Rome aussi saint que le sien ;
A peine parle-t-on de la triste Octavie.
Auguste votre aïeul honora moins Livie :
Néron devant sa mère a permis le premier
Qu'on portât les faisceaux couronnés de laurier ;
Quels effets voulez-vous de sa reconnoissance ?

AGRIPPINE

Un peu moins de respect, et plus de confiance.
Tous ces présents, Albine, irritent mon dépit.
Je vois mes honneurs croître et tomber mon crédit.
Non, non, le temps n'est plus que Néron, jeune encore,
Me renvoyoit les vœux d'une cour qui l'adore ;
Lorsqu'il se reposoit sur moi de tout l'État ;
Que mon ordre au palais assembloit le sénat,
Et que derrière un voile, invisible et présente,
J'étois de ce grand corps l'âme toute-puissante.
Des volontés de Rome alors mal assuré,
Néron de sa grandeur n'étoit point enivré.
Ce jour, ce triste jour frappe encor ma mémoire,
Où Néron fut lui-même ébloui de sa gloire,
Quand les ambassadeurs de tant de rois divers
Vinrent le reconnoître au nom de l'univers.
Sur son trône avec lui j'allois prendre ma place :
J'ignore quel conseil prépara ma disgrâce ;
Quoi qu'il en soit, Néron, d'aussi loin qu'il me vit,
Laissa sur son visage éclater son dépit.
Mon cœur même en conçut un malheureux augure.
L'ingrat, d'un faux respect colorant son injure,
Se leva par avance ; et courant m'embrasser,
Il m'écarta du trône où je m'allois placer.
Depuis ce coup fatal le pouvoir d'Agrippine
Vers sa chute à grands pas chaque jour s'achemine.
L'ombre seule m'en reste ; et l'on n'implore plus
Que le nom de Sénèque, et l'appui de Burrhus.

ALBINE

Ah ! si de ce soupçon votre âme est prévenue,
Pourquoi nourrissez-vous le venin qui vous tue ?
Allez avec César vous éclaircir du moins.

AGRIPPINE

César ne me voit plus, Albine, sans témoins :
En public, à mon heure, on me donne audience.
Sa réponse est dictée, et même son silence.
Je vois deux surveillants, ses maîtres et les miens,
Présider l'un ou l'autre à tous nos entretiens.
Mais je le poursuivrai d'autant plus qu'il m'évite :
De son désordre, Albine, il faut que je profite.
J'entends du bruit ; on ouvre. Allons subitement
Lui demander raison de cet enlèvement :
Surprenons, s'il se peut, les secrets de son âme.
Mais quoi ! déjà Burrhus sort de chez lui !

SCÈNE II. — AGRIPPINE, BURRHUS, ALBINE

BURRHUS

Madame,

Au nom de l'empereur j'allois vous informer
D'un ordre qui d'abord a pu vous alarmer,
Mais qui n'est que l'effet d'une sage conduite,
Dont César a voulu que vous voyez instruite.

AGRIPPINE

Puisqu'il le veut, entrons : il m'en instruira mieux.

BURRHUS

César pour quelque temps s'est soustrait à nos yeux.
Déjà par une porte au public moins connue
L'un et l'autre consuls vous avoient prévenue,
Madame. Mais souffrez que je retourne exprès...

AGRIPPINE

Non, je ne trouble point ses augustes secrets ;
Cependant voulez-vous qu'avec moins de contrainte
L'un et l'autre une fois nous nous parlions sans feinte

BURRHUS

Burrhus pour le mensonge eut toujours trop d'horreur.

AGRIPPINE

Prétendez-vous longtemps me cacher l'empereur ?
Ne le verrai-je plus qu'à titre d'importune ?
Ai-je donc élevé si haut votre fortune
Pour mettre une barrière entre mon fils et moi ?
Ne l'osez-vous laisser un moment sur sa foi ?
Entre Sénèque et vous disputez-vous la gloire
A qui m'effacera plus tôt de sa mémoire ?
Vous l'ai-je confié pour en faire un ingrat,
Pour être, sous son nom, les maîtres de l'État ?
Certes, plus je médite, et moins je me figure
Que vous m'osiez compter pour votre créature,
Vous, dont j'ai pu laisser vieillir l'ambition
Dans les honneurs obscurs de quelque légion ;
Et moi, qui sur le trône ai suivi mes ancêtres,
Moi, fille, femme, sœur et mère de vos maîtres !
Que prétendez-vous donc ? Pensez-vous que ma voix
Ait fait un empereur pour m'en imposer trois ?
Néron n'est plus enfant : n'est-il pas temps qu'il régne ?
Jusqu'à quand voulez-vous que l'empereur vous craigne ?
Ne sauroit-il rien voir qu'il n'emprunte vos yeux ?
Pour se conduire, enfin, n'a-t-il pas ses aïeux ?
Qu'il choisisse, s'il veut, d'Auguste ou de Tibère ;
Qu'il imite, s'il peut, Germanicus mon père.
Parmi tant de héros je n'ose me placer ;
Mais il est des vertus que je lui puis tracer :
Je puis l'instruire au moins combien sa confidence
Entre un sujet et lui doit laisser de distance.

BURRHUS

Je ne m'étois chargé dans cette occasion
Que d'excuser César d'une seule action ;
Mais puique, sans vouloir que je le justifie,
Vous me rendez garant du reste de sa vie,
Je répondrai, madame, avec la liberté

« Belle, sans ornement, dans le simple appareil »
« D'une beauté qu'on vient d'arracher au sommeil »

(BRITANNICUS, acte I, scène II)

D'un soldat qui sait mal farder la vérité.
Vous m'avez de César confié la jeunesse,
Je l'avoue ; et je dois m'en souvenir sans cesse.
Mais vous avois-je fait serment de le trahir,
D'en faire un empereur qui ne sut qu'obéir ?
Non. Ce n'est plus à vous qu'il faut que j'en réponde :
Ce n'est plus votre fils, c'est le maître du monde.
J'en dois compte, madame, à l'empire romain,
Qui croit voir son salut ou sa perte en ma main.
Ah ! si dans l'ignorance il le falloit instruire,
N'avoit-on que Sénèque et moi pour le séduire ?
Pourquoi de sa conduite éloigner les flatteurs ?
Falloit-il dans l'exil chercher des corrupteurs ?
La cour de Claudius, en esclaves fertile,
Pour deux que l'on cherchoit en eût présenté mille,
Qui tous auroient brigué l'honneur de l'avilir :
Dans une longue enfance ils l'auroient fait vieillir.
De quoi vous plaignez-vous, madame ? On vous révère :
Ainsi que par César, on jure par sa mère.
L'empereur, il est vrai, ne vient plus chaque jour
Mettre à vos pieds l'empire, et grossir votre cour ;
Mais le doit-il, madame ? et sa reconnoissance
Ne peut-elle éclater que dans sa dépendance ?
Toujours humble, toujours le timide Néron
N'ose-t-il être Auguste et César que de nom ?
Vous le dirai-je enfin ? Rome le justifie.
Rome, à trois affranchis si longtemps asservie,
A peine respirant du joug qu'elle a porté,
Du règne de Néron compte sa liberté.
Que dis-je ? la vertu semble même renaître.
Tout l'empire n'est plus la dépouille d'un maître ;
Le peuple au champ de Mars nomme ses magistrats ;
César nomme les chefs sur la foi des soldats ;
Thraséas au sénat, Corbulon dans l'armée,
Sont encore innocents, malgré leur renommée ;
Les déserts autrefois peuplés de sénateurs,
Ne sont plus habités que par leurs délateurs.

Qu'importe que César continue à nous croire,
Pourvu que nos conseils ne tendent qu'à sa gloire ;
Pourvu que dans le cours d'un règne florissant
Rome soit toujours libre, et César tout-puissant ?
Mais, madame, Néron suffit pour se conduire.
J'obéis, sans prétendre à l'honneur de l'instruire.
Sur ses aïeux, sans doute, il n'a qu'à se régler ;
Pour bien faire, Néron, n'a qu'à se ressembler.
Heureux si ses vertus, l'une à l'autre enchaînées,
Ramènent tous les ans ses premières années ?

AGRIPPINE

Ainsi, sur l'avenir n'osant vous assurer,
Vous croyez que sans vous Néron va s'égarer.
Mais vous qui, jusqu'ici content de votre ouvrage,
Venez de ses vertus nous rendre témoignage,
Expliquez-nous pourquoi, devenu ravisseur,
Néron de Silanus fait enlever la sœur ?
Ne tient-il qu'à marquer de cette ignominie
Le sang de mes aïeux qui brille dans Junie ?
De quoi l'accuse-t-il ? Et par quel attentat
Devient-elle un jour criminelle d'État :
Elle qui, sans orgueil jusqu'alors élevée,
N'auroit point vu Néron, s'il ne l'eût enlevée ;
Et qui même auroit mis au rang de ses bienfaits
L'heureuse liberté de ne le voir jamais ?

BURRHUS

Je sais que d'aucun crime elle n'est soupçonnée ;
Mais jusqu'ici César ne l'a point condamnée,
Madame. Aucun objet ne blesse ici ses yeux :
Elle est dans un palais tout plein de ses aïeux.
Vous savez que les droits qu'elle porte avec elle
Peuvent de son époux faire un prince rebelle ;
Que le sang de César ne se doit allier
Qu'à ceux à qui César le veut bien confier ;
Et vous-même avouerez qu'il ne seroit pas juste
Qu'on disposât sans lui de la nièce d'Auguste.

AGRIPPINE

Je vous entends : Néron m'apprend par votre voix
Qu'en vain Britannicus s'assure sur mon choix.
En vain, pour détourner ses yeux de sa misère,
J'ai flatté son amour d'un hymen qu'il espère :
A ma confusion, Néron veut faire voir
Qu'Agrippine promet par delà son pouvoir.
Rome de ma faveur est trop préoccupée :
Il veut par cet affront qu'elle soit détrompée,
Et que tout l'univers apprenne avec terreur
A ne confondre plus mon fils et l'empereur.
Il le peut. Toutefois j'ose encore lui dire
Qu'il doit avant ce coup affermir son empire ;
Et qu'en me réduisant à la nécessité
D'éprouver contre lui ma foible autorité,
Il expose la sienne ; et que dans la balance
Mon nom peut-être aura plus de poids qu'il ne pense.

BURRHUS

Quoi, madame ! toujours soupçonner son respect !
Ne peut-il faire un pas qui ne vous soit suspect ?
L'empereur vous croit-il du parti de Junie ?
Avec Britannicus vous croit-il réunie ?
Quoi ! de vos ennemis devenez-vous l'appui
Pour trouver un prétexte à vous plaindre de lui ?
Sur le moindre discours qu'on pourra vous redire,
Serez-vous toujours prête à partager l'empire ?
Vous craindrez-vous sans cesse ; et vos embrassements
Ne se passeront-ils qu'en éclaircissements ?
Ah ! quittez d'un censeur la triste diligence ;
D'une mère facile affectez l'indulgence ;
Souffrez quelques froideurs sans les faire éclater,
Et n'avertissez point la cour de vous quitter.

AGRIPPINE

Et qui s'honoreroit de l'appui d'Agrippine,
Lorsque Néron lui-même annonce ma ruine,

Lorsque de sa présence il semble me bannir,
Quand Burrhus à sa porte ose me retenir ?

BURRHUS

Madame, je vois bien qu'il est temps de me taire,
Et que ma liberté commence à vous déplaire.
La douleur est injuste : et toutes les raisons
Qui ne la flattent point aigrissent ses soupçons.
Voici Britannicus. Je lui cède ma place.
Je vous laisse écouter et plaindre sa disgrâce,
Et peut-être, madame, en accuser les soins
De ceux que l'empereur a consultés le moins.

SCÈNE III. — BRITANNICUS, AGRIPPINE, NARCISSE
ALBINE

AGRIPPINE

Ah ! prince, où courez-vous ? Quelle ardeur inquiète
Parmi vos ennemis en aveugle vous jette ?
Que venez-vous chercher ?

BRITANNICUS

   Ce que je cherche ? Ah dieux !
Tout ce que j'ai perdu, madame, est en ces lieux.
De mille affreux soldats Junie environnée
S'est vue en ce palais indignement traînée.
Hélas ! de quelle horreur ses timides esprits
A ce nouveau spectacle auront été surpris ?
Enfin on me l'enlève. Une loi trop sévère
Va séparer deux cœurs qu'assembloit leur misère :
Sans doute on ne veut pas que, mêlant nos douleurs,
Nous nous aidions l'un l'autre à porter nos malheurs.

AGRIPPINE

Il suffit. Comme vous je ressens vos injures ;
Mes plaintes ont déjà précédé vos murmures.
Mais je ne prétends pas qu'un impuissant courroux
Dégage ma parole et m'acquitte envers vous.

Je ne m'explique point. Si vous voulez m'entendre,
Suivez-moi chez Pallas, où je vais vous attendre.

SCÈNE IV. — BRITANNICUS, NARCISSE

BRITANNICUS

La croirai-je, Narcisse ? et dois-je sur ma foi
La prendre pour arbitre entre son fils et moi ?
Qu'en dis-tu ? N'est-ce pas cette même Agrippine
Que mon père épousa jadis pour sa ruine,
Et qui, si je t'en crois, a de ses derniers jours,
Trop lents pour ses desseins, précipité le cours ?

NARCISSE

N'importe. Elle se sent comme vous outragée ;
A vous donner Junie elle s'est engagée ;
Unissez vos chagrins, liez vos intérêts :
Ce palais retentit en vain de vos regrets :
Tandis qu'on vous verra d'une voix suppliante
Semer ici la plainte et non pas l'épouvante,
Que vos ressentiments se perdront en discours,
Il n'en faut pas douter, vous vous plaindrez toujours.

BRITANNICUS

Ah, Narcisse ! tu sais si de la servitude
Je prétends faire encore une longue habitude ;
Tu sais si pour jamais, de ma chute étonné,
Je renonce à l'empire où j'étois destiné.
Mais je suis seul encor : les amis de mon père
Sont autant d'inconnus que glace ma misère,
Et ma jeunesse même écarte loin de moi
Tous ceux qui dans le cœur me réservent leur foi.
Pour moi, depuis un an qu'un peu d'expérience
M'a donné de mon sort la triste connoissance,
Que vois-je autour de moi, que des amis vendus
Qui sont de tous mes pas les témoins assidus,
Qui, choisis par Néron pour ce commerce infâme,
Trafiquent avec lui des secrets de mon âme ?

Quoi qu'il en soit, Narcisse, on me vend tous les jours ;
Il prévoit mes desseins, il entend mes discours ;
Comme toi, dans mon cœur, il sait ce qui se passe.
Que t'en semble, Narcisse ?

NARCISSE

Ah ! quelle âme assez basse !
C'est à vous de choisir des confidents discrets,
Seigneur, et de ne pas prodiguer vos secrets.

BRITANNICUS

Narcisse, tu dis vrai ; mais cette défiance
Est toujours d'un grand cœur la dernière science ;
On le trompe longtemps. Mais enfin je te croi,
Ou plutôt je fais vœu de ne croire que toi.
Mon père, il m'en souvient, m'assura de ton zèle :
Seul de ses affranchis tu m'es toujours fidèle ;
Tes yeux, sur ma conduite incessamment ouverts,
M'ont sauvé jusqu'ici de mille écueils couverts.
Va donc voir si le bruit de ce nouvel orage
Aura de nos amis excité le courage ;
Examine leurs yeux, observe leurs discours ;
Vois si j'en puis attendre un fidèle secours.
Surtout dans ce palais remarque avec adresse
Avec quel soin Néron fait garder la princesse :
Sache si du péril ses beaux yeux sont remplis,
Et si son entretien m'est encore permis.
Cependant de Néron je vais trouver la mère
Chez Pallas, comme toi l'affranchi de mon père :
Je vais la voir, l'aigrir, la suivre et, s'il se peut,
M'engager sous son nom plus loin qu'elle ne veut.

ACTE DEUXIÈME

SCÈNE I. — NÉRON, BURRHUS, NARCISSE, Gardes

NÉRON

N'en doutez point, Burrhus : malgré ses injustices,
C'est ma mère, et je veux ignorer ses caprices.
Mais je ne prétends plus ignorer ni souffrir
Le ministre insolent qui les ose nourrir.
Pallas de ses conseils empoisonne ma mère ;
Il séduit chaque jour, Britannicus mon frère ;
Ils l'écoutent lui seul : et qui suivroit leurs pas,
Les trouveroit peut-être assemblés chez Pallas.
C'en est trop. De tous deux il faut que je l'écarte.
Pour la dernière fois, qu'il s'éloigne, qu'il parte ;
Je le veux, je l'ordonne, et que la fin du jour
Ne le retrouve plus dans Rome ou dans ma cour.
Allez : cet ordre importe au salut de l'empire.
Vous, Narcisse, approchez.
                         (Aux gardes.)
                    Et vous, qu'on se retire.

SCÈNE II. — NÉRON, NARCISSE

NARCISSE

Grâces aux dieux, seigneur, Junie entre vos mains
Vous assure aujourd'hui le reste des Romains.
Vos ennemis, déchus de leur vaine espérance,
Sont allés chez Pallas pleurer leur impuissance.
Mais que vois-je ? Vous-même, inquiet, étonné,

Plus que Britannicus paroissez consterné.
Que présage à mes yeux cette tristesse obscure,
Et ces sombres regards errants à l'aventure ?
Tout vous rit : la fortune obéit à vos vœux.

NÉRON

Narcisse, c'en est fait, Néron est amoureux.

NARCISSE

Vous !

NÉRON

Depuis un moment ; mais pour toute ma vie,
J'aime, que dis-je, aimer ? j'idolâtre Junie.

NARCISSE

Vous l'aimez !

NÉRON

Excité d'un désir curieux,
Cette nuit je l'ai vue arriver en ces lieux,
Triste, levant au ciel ses yeux mouillés de larmes,
Qui brilloient au travers des flambeaux et des armes,
Belle sans ornement, dans le simple appareil
D'une beauté qu'on vient d'arracher au sommeil.
Que veux-tu ? Je ne sais si cette négligence,
Les ombres, les flambeaux, les cris et le silence,
Et le farouche aspect de ses fiers ravisseurs,
Relevoient de ses yeux les timides douceurs.
Quoi qu'il en soit, ravi d'une si belle vue,
J'ai voulu lui parler, et ma voix s'est perdue :
Immobile, saisi d'un long étonnement,
Je l'ai laissé passer dans son appartement.
J'ai passé dans le mien. C'est là que solitaire,
De son image en vain j'ai voulu me distraire.
Trop présente à mes yeux je croyois lui parler ;
J'aimois jusqu'à ses pleurs que je faisois couler.
Quelquefois, mais trop tard, je lui demandois grâce
J'employois les soupirs, et même la menace.
Voilà comme, occupé de mon nouvel amour,
Mes yeux, sans se fermer, ont attendu le jour.

Mais je m'en fais peut-être une trop belle image :
Elle m'est apparue avec trop d'avantage :
Narcisse, qu'en dis-tu ?

NARCISSE

Quoi, seigneur ! croira-t-on
Qu'elle ait pu si longtemps se cacher à Néron ?

NÉRON

Tu le sais bien, Narcisse. Et soit que sa colère
M'imputât le malheur qui lui ravit son frère ;
Soit que son cœur, jaloux d'une austère fierté,
Enviât à nos yeux sa naissante beauté ;
Fidèle à sa douleur, et dans l'ombre enfermée,
Elle se déroboit même à sa renommée :
Et c'est cette vertu, si nouvelle à la cour,
Dont la persévérance irrite mon amour.
Quoi, Narcisse, tandis qu'il n'est point de Romaine
Que mon amour n'honore et ne rende plus vaine,
Qui, dès qu'à ses regards elle ose se fier,
Sur le cœur de César ne les vienne essayer ;
Seule, dans son palais, la modeste Junie
Regarde leurs honneurs comme une ignominie,
Fuit, et ne daigne pas peut-être s'informer
Si César est aimable, ou bien s'il sait aimer !
Dis-moi : Britannicus l'aime-t-il ?

NARCISSE

Quoi ! s'il l'aime,
Seigneur ?

NÉRON

Si jeune encor, se connoît-il lui-même ?
D'un regard enchanteur connoît-il le poison ?

NARCISSE

Seigneur, l'amour toujours n'attend pas la raison.
N'en doutez point, il l'aime. Instruits par tant de charmes,
Ses yeux sont déjà faits à l'usage des larmes.

Théâtre de Racine.   7

A ses moindres désirs il sait s'accommoder ;
Et peut-être déjà sait-il persuader.

NÉRON

Que dis-tu ? Sur son cœur il auroit quelque empire ?

NARCISSE

Je ne sais. Mais, seigneur, ce que je puis vous dire,
Je l'ai vu quelquefois s'arracher de ces lieux,
Le cœur plein d'un courroux qu'il cachoit à vos yeux ;
D'une cour qui le fuit pleurant l'ingratitude,
Las de votre grandeur et de sa servitude,
Entre l'impatience et la crainte flottant,
Il alloit voir Junie, et revenoit content.

NÉRON

D'autant plus malheureux qu'il aura su lui plaire,
Narcisse, il doit plutôt souhaiter sa colère :
Néron impunément ne sera pas jaloux.

NARCISSE

Vous ? Et de quoi, seigneur, vous inquiétez-vous ?
Junie a pu le plaindre et partager ses peines :
Elle n'a vu couler de larmes que les siennes ;
Mais aujourd'hui, seigneur, que ses yeux dessillés
Regardant de plus près l'éclat dont vous brillez,
Verront autour de vous les rois sans diadème,
Inconnus dans la foule, et son amant lui-même,
Attachés sur vos yeux, s'honorer d'un regard
Que vous aurez sur eux fait tomber au hasard ;
Quand elle vous verra, de ce degré de gloire,
Venir en soupirant avouer sa victoire ;
Maître, n'en doutez point, d'un cœur déjà charmé,
Commandez qu'on vous aime, et vous serez aimé.

NÉRON

A combien de chagrins il faut que je m'apprête !
Que d'importunités !

NARCISSE

Quoi donc ! qui vous arrête,
Seigneur ?

NÉRON

Tout : Octavie, Agrippine, Burrhus,
Sénèque, Rome entière, et trois ans de vertus.
Non que pour Octavie un reste de tendresse
M'attache à son hymen et plaigne sa jeunesse :
Mes yeux, depuis longtemps fatigués de ses soins,
Rarement de ses pleurs daignent être témoins.
Trop heureux, si bientôt la faveur d'un divorce
Me soulageoit d'un joug qu'on m'imposa par force !
Le ciel même en secret semble la condamner :
Ses vœux, depuis quatre ans, ont beau l'importuner,
Les dieux ne montrent point que sa vertu les touche :
D'aucun gage, Narcisse, ils n'honorent sa couche ;
L'empire vainement demande un héritier.

NARCISSE

Que tardez-vous, seigneur, à la répudier ?
L'empire, votre cœur, tout condamne Octavie,
Auguste, votre aïeul, soupiroit pour Livie ;
Par un double divorce ils s'unirent tous deux ;
Et vous devez l'empire à ce divorce heureux.
Tibère, que l'hymen plaça dans sa famille,
Osa bien à ses yeux répudier sa fille.
Vous seul, jusques ici, contraire à vos désirs,
N'osez par un divorce assurer vos plaisirs.

NÉRON

Et ne connois-tu pas l'implacable Agrippine ?
Mon amour inquiet déjà se l'imagine
Qui m'amène Octavie, et d'un œil enflammé
Atteste les saints droits d'un nœud qu'elle a formé ;
Et, portant à mon cœur des atteintes plus rudes,
Me fait un long récit de mes ingratitudes.
De quel front soutenir ce fâcheux entretien ?

NARCISSE

N'êtes-vous pas, seigneur, votre maître et le sien ?
Vous verrons-nous toujours trembler sous sa tutelle ?
Vivez, régnez pour vous : c'est trop régner pour elle.

Craignez-vous ? Mais, seigneur, vous ne la craignez pas.
Vous venez de bannir le superbe Pallas,
Pallas, dont vous savez qu'elle soutient l'audace.

NÉRON

Éloigné de ses yeux, j'ordonne, je menace,
J'écoute vos conseils, j'ose les approuver ;
Je m'excite contre elle, et tâche à la braver :
Mais, je t'expose ici mon âme toute nue,
Sitôt que mon malheur me ramène à sa vue,
Soit que je n'ose encor démentir le pouvoir
De ces yeux où j'ai lu si longtemps mon devoir ;
Soit qu'à tant de bienfaits ma mémoire fidèle
Lui soumette en secret tout ce que je tiens d'elle.
Mais enfin mes efforts ne me servent de rien :
Mon génie étonné tremble devant le sien.
Et c'est pour m'affranchir de cette dépendance,
Que je la fuis partout, que même je l'offense,
Et que, de temps en temps, j'irrite ses ennuis,
Afin qu'elle m'évite autant que je la fuis.
Mais je t'arrête trop : retire-toi, Narcisse ;
Britannicus pourroit t'accuser d'artifice.

NARCISSE

Non, non ; Britannicus s'abandonne à ma foi :
Par son ordre, seigneur, il croit que je vous voi,
Que je m'informe ici de tout ce qui le touche,
Et veut de vos secrets être instruit par ma bouche.
Impatient, surtout, de revoir ses amours,
Il attend de mes soins ce fidèle secours.

NÉRON

J'y consens ; porte-lui cette douce nouvelle :
Il la verra.

NARCISSE

Seigneur, bannissez-le loin d'elle.

NÉRON

J'ai mes raisons, Narcisse ; et tu peux concevoir

Que je lui vendrai cher le plaisir de la voir.
Cependant vante-lui ton heureux stratagème ;
Dis-lui qu'en sa faveur on me trompe moi-même,
Qu'il la voit sans mon ordre. On ouvre ; la voici.
Va retrouver ton maître, et l'amener ici.

SCÈNE III. — NÉRON, JUNIE

NÉRON

Vous vous troublez, madame, et changez de visage.
Lisez-vous dans mes yeux quelque triste présage ?

JUNIE

Seigneur, je ne vous puis déguiser mon erreur ;
J'allois voir Octavie, et non pas l'empereur.

NÉRON

Je le sais bien, madame, et n'ai pu sans envie
Apprendre vos bontés pour l'heureuse Octavie.

JUNIE

Vous, seigneur ?

NÉRON

Pensez-vous, madame, qu'en ces lieux,
Seule pour vous connoître, Octavie ait des yeux.

JUNIE

Et quel autre, seigneur, voulez-vous que j'implore ?
A qui demanderai-je un crime que j'ignore ?
Vous qui le punissez, vous ne l'ignorez pas :
De grâce, apprenez-moi, seigneur, mes attentats.

NÉRON

Quoi ? madame, est-ce donc une légère offense
De m'avoir si longtemps caché votre présence ?
Ces trésors dont le ciel voulut vous embellir,
Les avez-vous reçus pour les ensevelir ?
L'heureux Britannicus verra-t-il sans alarmes
Croître, loin de nos yeux, son amour et vos charmes ?
Pourquoi, de cette gloire, exclus jusqu'à ce jour,

M'avez-vous, sans pitié, relégué dans ma cour ?
On dit plus : vous souffrez, sans en être offensée,
Qu'il vous ose, madame, expliquer sa pensée :
Car je ne croirai point que sans me consulter
La sévère Junie ait voulu le flatter,
Ni qu'elle ait consenti d'aimer et d'être aimée,
Sans que j'en sois instruit que par la renommée.

JUNIE

Je ne vous nierai point, seigneur, que ses soupirs
M'ont daigné quelquefois expliquer ses désirs.
Il m'a point détourné ses regards d'une fille,
Seul reste du débris d'une illustre famille :
Peut-être il se souvient qu'en un temps plus heureux
Son père me nomma pour l'objet de ses vœux.
Il m'aime ; il obéit à l'empereur son père,
Et j'ose dire encore, à vous, à votre mère :
Vos désirs sont toujours si conformes aux siens...

NÉRON

Ma mère a ses desseins, madame ; et j'ai les miens.
Ne parlons plus ici de Claude et d'Agrippine ;
Ce n'est point par leur choix que je me détermine.
C'est à moi seul, madame, à répondre de vous ;
Et je veux de ma main vous choisir un époux.

JUNIE

Ah ! seigneur ! songez-vous que toute autre alliance
Fera honte aux Césars, auteurs de ma naissance ?

NÉRON

Non, madame, l'époux dont je vous entretiens
Peut sans honte assembler vos aïeux et les siens ;
Vous pouvez, sans rougir, consentir à sa flamme.

JUNIE

Et quel est donc, seigneur, cet époux ?

NÉRON

Moi, madame,

JUNIE

Vous !

NÉRON

Je vous nommerois, madame, un autre nom,
Si j'en savois quelque autre au-dessus de Néron.
Oui, pour vous faire un choix où vous puissiez souscrire,
J'ai parcouru des yeux la cour, Rome et l'empire.
Plus j'ai cherché, madame, et plus je cherche encor
En quelles mains je dois confier ce trésor ;
Plus je vois que César, digne seul de vous plaire,
En doit être lui seul l'heureux dépositaire,
Et ne peut dignement vous confier qu'aux mains
A qui Rome a commis l'empire des humains.
Vous-même, consultez vos premières années :
Claudius à son fils les avoit destinées ;
Mais c'étoit en un temps où de l'empire entier
Il croyoit quelque jour le nommer l'héritier.
Les dieux ont prononcé. Loin de leur contredire,
C'est à vous de passer du côté de l'empire.
En vain de ce présent ils m'auroient honoré,
Si votre cœur devoit en être séparé ;
Si tant de soins ne sont adoucis par vos charmes
Si, tandis que je donne aux veilles, aux alarmes,
Des jours toujours à plaindre et toujours enviés,
Je ne vais quelquefois respirer à vos pieds.
Qu'Octavie à vos yeux ne fasse point d'ombrage.
Rome, aussi bien que moi, vous donne son suffrage,
Répudie Octavie, et me fait dénouer
Un hymen que le ciel ne veut point avouer.
Songez-y donc, madame, et pesez en vous-même
Ce choix digne des soins d'un prince qui vous aime,
Digne de vos beaux yeux trop longtemps captivés,
Digne de l'univers à qui vous vous devez.

JUNIE

Seigneur, avec raison je demeure étonnée.
Je me vois, dans le cours d'une même journée,

Comme une criminelle amenée en ces lieux ;
Et lorsque avec frayeur je parois à vos yeux,
Que sur mon innocence à peine je me fie,
Vous m'offrez tout d'un coup la place d'Octavie.
J'ose dire pourtant que je n'ai mérité
Ni cet excès d'honneur, ni cette indignité.
Et pouvez-vous, seigneur, souhaiter qu'une fille
Qui vit presque en naissant éteindre sa famille,
Qui, dans l'obscurité nourrissant sa douleur,
S'est fait une vertu conforme à son malheur,
Passe subitement de cette nuit profonde
Dans un rang qui l'expose aux yeux de tout le monde,
Dont je n'ai pu de loin soutenir la clarté
Et dont un autre enfin remplit la majesté ?

NÉRON

Je vous ai déjà dit que je la répudie :
Ayez moins de frayeur, ou moins de modestie.
N'accusez point ici mon choix d'aveuglement ;
Je vous réponds de vous ; consentez seulement.
Du sang dont vous sortez rappelez la mémoire ;
Et ne préférez point à la solide gloire
Des honneurs dont César prétend vous revêtir,
La gloire d'un refus sujet au repentir.

JUNIE

Le ciel connoît seigneur, le fond de ma pensée.
Je ne me flatte point d'une gloire insensée :
Je sais de vos présents mesurer la grandeur ;
Mais plus ce rang sur moi répandroit de splendeur,
Plus il me feroit honte, et mettroit en lumière
Le crime d'en avoir dépouillé l'héritière.

NÉRON

C'est de ses intérêts prendre beaucoup de soin,
Madame ; et l'amitié ne peut aller plus loin.
Mais ne nous flattons point, et laissons le mystère :
La sœur vous touche ici beaucoup moins que le frère
Et pour Britannicus...

JUNIE
Il a su me toucher,
Seigneur ; et je n'ai point prétendu m'en cacher.
Cette sincérité, sans doute, est peu discrète ;
Mais toujours de mon cœur ma bouche est l'interprète.
Absente de la cour, je n'ai pas dû penser,
Seigneur, qu'en l'art de feindre, il fallût m'exercer.
J'aime Britannicus. Je lui fus destinée
Quand l'empire devoit suivre son hyménée :
Mais ces mêmes malheurs qui l'en ont écarté,
Ses honneurs abolis, son palais déserté,
La fuite d'une cour que sa chute a bannie,
Sont autant de liens qui retiennent Junie.
Tout ce que vous voyez conspire à vos désirs ;
Vos jours toujours sereins coulent dans les plaisirs ;
L'empire en est pour vous l'inépuisable source,
Ou, si quelque chagrin en interrompt la course,
Tout l'univers, soigneux de les entretenir,
S'empresse à l'effacer de votre souvenir.
Britannicus est seul. Quelque ennui qui le presse,
Il ne voit, dans son sort, que moi qui s'intéresse,
Et n'a pour tout plaisir, seigneur, que quelques pleurs
Qui lui font quelquefois oublier ses malheurs.

NÉRON
Et ce sont ces plaisirs et ces pleurs que j'envie,
Que tout autre que lui me paieroit de sa vie.
Mais je garde à ce prince un traitement plus doux :
Madame, il va bientôt paroître devant vous.

JUNIE
Ah ! seigneur ! vos vertus m'ont toujours rassurée.

NÉRON
Je pouvois de ces lieux lui défendre l'entrée ;
Mais, madame, je veux prévenir le danger
Où son ressentiment le pourroit engager.
Je ne veux point le perdre : il vaut mieux que lui-même
Entende son arrêt de la bouche qu'il aime.

Si ses jours vous sont chers, éloignez-le de vous,
Sans qu'il ait aucun lieu de me croire jaloux.
De son bannissement prenez sur vous l'offense ;
Et, soit par vos discours, soit par votre silence,
Du moins par vos froideurs, faites-lui concevoir
Qu'il doit porter ailleuis ses vœux et son espoir.

JUNIE

Moi ! que je lui prononce un arrêt si sévère !
Ma bouche mille fois lui jura le contraire.
Quand même jusque-là je pourrois me trahir,
Mes yeux lui défendront, seigneur, de m'obéir.

NÉRON

Caché près de ces lieux, je vous verrai madame.
Renfermez votre amour dans le fond de votre âme :
Vous n'aurez point pour moi de langages secrets ;
J'entendrai des regards que vous croirez muets ;
Et sa perte sera l'infaillible salaire
D'un geste ou d'un soupir échappé pour lui plaire.

JUNIE

Hélas ! si j'ose encor former quelques souhaits,
Seigneur, permettez-moi de ne le voir jamais !

SCÈNE IV. — NÉRON, JUNIE, NARCISSE

NARCISSE

Britannicus, seigneur, demande la princesse ;
Il approche.

NÉRON

Qu'il vienne.

JUNIE

Ah ! seigneur !

NÉRON

Je vous laisse.
Sa fortune dépend de vous plus que de moi :
Madame, en le voyant, songez que je vous voi.

SCÈNE V. — JUNIE, NARCISSE

JUNIE

Ah ! cher Narcisse, cours au-devant de ton maître ;
Dis-lui... Je suis perdue ! et je le vois paroître.

SCÈNE VI. — BRITANNICUS, JUNIE, NARCISSE

BRITANNICUS

Madame, quel bonheur me rapproche de vous ?
Quoi ! je puis donc jouir d'un entretien si doux ?
Mais, parmi ce plaisir, quel chagrin me dévore !
Hélas ! puis-je espérer de vous revoir encore ?
Faut-il que je dérobe, avec mille détours,
Un bonheur que vos yeux m'accordoient tous les jours.
Quelle nuit ! Quel réveil ! Vos pleurs, votre présence
N'ont point de ces cruels désarmé l'insolence !
Que faisoit votre amant ? Quel démon envieux
M'a refusé l'honneur de mourir à vos yeux ?
Hélas ! dans la frayeur dont vous étiez atteinte,
M'avez-vous en secret adressé quelque plainte ?
Ma princesse, avez-vous daigné me souhaiter ?
Songiez-vous aux douleurs que vous m'alliez coûter ?
Vous ne me dites rien ! Quel accueil ! Quelle glace !
Est-ce ainsi que vos yeux consolent ma disgrâce ?
Parlez : nous sommes seuls. Notre ennemi, trompé,
Tandis que je vous parle, est ailleurs occupé.
Ménageons les moments de cette heureuse absence.

JUNIE

Vous êtes en des lieux tout pleins de sa puissance :
Ces murs mêmes, seigneur, peuvent avoir des yeux ;
Et jamais l'empereur n'est absent de ces lieux.

BRITANNICUS

Et depuis quand, madame, êtes-vous si craintive ?
Quoi ! déjà votre amour souffre qu'on le captive ?

Qu'est devenu ce cœur qui me juroit toujours
De faire à Néron même envier nos amours ?
Mais bannissez, madame, une inutile crainte :
La foi dans tous les cœurs n'est pas encore éteinte ;
Chacun semble des yeux approuver mon courroux ;
La mère de Néron se déclare pour nous.
Rome, de sa conduite elle-même offensée...

JUNIE

Ah ! seigneur ! vous parlez contre votre pensée.
Vous-même, vous m'avez avoué mille fois
Que Rome le louoit d'une commune voix ;
Toujours à sa vertu vous rendiez quelque hommage.
Sans doute la douleur vous dicte ce langage.

BRITANNICUS

Ce discours me surprend, il le faut avouer :
Je ne vous cherchois pas pour l'entendre louer.
Quoi ! pour vous confier la douleur qui m'accable,
A peine je dérobe un moment favorable ;
Et ce moment si cher, madame, est consumé
A louer l'ennemi dont je suis opprimé !
Qui vous rend à vous-même, en un jour, si contraire ?
Quoi ! même vos regards ont appris à se taire ?
Que vois-je ? Vous craignez de rencontrer mes yeux !
Néron vous plairoit-il ? Vous serois-je odieux ?
Ah ! si je le crois !... Au nom des dieux, madame,
Éclaircissez le trouble où vous jetez mon âme.
Parlez. Ne suis-je plus dans votre souvenir ?

JUNIE

Retirez-vous, seigneur ; l'empereur va venir.

BRITANNICUS

Après ce coup, Narcisse, à qui dois-je m'attendre ?

SCÈNE VII. — NÉRON, JUNIE, NARCISSE

NÉRON

Madame...

JUNIE

Non, seigneur, je ne puis rien entendre.
Vous êtes obéi. Laissez couler du moins
Des larmes dont ses yeux ne seront pas témoins.

SCÈNE VIII. — NÉRON, NARCISSE

NÉRON

Eh bien ! de leur amour tu vois la violence,
Narcisse : elle a paru jusque dans son silence !
Elle aime mon rival, je ne puis l'ignorer ;
Mais je mettrai ma joie à le désespérer.
Je me fais de sa peine une image charmante ;
Et je l'ai vu douter du cœur de son amante.
Je la suis. Mon rival t'attend pour éclater :
Par de nouveaux soupçons, va, cours le tourmenter.
Et tandis qu'à mes yeux on le pleure, on l'adore,
Fais-lui payer bien cher un bonheur qu'il ignore.

NARCISSE, seul.

La fortune t'appelle une seconde fois,
Narcisse ; voudrois-tu résister à sa voix ?
Suivons jusques au bout ses ordres favorables ;
Et, pour nous rendre heureux, perdons les misérables.

ACTE TROISIÈME

SCÈNE I. — NÉRON, BURRHUS

BURRHUS

Pallas, obéira, seigneur.

NÉRON

Et de quel œil
Ma mère a-t-elle vu confondre son orgueil ?

BURRHUS

Ne doutez point, seigneur, que ce coup ne la frappe.
Qu'en reproches bientôt sa douleur ne s'échappe.
Ses transports dès longtemps commencent d'éclater ;
A d'inutiles cris puissent-ils s'arrêter !

NÉRON

Quoi ! de quelque dessein la croyez-vous capable ?

BURRHUS

Agrippine, seigneur, est toujours redoutable :
Rome et tous vos soldats révèrent ses aïeux ;
Germanicus son père est présent à leurs yeux.
Elle sait son pouvoir ; vous savez son courage ;
Et ce qui me la fait redouter davantage,
C'est que vous appuyez vous-même son courroux
Et que vous lui donnez des armes contre vous.

NÉRON

Moi, Burrhus ?

BURRHUS

Cet amour, seigneur, qui vous possède.

NÉRON

Je vous entends, Burrhus. Le mal est sans remède :
Mon cœur s'en est plus dit que vous ne m'en direz ;
Il faut que j'aime enfin.

BURRHUS
                          Vous vous le figurez,
Seigneur ; et, satisfait de quelque résistance,
Vous redoutez un mal foible dans sa naissance.
Mais si dans son devoir votre cœur affermi
Vouloit ne point s'entendre avec son ennemi ;
Si de vos premiers ans vous consultiez la gloire ;
Si vous daigniez, seigneur, rappeler la mémoire
Des vertus d'Octavie indignes de ce prix,
Et de son chaste amour vainqueur de vos mépris,
Surtout si, de Junie évitant la présence,
Vous condamniez vos yeux à quelques jours d'absence ;
Croyez-moi, quelque amour qui semble vous charmer,
On n'aime point, seigneur, si l'on ne veut aimer.

NÉRON

Je vous croirai, Burrhus, lorsque dans les alarmes
Il faudra soutenir la gloire de nos armes,
Ou lorsque, plus tranquille, assis dans le sénat,
Il faudra décider du destin de l'état ;
Je m'en reposerai sur votre expérience.
Mais, croyez-moi, l'amour est une autre science,
Burrhus ; et je ferois quelque difficulté
D'abaisser jusque-là votre sévérité.
Adieu. Je souffre trop, éloigné de Junie.

SCÈNE II. — BURRHUS

Enfin, Burrhus, Néron découvre son génie :
Cette férocité que tu croyois fléchir,
De tes foibles liens est prête à s'affranchir.
En quels excès peut-être elle va se répandre !
O dieux ! en ce malheur quel conseil dois-je prendre ?

Sénèque, dont les soins me devroient soulager,
Occupé loin de Rome, ignore ce danger.
Mais quoi ! si d'Agrippine excitant la tendresse
Je pouvois... La voici : mon bonheur me l'adresse.

SCÈNE III. — AGRIPPINE, BURRHUS, ALBINE

AGRIPPINE

Eh bien ! je me trompois, Burrhus, dans mes soupçons !
Et vous vous signalez par d'illustres leçons !
On exile Pallas, dont le crime peut-être
Est d'avoir à l'empire élevé votre maître.
Vous le savez trop bien ; jamais sans ses avis,
Claude qu'il gouvernoit n'eût adopté mon fils.
Que dis-je ? A son épouse on donne une rivale ;
On affranchit Néron de la foi conjugale :
Digne emploi d'un ministre ennemi des flatteurs,
Choisi pour mettre un frein à ses jeunes ardeurs,
De les flatter lui-même, et nourrir dans son âme
Le mépris de sa mère et l'oubli de sa femme !

BURRHUS

Madame, jusqu'ici c'est trop tôt m'accuser ;
L'empereur n'a rien fait qu'on ne puisse excuser.
N'imputez qu'à Pallas un exil nécessaire :
Son orgueil dès longtemps exigeoit ce salaire ;
Et l'empereur ne fait qu'accomplir à regret
Ce que toute la cour demandoit en secret.
Le reste est un malheur qui n'est point sans ressource :
Des larmes d'Octavie on peut tarir la source.
Mais calmez vos transports ; par un chemin plus doux,
Vous lui pourrez plus tôt ramener son époux :
Les menaces, les cris, le rendront plus farouche.

AGRIPPINE

Ah ! l'on s'efforce en vain de me fermer la bouche.
Je vois que mon silence irrite vos dédains ;
Et c'est trop respecter l'ouvrage de mes mains.

Pallas n'emporte pas tout l'appui d'Agrippine :
Le ciel m'en laisse assez pour venger ma ruine.
Le fils de Claudius commence à ressentir
Des crimes dont je n'ai que le seul repentir.
J'irai, n'en doutez point, le montrer à l'armée,
Plaindre aux yeux des soldats son enfance opprimée,
Leur faire, à mon exemple, expier leur erreur.
On verra d'un côté le fils d'un empereur
Redemandant la foi jurée à sa famille,
Et de Germanicus on entendra la fille ;
De l'autre, l'on verra le fils d'Ænobarbus,
Appuyé de Sénèque et du tribun Burrhus,
Qui, tous deux de l'exil rappelés par moi-même,
Partagent à mes yeux l'autorité suprême.
De nos crimes communs je veux qu'on soit instruit ;
On saura les chemins par où je l'ai conduit.
Pour rendre sa puissance et la vôtre odieuse.,
J'avouerai les rumeurs les plus injurieuses ;
Je confesserai tout, exils, assassinats,
Poison même...

BURRHUS

    Madame, ils ne vous croiront pas :
Ils sauront récuser l'injuste stratagème
D'un témoin irrité qui s'accuse lui-même.
Pour moi, qui le permier secondai vos desseins,
Qui fis même jurer l'armée entre ses mains,
Je ne me repens point de ce zèle sincère.
Madame, c'est un fils qui succède à son père.
En adoptant Néron, Claudius par son choix,
De son fils et du vôtre a confondu les droits.
Rome l'a pu choisir. Ainsi, sans être injuste,
Elle choisit Tibère adopté par Auguste ;
Et le jeune Agrippa, de son sang descendu,
Se vit exclu du rang vainement prétendu.
Sur tant de fondements sa puissance établie
Par vous-même aujourd'hui ne peut-être affoiblie :

Et, s'il m'écoute encor, madame, sa bonté
Vous en fera bientôt perdre la volonté.
J'ai commencé, je vais poursuivre mon ouvrage.

SCÈNE IV. — AGRIPPINE, ALBINE

ALBINE

Dans quel emportement la douleur vous engage,
Madame ! L'empereur puisse-t-il l'ignorer !

AGRIPPINE

Ah ! lui-même à mes yeux puisse-t-il se montrer.

ALBINE

Madame, au nom des dieux, cachez votre colère.
Quoi ! pour les intérêts de la sœur ou du frère,
Faut-il sacrifier le repos de vos jours ?
Contraindrez-vous César jusque dans ses amours ?

AGRIPPINE

Quoi ! tu ne vois donc pas jusqu'où l'on me ravale,
Albine ? C'est à moi qu'on donne une rivale.
Bientôt, si je ne romps ce funeste lien,
Ma place est occupée, et je ne suis plus rien.
Jusqu'ici d'un vain titre Octavie honorée,
Inutile à la cour, en étoit ignorée :
Les grâces, les honneurs par moi seule versés,
M'attiroient des mortels les vœux intéressés.
Une autre de César a surpris la tendresse :
Elle aura le pouvoir d'épouse et de maîtresse ;
Le fruit de tant de soins, la pompe des Césars,
Tout deviendra le prix d'un seul de ses regards :
Que dis-je ? l'on m'évite, et déjà délaissée...
Ah ! je ne puis, Albine, en souffrir la pensée.
Quand je devrois du ciel hâter l'arrêt fatal,
Néron, l'ingrat Néron... Mais voici son rival.

SCÈNE V. — BRITANNICUS, AGRIPPINE, NARCISSE, ALBINE

BRITANNICUS

Nos ennemis communs ne sont pas invincibles,
Madame ; nos malheurs trouvent des cœurs sensibles :
Vos amis et les miens, jusqu'alors si secrets,
Tandis que nous perdions le temps en vains regrets,
Animés du courroux qu'allume l'injustice,
Viennent de confier leur douleur à Narcisse.
Néron n'est pas encor tranquille possesseur
De l'ingrate qu'il aime au mépris de ma sœur.
Si vous êtes toujours sensible à son injure,
On peut dans son devoir ramener le parjure.
La moitié du sénat s'intéresse pour nous :
Sylla, Pison, Plautus...

AGRIPPINE

　　　　　Prince, que dites-vous ?
Sylla, Pison, Plautus, les chefs de la noblesse !

BRITANNICUS

Madame, je vois bien que ce discours vous blesse ;
Et que votre courroux, tremblant, irrésolu,
Craint déjà d'obtenir tout ce qu'il a voulu.
Non, vous avez trop bien établi ma disgrâce ;
D'aucun ami pour moi ne redoutez l'audace ;
Il ne m'en reste plus ; et vos soins trop prudents
Les ont tous écartés ou séduits dès longtemps.

AGRIPPINE

Seigneur, à vos soupçons donnez moins de créance :
Notre salut dépend de notre intelligence.
J'ai promis, il suffit. Malgré vos ennemis,
Je ne révoque rien de ce que j'ai promis.
Le coupable Néron fuit en vain ma colère ;
Tôt ou tard il faudra qu'il entende sa mère.
J'essaierai tour à tour la force et la douceur ;

Ou moi-même, avec moi conduisant votre sœur ,
J'irai semer partout ma crainte et ses alarmes,
Et ranger tous les cœurs du parti de ses larmes.
Adieu. J'assiégerai Néron de toutes parts.
Vous, si vous m'en croyez, évitez ses regards.

SCÈNE VI. — BRITANNICUS, NARCISSE

BRITANNICUS

Ne m'as-tu point flatté d'une fausse espérance ?
Puis-je sur ton récit fonder quelque assurance,
Narcisse ?

NARCISSE

Oui. Mais, seigneur, ce n'est pas en ces lieux
Qu'il faut développer ce mystère à vos yeux.
Sortons. Qu'attendez-vous ?

BRITANNICUS

Ce que j'attends, Narcisse ?
Hélas !

NARCISSE

Expliquez-vous.

BRITANNICUS

Si, par ton artifice,
Je pouvois revoir...

NARCISSE

Qui ?

BRITANNICUS

J'en rougis. Mais enfin
D'un cœur moins agité j'attendrois mon destin.

NARCISSE

Après tous mes discours, vous la croyez fidèle ?

BRITANNICUS

Non, je la crois, Narcisse, ingrate, criminelle,
Digne de mon courroux ; mais je sens, malgré moi,
Que je ne le crois pas autant que je le doi.

Dans ses égarements, mon cœur opiniâtre
Lui prête des raisons, l'excuse, l'idolâtre.
Je voudrois vaincre enfin mon incrédulité ;
Je la voudrois haïr avec tranquillité.
Et qui croira qu'un cœur si grand en apparence,
D'une infidèle cour ennemi dès l'enfance,
Renonce à tant de gloire, et, dès le premier jour,
Trame une perfidie inouïe à la cour ?

NARCISSE

Et qui sait si l'ingrate, en sa longue retraite,
N'a point de l'empereur médité la défaite ?
Trop sûre que ses yeux ne pouvoient se cacher,
Peut-être elle fuyoit pour se faire chercher,
Pour exciter Néron par la gloire pénible
De vaincre une fierté jusqu'alors invincible.

BRITANNICUS

Je ne la puis donc voir ?

NARCISSE

                    Seigneur, en ce moment
Elle reçoit les vœux de son nouvel amant.

BRITANNICUS

Hé bien ! Narcisse, allons. Mais que vois-je ? C'est elle.

NARCISSE, à part.

Ah, dieux ! A l'empereur portons cette nouvelle.

SCÈNE VII. — BRITANNICUS, JUNIE

JUNIE

Retirez-vous, seigneur, et fuyez un courroux
Que ma persévérance allume contre vous.
Néron est irrité. Je me suis échappée
Tandis qu'à l'arrêter sa mère est occupée.
Adieu ; réservez-vous, sans blesser mon amour,
Au plaisir de me voir justifier un jour.

Votre image sans cesse est présente à mon âme :
Rien ne l'en peut bannir.

BRITANNICUS

  Je vous entends, madame :
Vous voulez que ma fuite assure vos désirs,
Que je laisse un champ libre à vos nouveaux soupirs.
Sans doute, en me voyant, une pudeur secrète
Ne vous laisse goûter qu'une joie inquiète.
Hé bien ! il faut partir !

JUNIE

  Seigneur, sans m'imputer...

BRITANNICUS

Ah ! vous deviez du moins plus longtemps disputer.
Je ne murmure point qu'une amitié commune
Se range du parti que flatte la fortune ;
Que l'éclat d'un empire ait pu vous éblouir ;
Qu'aux dépens de ma sœur vous en vouliez jouir ;
Mais que, de ces grandeurs comme une autre occupée,
Vous m'en ayez paru si longtemps détrompée ;
Non, je l'avoue encor, mon cœur désespéré
Contre ce seul malheur n'étoit point préparé.
J'ai vu sur ma ruine élever l'injustice ;
De mes persécuteurs j'ai vu le ciel complice ;
Tant d'horreurs n'avoient point épuisé son courroux,
Madame ; il me restoit d'être oublié de vous.

JUNIE

Dans un temps plus heureux, ma juste impatience
Vous feroit repentir de votre défiance ;
Mais Néron vous menace : en ce pressant danger,
Seigneur, j'ai d'autres soins que de vous affliger.
Allez, rassurez-vous, et cessez de vous plaindre :
Néron nous écoutoit, et m'ordonnoit de feindre.

BRITANNICUS

Quoi ! le cruel...

JUNIE

    Témoin de tout notre entretien,
D'un visage sévère examinoit le mien,
Prêt à faire sur vous éclater la vengeance
D'un geste confident de notre intelligence.

BRITANNICUS

Néron nous écoutoit, madame ! Mais, hélas !
Vos yeux auroient pu feindre, et ne m'abuser pas :
Ils pouvoient me nommer l'auteur de cet outrage !
L'amour est-il muet, ou n'a-t-il qu'un langage ?
De quel trouble un regard pouvoit me préserver !
Il falloit...

JUNIE

    Il falloit me taire et vous sauver.
Combien de fois, hélas ! puisqu'il faut vous le dire,
Mon cœur de son désordre alloit-il vous instruire !
De combien de soupirs interrompant le cours,
Ai-je évité vos yeux que je cherchois toujours !
Quel tourment de se taire en voyant ce qu'on aime,
De l'entendre gémir, de l'affliger soi-même,
Lorsque par un regard on peut le consoler !
Mais quels pleurs ce regard auroit-il fait couler !
Ah ! dans ce souvenir, inquiète, troublée,
Je ne me sentois pas assez dissimulée :
De mon front effrayé je craignois la pâleur ;
Je trouvois mes regards trop pleins de ma douleur ;
Sans cesse il me sembloit que Néron en colère
Me venoit reprocher trop de soin de vous plaire ;
Je craignois mon amour vainement renfermé ;
Enfin, j'aurois voulu n'avoir jamais aimé.
Hélas ! pour son bonheur, seigneur, et pour le nôtre,
Il n'est que trop instruit de mon cœur et du vôtre !
Allez, encore un coup, cachez-vous à ses yeux :
Mon cœur plus à loisir vous éclaircira mieux.
De mille autres secrets j'aurois compte à vous rendre.

BRITANNICUS

Ah ! n'en voilà que trop ! c'est trop me faire entendre,
Madame, mon bonheur, mon crime, vos bontés.
Et savez-vous pour moi tout ce que vous quittez ?
(se jetant aux pieds de Junie.)
Quand pourrai-je à vos pieds expier ce reproche ?

JUNIE

Que faites-vous ? Hélas ! votre rival s'approche.

SCÈNE VIII. — NÉRON, BRITANNICUS, JUNIE.

NÉRON

Prince, continuez des transports si charmants.
Je conçois vos bontés par ses remerciements,
Madame : à vos genoux je viens de le surprendre
Mais il auroit aussi quelque grâce à me rendre :
Ce lieu le favorise, et je vous y retiens
Pour lui faciliter de si doux entretiens.

BRITANNICUS

Je puis mettre à ses pieds ma douleur ou ma joie
Partout où sa bonté consent que je la voie ;
Et l'aspect de ces lieux où vous la retenez
N'a rien dont mes regards doivent être étonnés.

NÉRON

Et que vous montrent-ils qui ne vous avertisse
Qu'il faut qu'on me respecte et que l'on m'obéisse ?

BRITANNICUS

Ils ne nous ont pas vus l'un et l'autre élever,
Moi pour vous obéir, et vous pour me braver,
Et ne s'attendoient pas, lorsqu'ils nous virent naître,
Qu'un jour Domitius me dût parler en maître.

NÉRON

Ainsi par le destin nos vœux sont traversés ;
J'obéissois alors, et vous obéissez.

" Quand pourrai-je à vos pieds expier ce reproche? "

(Britannicus, acte III, scène VII)

Si vous n'avez appris à vous laisser conduire,
Vous êtes jeune encore, et l'on peut vous instruire.

BRITANNICUS

Et qui m'en instruira ?

NÉRON

Tout l'empire à la fois,
Rome.

BRITANNICUS

Rome met-elle au nombre de vos droits
Tout ce qu'a de cruel l'injustice et la force,
Les emprisonnements, le rapt et le divorce ?

NÉRON

Rome ne porte point ses regards curieux
Jusque dans des secrets que je cache à ses yeux.
Imitez son respect.

BRITANNICUS

On sait ce qu'elle en pense.

NÉRON

Elle se tait du moins : imitez son silence.

BRITANNICUS

Ainsi Néron commence à ne se plus forcer.

NÉRON

Néron de vos discours commence à se lasser.

BRITANNICUS

Chacun devoit bénir le bonheur de son règne.

NÉRON

Heureux ou malheureux, il suffit qu'on me craigne ?

BRITANNICUS

Je connois mal Junie, ou de tels sentiments
Ne mériteront pas ses applaudissements.

NÉRON

Du moins, si je ne sais le secret de lui plaire,
Je sais l'art de punir un rival téméraire.

BRITANNICUS

Pour moi, quelque péril qui me puisse accabler,
Sa seule inimitié peut me faire trembler.

NÉRON

Souhaitez-la ; c'est tout ce que je puis vous dire.

BRITANNICUS

Le bonheur de lui plaire est le seul où j'aspire.

NÉRON

Elle vous l'a promis, vous lui plairez toujours.

BRITANNICUS

Je ne sais pas du moins épier ses discours.
Je la laisse expliquer sur tout ce qui me touche,
Et ne me cache point pour lui fermer la bouche.

NÉRON

Je vous entends. Hé bien, gardes !

JUNIE

                    Que faites-vous ?
C'est votre frère. Hélas ! c'est un amant jaloux.
Seigneur, mille malheurs persécutent sa vie :
Ah ! son bonheur peut-il exciter votre envie ?
Souffrez que, de vos cœurs rapprochant les liens,
Je me cache à vos yeux, et me dérobe aux siens.
Ma fuite arrêtera vos discordes fatales ;
Seigneur, j'irai remplir le nombre des vestales.
Ne lui disputez plus mes vœux infortunés ;
Souffrez que les dieux seuls en soient importunés.

NÉRON

L'entreprise, madame, est étrange et soudaine.
Dans son appartement, gardes, qu'on la remène.
Gardez Britannicus dans celui de sa sœur.

BRITANNICUS

C'est ainsi que Néron sait disputer un cœur !

JUNIE

Prince, sans l'irriter, cédons à cet orage.

NÉRON

Gardes, obéissez sans tarder davantage.

SCÈNE IX. — NÉRON, BURRHUS

BURRHUS

Que vois-je ? O ciel !

NÉRON, *sans voir Burrhus.*

Ainsi leurs feux sont redoublés.
Je reconnois la main qui les a rassemblés.
Agrippine ne s'est présentée à ma vue,
Ne s'est dans ses discours si longtemps étendue,
Que pour faire jouer ce ressort odieux.
(apercevant Burrhus.)
Qu'on sache si ma mère est encore en ces lieux.
Burrhus, dans ce palais je veux qu'on la retienne,
Et qu'au lieu de sa garde on lui donne la mienne.

BURRHUS

Quoi ! seigneur, sans l'ouïr ? Une mère !

NÉRON

Arrêtez :
J'ignore quel projet, Burrhus, vous méditez ;
Mais, depuis quelques jours, tout ce que je désire
Trouve en vous un censeur prêt à me contredire.
Répondez-m'en, vous dis-je, ou, sur votre refus,
D'autres me répondront et d'elle et de Burrhus.

ACTE QUATRIÈME

SCÈNE I. — AGRIPPINE, BURRHUS

BURRHUS

Oui, madame, à loisir vous pourrez vous défendre :
César lui-même ici consent de vous entendre.
Si son ordre au palais vous a fait retenir,
C'est peut-être à dessein de vous entretenir.
Quoi qu'il en soit, si j'ose expliquer ma pensée,
Ne vous souvenez plus qu'il vous ait offensée ;
Préparez-vous plutôt à lui tendre les bras,
Défendez-vous, madame, et ne l'accusez pas.
Vous voyez, c'est lui seul que la cour envisage.
Quoiqu'il soit votre fils, et même votre ouvrage,
Il est votre empereur. Vous êtes, comme nous,
Sujette à ce pouvoir qu'il a reçu de vous.
Selon qu'il vous menace ou bien qu'il vous caresse,
La cour autour de vous ou s'écarte ou s'empresse.
C'est son appui qu'on cherche en cherchant votre appui.
Mais voici l'empereur.

AGRIPPINE

Qu'on me laisse avec lui.

SCÈNE II. — NÉRON, AGRIPPINE

AGRIPPINE, s'asseyant

Approchez-vous, Néron, et prenez votre place.
On veut sur vos soupçons que je vous satisfasse.
J'ignore de quel crime on a pu me noircir :

De tous ceux que j'ai faits je vais vous éclaircir :
Vous régnez : vous savez combien votre naissance
Entre l'empire et vous avoit mis de distance.
Les droits de mes aïeux, que Rome a consacrés,
Étoient même sans moi d'inutiles degrés.
Quand de Britannicus la mère condamnée
Laissa de Claudius disputer l'hyménée,
Parmi tant de beautés qui briguèrent son choix,
Qui de ses affranchis mendièrent les voix,
Je souhaitai son lit, dans la seule pensée
De vous laisser au trône où je serois placée.
Je fléchis mon orgueil ; j'allai prier Pallas.
Son maître, chaque jour caressé dans mes bras,
Prit insensiblement dans les yeux de sa nièce
L'amour où je voulois amener sa tendresse.
Mais ce lien du sang qui nous joignoit tous deux
Écartoit Claudius d'un lit incestueux :
Il n'osoit épouser la fille de son frère.
Le sénat fut séduit : une loi moins sévère
Mit Claude dans mon lit, et Rome à mes genoux.
C'étoit beaucoup pour moi, ce n'étoit rien pour vous.
Je vous fis sur mes pas entrer dans sa famille ;
Je vous nommai son gendre, et vous donnai sa fille :
Silanus, qui l'aimoit, s'en vit abandonné,
Et marqua de son sang ce jour infortuné.
Ce n'étoit rien encore. Eussiez-vous pu prétendre
Qu'un jour Claude à son fils pût préférer son gendre ?
De ce même Pallas j'implorai le secours :
Claude vous adopta, vaincu par ses discours,
Vous appela Néron ; et du pouvoir suprême
Voulut, avant le temps, vous faire part lui-même.
C'est alors que chacun, rappelant le passé,
Découvrit mon dessein déjà trop avancé ;
Que de Britannicus la disgrâce future
Des amis de son père excita le murmure.
Mes promesses aux uns éblouirent les yeux ;
L'exil me délivra des plus séditieux ;

Claude même, lassé de ma plainte éternelle,
Éloigna de son fils tous ceux de qui le zèle,
Engagé dès longtemps à suivre son destin,
Pouvoit du trône encor lui rouvrir le chemin.
Je fis plus : je choisis moi-même dans ma suite
Ceux à qui je voulois qu'on livrât sa conduite ;
J'eus soin de vous nommer, par un contraire choix,
Des gouverneurs que Rome honoroit de sa voix ;
Je fus sourde à la brigue, et crus la renommée ;
J'appelai de l'exil, je tirai de l'armée,
Et ce même Sénèque, et ce même Burrhus
Qui depuis... Rome alors estimoit leurs vertus.
De Claude en même temps épuisant les richesses,
Ma main, sous votre nom, répandoit ses largesses.
Les spectacles, les dons, invincibles appas,
Vous attiroient les cœurs du peuple et des soldats,
Qui d'ailleurs, réveillant leur tendresse première,
Favorisoient en vous Germanicus mon père.
Cependant Claudius penchoit vers son déclin.
Ses yeux, longtemps fermés, s'ouvrirent à la fin.
Il connut son erreur. Occcupé de sa crainte,
Il laissa pour son fils échapper quelque plainte,
Et voulut, mais trop tard, assembler ses amis.
Ses gardes, son palais, son lit, m'étoient soumis.
Je lui laissai sans fruit consumer sa tendresse ;
De ses derniers soupirs je me rendis maîtresse :
Mes soins, en apparence, épargnant ses douleurs
De son fils en mourant lui cachèrent les pleurs.
Il mourut. Mille bruits en courent à ma honte.
J'arrêtai de sa mort la nouvelle trop prompte ;
Et tandis que Burrhus alloit secrètement
De l'armée en vos mains exiger le serment,
Que vous marchiez au camp, conduit sous mes auspices,
Dans Rome les autels fumoient de sacrifices ;
Par mes ordres trompeurs tout le peuple excité
Du prince déjà mort demandoit la santé.
Enfin, des légions l'entière obéissance

Ayant de votre empire affermi la puissance,
On vit Claude ; et le peuple, étonné de son sort,
Apprit en même temps votre règne et sa mort.
C'est le sincère aveu que je voulois vous faire :
Voilà tous mes forfaits. En voici le salaire :
Du fruit de tant de soins à peine jouissant
En avez-vous six mois paru reconnoissant,
Que, lassé d'un respect qui vous gênoit peut-être,
Vous avez affecté de ne me plus connoître.
J'ai vu Burrhus, Sénèque, aigrissant vos soupçons,
De l'infidélité vous tracer des leçons,
Ravis d'être vaincus dans leur propre science.
J'ai vu favorisés de votre confiance
Othon, Sénécion, jeunes voluptueux,
Et de tous vos plaisirs flatteurs respectueux ;
Et lorsque, vos mépris excitant mes murmures,
Je vous ai demandé raison de tant d'injures,
(Seul recours d'un ingrat qui se voit confondu)
Par de nouveaux affronts vous m'avez répondu.
Aujourd'hui je promets Junie à votre frère ;
Ils se flattent tous deux du choix de votre mère :
Que faites-vous ? Junie, enlevée à la cour,
Devient en une nuit l'objet de votre amour ;
Je vois de votre cœur Octavie effacée,
Prête à sortir du lit où je l'avois placée ;
Je vois Pallas banni, votre frère arrêté ;
Vous attentez enfin jusqu'à ma liberté :
Burrhus ose sur moi porter ses mains hardies.
Et lorsque, convaincu de tant de perfidies,
Vous deviez ne me voir que pour les expier,
C'est vous qui m'ordonnez de me justifier.

NÉRON

Je me souviens toujours que je vous dois l'empire ;
Et, sans vous fatiguer du soin de le redire,
Votre bonté, madame, avec tranquillité
Pouvoit se reposer sur ma fidélité.

Aussi bien ces soupçons, ces plaintes assidues,
Ont fait croire à tous ceux qui les ont entendues
Que jadis, j'ose ici vous le dire entre nous,
Vous n'aviez, sous mon nom, travaillé que pour vous.
« Tant d'honneur, disoient-ils, et tant de déférences,
« Sont-ce de ses bienfaits de foibles récompenses ?
« Quel crime a donc commis ce fils tant condamné ?
« Est-ce pour obéir qu'elle l'a couronné ?
« N'est-il de son pouvoir que le dépositaire ? »
Non que, si jusque-là j'avois pu vous complaire,
Je n'eusse pris plaisir, madame, à vous céder
Ce pouvoir que vos cris sembloient redemander ;
Mais Rome veut un maître, et non une maîtresse.
Vous entendiez les bruits qu'excitoit ma foiblesse :
Le sénat chaque jour et le peuple, irrités
De s'ouïr par ma voix dicter vos volontés,
Publioient qu'en mourant Claude avec sa puissance
M'avoit encor laissé sa simple obéissance.
Vous avez vu cent fois nos soldats en courroux
Porter en murmurant leurs aigles devant vous ;
Honteux de rabaisser par cet indigne usage
Les héros dont encore elles portent l'image.
Toute autre se seroit rendue à leur discours ;
Mais, si vous ne régnez, vous vous plaignez toujours.
Avec Britannicus contre moi réunie,
Vous le fortifiez du parti de Junie ;
Et la main de Pallas trame tous ces complots.
Et, lorsque malgré moi j'assure mon repos,
On vous voit de colère et de haine animée :
Vous voulez présenter mon rival à l'armée ;
Déjà jusques au camp le bruit en a couru.

AGRIPPINE

Moi, le faire empereur ? Ingrat ! l'avez-vous cru ?
Quel seroit mon dessein ? qu'aurois-je pu prétendre ?
Quels honneurs dans sa cour, quel rang pourrois-je attendre ?
Ah ! si sous votre empire on ne m'épargne pas,

Si mes accusateurs observent tous mes pas,
Si de leur empereur ils poursuivent la mère,
Que ferois-je au milieu d'une cour étrangère ?
Ils me reprocheroient non des cris impuissants,
Des desseins étouffés aussitôt que naissants,
Mais des crimes pour vous commis à votre vue,
Et dont je ne serois que trop tôt convaincue.
Vous ne me trompez point, je vois tous vos détours,
Vous êtes un ingrat, vous le fûtes toujours :
Dès vos plus jeunes ans, mes soins et mes tendresses
N'ont arraché de vous que de feintes caresses.
Rien ne vous a pu vaincre ; et votre dureté
Auroit dû dans son cours arrêter ma bonté.
Que je suis malheureuse ! et par quelle infortune
Faut-il que tous mes soins me rendent importune !
Je n'ai qu'un fils. O ciel ! qui m'entends aujourd'hui,
T'ai-je fait quelques vœux qui ne fussent pour lui ?
Remords, craintes, périls, rien ne m'a retenue ;
J'ai vaincu ses mépris ; j'ai détourné ma vue
Des malheurs qui dès lors me furent annoncés ;
J'ai fait ce que j'ai pu : vous régnez, c'est assez.
Avec ma liberté, que vous m'avez ravie,
Si vous le souhaitez, prenez encor ma vie,
Pourvu que par ma mort tout le peuple irrité
Ne vous ravisse pas ce qui m'a tant coûté.

NÉRON

Hé bien donc, prononcez. Que voulez-vous qu'on fasse ?

AGRIPPINE

De mes accusateurs qu'on punisse l'audace ;
Que de Britannicus on calme le courroux ;
Que Junie à son choix puisse prendre un époux,
Qu'ils soient libres tous deux, et que Pallas demeure ;
Que vous me permettiez de vous voir à toute heure ;

(apercevant Burrhus dans le fond du théâtre.)

Que ce même Burrhus, qui nous vient écouter,
A votre porte enfin n'ose plus m'arrêter.

NÉRON

Oui, madme, je veux que ma reconnoissance
Désormais dans les cœurs grave votre puissance ;
Et je bénis déjà cette heureuse froideur,
Qui de notre amitié va rallumer l'ardeur.
Quoi que Pallas ait fait, il suffit, je l'oublie ;
Avec Britannicus je me réconcilie ;
Et, quant à cet amour qui nous a séparés,
Je vous fais notre arbitre, et vous nous jugerez.
Allez donc, et portez cette joie à mon frère.
Gardes, qu'on obéisse aux ordres de ma mère.

SCÈNE III. — NÉRON, BURRHUS

BURRHUS

Que cette paix, seigneur, et ces embrassements
Vont offrir à mes yeux de spectacles charmants !
Vous savez si jamais ma voix lui fut contraire,
Si de son amitié j'ai voulu vous distraire,
Et si j'ai mérité cet injuste courroux.

NÉRON

Je ne vous flatte point, je me plaignois de vous,
Burrhus : je vous ai crus tous deux d'intelligence ;
Mais son inimitié vous rend ma confiance.
Elle se hâte trop, Burrhus, de triompher :
J'embrasse mon rival, mais c'est pour l'étouffer.

BURRHUS

Quoi ! seigneur !

NÉRON

C'en est trop ; il faut que sa ruine
Me délivre à jamais des fureurs d'Agrippine.
Tant qu'il respirera, je ne vis qu'à demi.
Elle m'a fatigué de ce nom ennemi ;
Et je ne prétends pas que sa coupable audace
Une seconde fois lui promette ma place.

BURRHUS
Elle va donc bientôt pleurer Britannicus ?

NÉRON
Avant la fin du jour je ne le craindrai plus.

BURRHUS
Et qui de ce dessein vous inspire l'envie ?

NÉRON
Ma gloire, mon amour, ma sûreté, ma vie.

BURRHUS
Non, quoi que vous disiez, cet horrible dessein
Ne fut jamais, seigneur, conçu dans votre sein.

NÉRON
Burrhus !

BURRHUS
De votre bouche, ô ciel ! puis-je l'apprendre ?
Vous-même, sans frémir, avez-vous pu l'entendre ?
Songez-vous dans quel sang vous allez vous baigner ?
Néron dans tous les cœurs est-il las de régner ?
Que dira-t-on de vous ? Quelle est votre pensée ?

NÉRON
Quoi ! toujours enchaîné de ma gloire passée,
J'aurai devant les yeux je ne sais quel amour
Que le hasard nous donne et nous ôte en un jour ?
Soumis à tous leurs vœux, à mes désirs contraires,
Suis-je leur empereur seulement pour leur plaire ?

BURRHUS
Et ne suffit-il pas, seigneur, à vos souhaits
Que le bonheur public soit un de vos bienfaits ?
C'est à vous à choisir, vous êtes encor maître.
Vertueux jusqu'ici, vous pouvez toujours l'être :
Le chemin est tracé, rien ne vous retient plus ;
Vous n'avez qu'à marcher de vertus en vertus.
Mais, si de vos flatteurs vous suivez la maxime,
Il vous faudra, seigneur, courir de crime en crime,

Soutenir vos rigueurs par d'autres cruautés,
Et laver dans le sang vos bras ensanglantés.
Britannicus mourant excitera le zèle
De ses amis, tout prêts à prendre sa querelle.
Ces vengeurs trouveront de nouveaux défenseurs,
Qui, même après leur mort, auront des successeurs :
Vous allumez un feu qui ne pourra s'éteindre.
Craint de tout l'univers, il vous faudra tout craindre,
Toujours punir, toujours trembler dans vos projets,
Et pour vos ennemis compter tous vos sujets.
Ah ! de vos premiers ans l'heureuse expérience
Vous fait-elle, seigneur, haïr votre innocence ?
Songez-vous au bonheur qui les a signalés ?
Dans quel repos, ô ciel ! les avez-vous coulés !
Quel plaisir de penser et de dire en vous-même :
« Partout, en ce moment, on me bénit, on m'aime ;
» On ne voit point le peuple à mon nom s'alarmer ;
» Le ciel dans tous leurs pleurs ne m'entend point nommer ;
» Leur sombre inimitié ne suit point mon visage ;
» Je vois voler partout les cœurs à mon passage ! »
Tels étoient vos plaisirs. Quel changement, ô dieux !
Le sang le plus abject vous étoit précieux :
Un jour, il m'en souvient, le sénat équitable
Vous pressoit de souscrire à la mort d'un coupable ;
Vous résistiez, seigneur, à leur sévérité ;
Votre cœur s'accusoit de trop de cruauté ;
Et plaignant les malheurs attachés à l'empire,
« Je voudrois, disiez-vous, ne savoir pas écrire. »
Non, ou vous me croirez, ou bien de ce malheur
Ma mort m'épargnera la vue et la douleur :
On ne me verra point survivre à votre gloire.
Si vous allez commettre une action si noire.
               (se jetant aux pieds de Néron.)
Me voilà prêt, seigneur : avant que de partir,
Faites percer ce cœur qui n'y peut consentir ;
Appelez les cruels qui vous l'ont inspirée ;
Qu'ils viennent essayer leur main mal assurée...

Mais je vois que mes pleurs touchent mon empereur ;
Je vois que sa vertu frémit de leur fureur.
Ne perdez point de temps, nommez-moi les perfides
Qui vous osent donner ces conseils parricides ;
Appelez votre frère, oubliez dans ses bras...

NÉRON

Ah ! que demandez-vous ?

BURRHUS

Non, il ne vous hait pas,
Seigneur ; on le trahit : je sais son innocence ;
Je vous réponds pour lui de son obéissance.
J'y cours . Je vais presser un entretien si doux.

NÉRON

Dans mon appartement qu'il m'attende avec vous.

SCÈNE IV. — NÉRON, NARCISSE.

NARCISSE

Seigneur, j'ai tout prévu pour une mort si juste :
Le poison est tout prêt. La fameuse Locuste
A redoublé pour moi ses soins officieux :
Elle a fait expirer un esclave à mes yeux ;
Et le fer est moins prompt pour trancher une vie,
Que le nouveau poison que sa main me confie.

NÉRON

Narcisse, c'est assez ; je reconnois ce soin,
Et ne souhaite pas que vous alliez plus loin.

NARCISSE

Quoi ! pour Britannicus votre haine affoiblie
Me défend...

NÉRON

Oui, Narcisse, on nous réconcilie.

NARCISSE

Je me garderai bien de vous en détourner,
Seigneur. Mais il s'est vu tantôt emprisonner :

Cette offense en son cœur sera longtemps nouvelle.
Il n'est point de secrets que le temps ne révèle :
Il saura que ma main lui devoit présenter
Un poison que votre ordre avoit fait apprêter.
Les dieux de ce dessein puissent-ils le distraire.
Mais peut-être il fera ce que vous n'osez faire.

NÉRON

On répond de son cœur ; et je vaincrai le mien.

NARCISSE

Et l'hymen de Junie en est-il le lien ?
Seigneur, lui faites-vous encor ce sacrifice ?

NÉRON

C'est prendre trop de soins. Quoi qu'il en soit, Narcisse,
Je ne le compte plus parmi mes ennemis.

NARCISSE

Agrippine, seigneur, se l'étoit bien promis :
Elle a repris sur vous son souverain empire.

NÉRON

Quoi donc ? Qu'a-t-elle dit ? et que voulez-vous dire ?

NARCISSE

Elle s'en est vantée assez publiquement.

NÉRON

De quoi ?

NARCISSE

Qu'elle n'avoit qu'à vous voir un moment ;
Qu'à tout ce grand éclat, à ce courroux funeste,
On verroit succéder un silence modeste ;
Que vous-même à la paix souscririez le premier,
Heureux que sa bonté daignât tout oublier.

NÉRON

Mais, Narcisse, dis-moi, que veux-tu que je fasse ?
Je n'ai que trop de pente à punir son audace ;
Et, si je m'en croyois, ce triomphe indiscret
Seroit bientôt suivi d'un éternel regret.

Mais de tout l'univers quel sera le langage ?
Sur les pas des tyrans veux-tu que je m'engage,
Et que Rome, effaçant tant de titres d'honneur,
Me laisse pour tout nom celui d'empoisonneur ?
Ils mettront ma vengeance au rang des parricides.

NARCISSE

Et prenez-vous, seigneur, leurs caprices pour guides ?
Avez-vous prétendu qu'ils se tairoient toujours ?
Est-ce à vous de prêter l'oreille à leurs discours ?
De vos propres désirs perdez-vous la mémoire ?
Et serez-vous le seul que vous n'osez croire ?
Mais, seigneur, les Romains ne vous sont pas connus.
Non, non, dans leurs discours ils sont plus retenus.
Tant de précaution affoiblit votre règne :
Ils croiront, en effet, mériter qu'on les craigne.
Au joug, depuis longtemps, ils se sont façonnés ;
Ils adorent la main qui les tient enchaînés.
Vous les verrez toujours ardents à vous complaire :
Leur prompte servitude a fatigué Tibère.
Moi-même, revêtu d'un pouvoir emprunté
Que je reçus de Claude avec la liberté,
J'ai cent fois, dans le cours de ma gloire passée
Tenté leur patience, et ne l'ai point lassée.
D'un empoisonnement vous craignez la noirceur ?
Faites périr le frère, abandonnez la sœur ;
Rome, sur ses autels prodiguant les victimes,
Fussent-ils innocents, leur trouvera des crimes :
Vous verrez mettre au rang des jours infortunés
Ceux où jadis la sœur et le frère sont nés.

NÉRON

Narcisse, encore un coup, je ne puis l'entreprendre.
J'ai promis à Burrhus, il a fallu me rendre.
Je ne veux point encore, en lui manquant de foi,
Donner à sa vertu des armes contre moi.
J'oppose à ces raisons un courage inutile :
Je ne l'écoute point avec un cœur tranquille.

NARCISSE

Burrhus ne pense pas, seigneur, tout ce qu'il dit :
Son adroite vertu ménage son crédit ;
Ou plutôt ils n'ont tous qu'une même pensée :
Ils verroient par ce coup leur puissance abaissée ;
Vous seriez libre alors, seigneur ; et, devant vous,
Ces maîtres orgueilleux fléchiroient comme nous.
Quoi donc ! ignorez-vous tout ce qu'ils osent dire ?
« Néron, s'ils en sont crus, n'est point né pour l'empire ;
« Il ne dit, il ne fait que ce qu'on lui prescrit :
« Burrhus conduit son cœur, Sénèque son esprit.
« Pour toute ambition, pour vertu singulière,
« Il excelle à conduire un char dans la carrière,
« A disputer des prix indignes de ses mains,
« A se donner lui-même en spectacle aux Romains,
« A venir prodiguer sa voix sur un théâtre,
« A réciter des chants qu'il veut qu'on idolâtre ;
« Tandis que des soldats, de moments en moments,
« Vont arracher pour lui les applaudissements. »
Ah ! ne voulez-vous pas les forcer à se taire ?

NÉRON

Viens, Narcisse : allons voir ce que nous devons faire.

ACTE CINQUIÈME

SCÈNE I. — BRITANNICUS, JUNIE

BRITANNICUS

Oui, madame, Néron, qui l'aurait pu penser ?
Dans son appartement m'attend pour m'embrasser.
Il y fait de sa cour inviter la jeunesse ;
Il veut que d'un festin la pompe et l'allégresse
Confirment à leurs yeux la foi de nos serments,
Et réchauffent l'ardeur de nos embrassements ;
Il éteint cet amour, source de tant de haine ;
Il vous fait de mon sort arbitre souveraine.
Pour moi, quoique banni du rang de mes aïeux,
Quoique de leur dépouille il se pare à mes yeux ;
Depuis qu'à mon amour cessant d'être contraire
Il semble me céder la gloire de vous plaire,
Mon cœur, je l'avouerai, lui pardonne en secret,
Et lui laisse le reste avec moins de regret.
Quoi ! je ne serai plus séparé de vos charmes !
Quoi ! même en ce moment, je puis voir sans alarmes
Ces yeux que n'ont émus ni soupirs ni terreurs,
Qui m'ont sacrifié l'empire et l'empereur !
Ah, madame !... Mais quoi ! Quelle nouvelle crainte
Tient parmi mes transports votre joie en contrainte ?
D'où vient qu'en m'écoutant, vos yeux, vos tristes yeux,
Avec de longs regards se tournent vers les cieux ?
Qu'est-ce que vous craignez ?

JUNIE

Je l'ignore moi-même ;

Mais je crains.

BRITANNICUS

Vous m'aimez ?

JUNIE

Hélas ! si je vous aime !

BRITANNICUS

Néron ne trouble plus notre félicité.

JUNIE

Mais me répondez-vous de sa sincérité ?

BRITANNICUS

Quoi ! vous le soupçonnez d'une haine couverte ?

JUNIE

Néron m'aimoit tantôt, il juroit votre perte ;
Il me fuit, il vous cherche : un si grand changement
Peut-il être, seigneur, l'ouvrage d'un moment ?

BRITANNICUS

Cet ouvrage, madame, est un coup d'Agrippine :
Elle a cru que ma perte entraînoit sa ruine.
Grâce aux préventions de son esprit jaloux,
Nos plus grands ennemis ont combattu pour nous.
Je m'en fie aux transports qu'elle m'a fait paraître ;
Je m'en fie à Burrhus ; j'en crois même son maître :
Je crois qu'à mon exemple, impuissant à trahir,
Il hait à cœur ouvert, ou cesse de haïr.

JUNIE

Seigneur, ne jugez pas de son cœur par le vôtre :
Sur des pas différents vous marchez l'un et l'autre.
Je ne connois Néron et la cour que d'un jour ;
Mais, si j'ose le dire, hélas ! dans cette cour
Combien tout ce qu'on dit est loin de ce qu'on pense !
Que la bouche et le cœur sont peu d'intelligence !
Avec combien de joie on y trahit sa foi !
Quel séjour étranger et pour vous et pour moi !

BRITANNICUS

Mais que son amitié soit véritable ou feinte,
Si vous craignez Néron, lui-même est-il sans crainte ?
Non, non, il n'ira point, par un lâche attentat,
Soulever contre lui le peuple et le sénat.
Que dis-je ? Il reconnoît sa dernière injustice,
Ses remords ont paru, même aux yeux de Narcisse,
Ah ! s'il vous avoit dit, ma princesse, à quel point...

JUNIE

Mais Narcisse, seigneur, ne vous trahit-il point ?

BRITANNICUS

Et pourquoi voulez-vous que mon cœur s'en défie ?

JUNIE

Et que sais-je ? Il y va, seigneur, de votre vie :
Tout m'est suspect : je crains que tout ne soit séduit.
Je crains Néron ; je crains le malheur qui me suit.
D'un noir pressentiment malgré moi prévenue,
Je vous laisse à regret éloigner de ma vue.
Hélas ! si cette paix dont vous vous repaissez
Couvroit contre vos jours quelques pièges dressés ;
Si Néron, irrité de notre intelligence,
Avoit choisi la nuit pour cacher sa vengeance ;
S'il préparoit ses coups tandis que je vous vois ;
Et si je vous parlois pour la dernière fois !
Ah, prince !

BRITANNICUS

             Vous pleurez ! Ah, ma chère princesse !
Et pour moi jusque-là votre cœur s'intéresse !
Quoi ! madame ! en un jour où plein de sa grandeur
Néron croit éblouir vos yeux de sa splendeur,
Dans des lieux où chacun me fuit et le révère,
Aux pompes de sa cour préférer ma misère !
Quoi ! dans ce même jour et dans ces mêmes lieux
Refuser un empire, et pleurer à mes yeux !
Mais, madame, arrêtez ces précieuses larmes :
Mon retour va bientôt dissiper vos alarmes.

Je me rendrois suspect par un plus long séjour :
Adieu. Je vais, le cœur tout plein de mon amour,
Au milieu des transports d'une aveugle jeunesse,
Ne voir, n'entretenir que ma belle princesse.
Adieu.

JUNIE

Prince...

BRITANNICUS

On m'attend, madame, il faut partir.

JUNIE

Mais du moins attendez qu'on vous vienne avertir.

SCÈNE II. — BRITANNICUS, AGRIPPINE, JUNIE

AGRIPPINE

Prince, que tardez-vous ? Partez en diligence.
Néron impatient se plaint de votre absence.
La joie et le plaisir de tous les conviés
Attend, pour éclater, que vous vous embrassiez.
Ne faites point languir une si juste envie ;
Allez. Et nous, madame, allons chez Octavie.

BRITANNICUS

Allez, belle Junie ; et, d'un esprit content,
Hâtez-vous d'embrasser ma sœur qui vous attend.
Dès que je le pourrai, je reviens sur vos traces,
Madame ; et de vos soins j'irai vous rendre grâces.

SCÈNE III. — AGRIPPINE, JUNIE

AGRIPPINE

Madame, ou je me trompe, ou durant vos adieux,
Quelques pleurs répandus ont obscurci vos yeux.
Puis-je savoir quel trouble a formé ce nuage ?
Doutez-vous d'une paix dont je fais mon ouvrage ?

JUNIE

Après tous les ennuis que ce jour m'a coûtés,

Ai-je pu rassurer mes esprits agités ?
Hélas ! à peine encor je conçois ce miracle.
Quand même à vos bontés je craindrois quelque obstacle,
Le changement, madame, est commun à la cour ;
Et toujours quelque crainte accompagne l'amour.

AGRIPPINE

Il suffit ; j'ai parlé, tout a changé de face :
Mes soins à vos soupçons ne laissent point de place.
Je réponds d'une paix jurée entre mes mains ;
Néron m'en a donné des gages trop certains.
Ah ! si vous aviez su par combien de caresses
Il m'a renouvelé la foi de ses promesses ;
Par quels embrassements il vient de m'arrêter !
Ses bras, dans nos adieux, ne pouvoient me quitter.
Sa facile bonté, sur son front répandue,
Jusqu'aux moindres secrets est d'abord descendue :
Il s'épanchoit en fils qui vient en liberté
Dans le sein de sa mère oublier sa fierté,
Mais bientôt reprenant un visage sévère,
Tel que d'un empereur qui consulte sa mère,
Sa confidence auguste a mis entre mes mains
Des secrets d'où dépend le destin des humains.
Non, il le faut ici confesser à sa gloire,
Son cœur n'enferme point une malice noire ;
Et nos seuls ennemis, altérant sa bonté,
Abusoient contre nous de sa facilité :
Mais enfin, à son tour, leur puissance décline ;
Rome encore une fois va connoître Agrippine ;
Déjà de ma faveur on adore le bruit.
Cependant en ces lieux n'attendons pas la nuit :
Passons chez Octavie, et donnons-lui le reste
D'un jour autant heureux que je l'ai cru funeste.
Mais qu'est-ce que j'entends ! Quel tumulte confus :
Que peut-on faire ?

JUNIE
O ciel ! sauvez Britannicus !

SCÈNE IV. — AGRIPPINE, JUNIE, BURRHUS

AGRIPPINE

Burrhus, où courrez-vous ? Arrêtez. Que veut dire...

BURRHUS

Madame, c'en est fait, Britannicus expire.

JUNIE

Ah ! mon prince !

AGRIPPINE

Il expire ?

BURRHUS

Ou plutôt il est mort,
Madame.

JUNIE

Pardonnez, madame, à ce transport.
Je vais le secourir, si je puis, ou le suivre.

SCÈNE V. — AGRIPPINE, BURRHUS

AGRIPPINE

Quel attentat, Burrhus !

BURRHUS

Je n'y pourrai survivre,
Madame ; il faut quitter la cour et l'empereur.

AGRIPPINE

Quoi ! du sang de son frère il n'a point eu d'horreur !

BURRHUS

Ce dessein s'est conduit avec plus de mystère.
A peine l'empereur a vu venir son frère,
Il se lève, il l'embrasse, on se tait ; et soudain
César prend le premier une coupe à la main :
« Pour achever ce jour sous de meilleures auspices,
« Ma main de cette coupe épanche les prémices,
« Dit-il : Dieux, que j'appelle à cette effusion,

« Venez favoriser notre réunion ».
Par les mêmes serments Britannicus se lie.
La coupe dans ses mains par Narcisse est remplie ;
Mais ses lèvres à peine en ont touché les bords,
Le fer ne produit point de si puissants efforts,
Madame : la lumière à ses yeux est ravie ;
Il tombe sur son lit sans chaleur et sans vie.
Jugez combien ce coup frappe tous les esprits.
La moitié s'épouvante et sort avec des cris ;
Mais ceux qui de la cour ont un plus long usage,
Sur les yeux de César composent leur visage.
Cependant sur son lit il demeure penché,
D'aucun étonnement il ne paroît touché ;
« Ce mal dont vous craignez, dit-il, la violence
« A souvent, sans péril, attaqué son enfance ».
Narcisse veut en vain affecter quelque ennui,
Et sa perfide joie éclate malgré lui.
Pour moi, dût l'empereur punir ma hardiesse,
D'une odieuse cour j'ai traversé la presse ;
Et j'allois, accablé de cet assassinat,
Pleurer Britannicus, César et tout l'État.

AGRIPPINE

Le voici. Vous verrez si c'est moi qui l'inspire.

SCÈNE VI. — NÉRON, AGRIPPINE, BURRHUS,
NARCISSE

NÉRON, *voyant Agrippine.*

Dieux !

AGRIPPINE

Arrêtez, Néron : j'ai deux mots à vous dire.
Britannicus est mort : je reconnois les coups ;
Je connois l'assassin.

NÉRON

Et qui, madame ?

AGRIPPINE

Vous.

NÉRON

Moi ! Voilà les soupçons dont vous êtes capable.
Il n'est point de malheur dont je ne sois coupable.
Et, si l'on veut, madame, écouter vos discours,
Ma main de Claude même aura tranché les jours.
Son fils vous étoit cher, sa mort peut vous confondre
Mais des coups du destin je ne puis pas répondre.

AGRIPPINE

Non, non, Britannicus est mort empoisonné ;
Narcisse a fait le coup, vous l'avez ordonné.

NÉRON

Madame !... Mais qui peut vous tenir ce langage ?

NARCISSE

Hé, seigneur ! ce soupçon vous fait-il tant d'outrages ?
Britannicus, madame, eut des desseins secrets
Qui vous auroient coûté de plus justes regrets :
Il aspiroit plus loin qu'à l'hymen de Junie ;
De vos propres bontés il vous auroit punie.
Il vous trompoit vous-même ; et son cœur offensé
Prétendoit tôt ou tard rappeler le passé.
Soit donc que malgré vous le sort vous ait servie,
Soit qu'instruit des complots qui menaçoient sa vie,
Sur ma fidélité César s'en soit remis,
Laissez les pleurs, madame, à vos seuls ennemis ;
Qu'ils mettent ce malheur au rang des plus sinistres ;
Mais vous...

AGRIPPINE

Poursuis, Néron : avec de tels ministres,
Par des faits glorieux tu te vas signaler ;
Poursuis. Tu n'as pas fait ce pas pour reculer :
Ta main a commencé par le sang de ton frère ;
Je prévois que tes coups viendront jusqu'à ta mère.
Dans le fond de ton cœur je sais que tu me hais ;

Tu voudras t'affranchir du joug de mes bienfaits.
Mais je veux que ma mort te soit même inutile :
Ne crois pas qu'en mourant je te laisse tranquille.
Rome, ce ciel, ce jour que tu reçus de moi,
Partout, à tout moment, m'offriront devant toi.
Tes remords te suivront comme autant de furies ;
Tu croiras les calmer par d'autres barbaries ;
Ta fureur, s'irritant soi-même dans son cours,
D'un sang toujours nouveau marquera tous tes jours.
Mais j'espère qu'enfin le ciel las de tes crimes,
Ajoutera ta perte à tant d'autres victimes ;
Qu'après t'être couvert de leur sang et du mien,
Tu te verras forcé de répandre le tien ;
Et ton nom paroîtra, dans la race future,
Aux plus cruels tyrans une cruelle injure.
Voilà ce que mon cœur se présage de toi.
Adieu : tu peux sortir.

NÉRON
Narcisse, suivez-moi.

SCÈNE VII. — AGRIPPINE, BURRHUS

AGRIPPINE
Ah ! ciel ! de mes soupçons quelle étoit l'injustice !
Je condamnois Burrhus pour écouter Narcisse !
Burrhus, avez-vous vu quels regards furieux
Néron en me quittant m'a laissés pour adieux ?
C'en est fait, le cruel n'a plus rien qui l'arrête ;
Le coup qu'on m'a prédit va tomber sur ma tête.
Il vous accablera vous-même à votre tour.

BURRHUS
Ah ! madame ! pour moi j'ai vécu trop d'un jour.
Plût au ciel que sa main, heureusement cruelle,
Eût fait sur moi l'essai de sa fureur nouvelle !
Qu'il ne m'eût pas donné, par ce triste attentat,
Un gage trop certain des malheurs de l'État !

Son crime seul n'est pas ce qui me désespère ;
Sa jalousie a pu l'armer contre son frère ;
Mais s'il vous faut, madame, expliquer ma douleur,
Néron l'a vu mourir sans changer de couleur.
Ses yeux indifférents ont déjà la constance
D'un tyran dans le crime endurci dès l'enfance.
Qu'il achève, madame, et qu'il fasse périr
Un ministre importun qui ne le peut souffrir.
Hélas ! loin de vouloir éviter sa colère,
La plus soudaine mort me sera la plus chère.

SCÈNE VIII. — AGRIPPINE, BURRHUS, ALBINE

ALBINE

Ah ! madame ! ah, seigneur ! courez vers l'empereur ;
Venez sauver César de sa propre fureur ;
Il se voit pour jamais séparé de Junie.

AGRIPPINE

Quoi ! Junie elle-même a terminé sa vie ?

ALBINE

Pour accabler César d'un éternel ennui,
Madame, sans mourir elle est morte pour lui.
Vous savez de ces lieux comme elle s'est ravie :
Elle a feint de passer chez la triste Octavie ;
Mais bientôt elle a pris des chemins écartés,
Où mes yeux ont suivi ses pas précipités.
Des portes du palais elle sort éperdue.
D'abord elle a d'Auguste aperçu la statue ;
Et mouillant de ses pleurs le marbre de ses pieds,
Que de ses bras pressants elle tenoit liés :
« Prince, par ces genoux, dit-elle, que j'embrasse,
« Protège en ce moment le reste de ta race :
« Rome, dans ton palais, vient de voir immoler
« Le seul de tes neveux qui te pût ressembler.
« On veut après sa mort que je lui sois parjure ;
« Mais pour lui conserver une foi toujours pure,

« Prince, je me dévoue à ces dieux immortels
« Dont ta vertu t'a fait partager les autels ».
Le peuple cependant, que ce spectacle étonne,
Vole de toutes parts, se presse, l'environne,
S'attendrit à ses pleurs ; et, plaignant son ennui,
D'une commune voix la prend sous son appui ;
Ils la mènent au temple, où depuis tant d'années
Au culte des autels nos vierges destinées
Gardent fidèlement le dépôt précieux
Du feu toujours ardent qui brûle pour nos dieux.
César les voit partir sans oser les distraire.
Narcisse, plus hardi, s'empresse pour lui plaire,
Il vole vers Junie ; et, sans s'épouvanter,
D'une profane main commence à l'arrêter,
De mille coups mortels son audace est punie ;
Son infidèle sang rejaillit sur Junie.
César, de tant d'objets en même temps frappé,
Le laisse entre les mains qui l'ont enveloppé.
Il rentre. Chacun fuit son silence farouche ;
Le seul nom de Junie échappe de sa bouche.
Il marche sans dessein ; ses yeux mal assurés
N'osent lever au ciel leurs regards égarés ;
Et l'on craint, si la nuit jointe à la solitude
Vient de son désespoir aigrir l'inquiétude,
Si vous l'abandonnez plus longtemps sans secours,
Que sa douleur bientôt n'attente sur ses jours.
Le temps presse : courez. Il ne faut qu'un caprice ;
Il se perdroit, madame.

AGRIPPINE
                    Il se feroit justice.
Mais, Burrhus, allons voir jusqu'où vont ses transports,
Voyons quel changement produiront ses remords ;
S'il voudra désormais suivre d'autres maximes.

BURRHUS
Plût aux dieux que ce fût le dernier de ses crimes !

PHÈDRE

TRAGÉDIE

1677

PRÉFACE

Voici encore une tragédie dont le sujet est pris d'Euripide. Quoique j'aie suivi une route un peu différente de celle de cet auteur pour la conduite de l'action, je n'ai pas laissé d'enrichir ma pièce de tout ce qui m'a paru le plus éclatant dans la sienne. Quand je ne lui devrois que la seule idée du caractère de Phèdre, je pourrois dire que je lui dois ce que j'ai peut-être mis de plus raisonnable sur le théâtre. Je ne suis point étonné que ce caractère ait eu un succès si heureux du temps d'Euripide, et qu'il ait encore si bien réussi dans notre siècle, puisqu'il a toutes les qualités qu'Aristote demande dans le héros de la tragédie, et qui sont propres à exciter la compassion et la terreur. En effet, Phèdre n'est ni tout à fait coupable, ni tout à fait innocente : elle est engagée, par sa destinée et par la colère des dieux, dans une passion illégitime, dont elle a horreur toute la première : elle fait tous ses efforts pour la surmonter : elle aime mieux se laisser mourir que de la déclarer à personne ; et lorsqu'elle est forcée de la découvrir, elle en parle avec une confusion qui fait bien voir que son crime est plutôt une punition des dieux qu'un mouvement de sa volonté.

J'ai même pris soin de la rendre un peu moins odieuse qu'elle n'est dans les tragédies des anciens, où elle se résout d'elle-même à accuser Hippolyte. J'ai cru que la calomnie avoit quelque chose de trop bas et de trop noir pour la mettre dans la bouche d'une princesse qui a d'ailleurs des sentiments si nobles et si vertueux. Cette bassesse m'a paru plus convenable à une nourrice, qui pouvoit avoir des inclinations plus serviles, et qui néanmoins n'entreprend cette fausse accusation que pour sauver la vie et l'honneur de sa maîtresse. Phèdre n'y donne les mains que parce qu'elle est dans une agitation d'esprit qui la met hors d'elle-même ; et elle vient un moment après dans le dessein de justifier l'innocence et de déclarer la vérité.

Hippolyte est accusé, dans Euripide et dans Sénèque, d'avoir en effet violé sa belle-mère : *vim corpus tulit.* Mais il n'est ici accusé que d'en avoir eu le dessein. J'ai voulu épargner à Thésée une confusion qui l'auroit pu rendre moins agréable aux spectateurs.

Pour ce qui est du personnage d'Hippolyte, j'avois remarqué dans les anciens qu'on reprochoit à Euripide de l'avoir représenté comme un philosophe exempt de toute imperfection : ce qui faisoit que la mort de ce jeune prince causoit beaucoup plus d'indignation que de pitié. J'ai cru lui devoir donner quelque foiblesse qui le rendroit un peu coupable envers son père, sans pourtant lui rien ôter de cette grandeur d'âme avec laquelle il épargne l'honneur de Phèdre, et se laisse opprimer sans l'accuser. J'appelle foiblesse la passion qu'il ressent malgré lui pour Aricie, qui est la fille et la sœur des ennemis mortels de son père.

Cette Aricie n'est point un personnage de mon invention. Virgile dit qu'Hippolyte l'épousa, et en eut un fils, après qu'Esculape l'eut ressuscité. Et j'ai lu encore dans quelques auteurs qu'Hippolyte avoit épousé et emmené en Italie une jeune Athénienne de grande naissance, qui s'appeloit Aricie, et qui avoit donné son nom à une petite ville d'Italie.

Je rapporte ces autorités, parce que je me suis très scrupuleusement attaché à suivre la fable. J'ai même suivi l'histoire de Thésée, telle qu'elle est dans Plutarque.

C'est dans cet historien que j'ai trouvé que ce qui avoit donné occasion de croire que Thésée fût descendue dans les enfers pour enlever Proserpine, étoit un voyage que ce prince avoit fait en Épire vers la source de l'Achéron, chez un roi dont Pirithoüs vouloit enlever la femme, et qui arrêta Thésée prisonnier, après avoir fait mourir Pirithoüs. Ainsi j'ai tâché de conserver la vraisemblance de l'histoire, sans rien perdre des ornements de la fable, qui fournit extrêmement à la poésie ; et le bruit de la mort de Thésée, fondé sur ce voyage fabuleux, donne lieu à Phèdre de faire une déclaration d'amour qui devient une des principales causes de son malheur, et qu'elle n'aurait jamais osé faire tant qu'elle auroit cru que son mari étoit vivant.

Au reste, je n'ose encore assurer que cette pièce soit en effet là meilleure de mes tragédies. Je laisse aux lecteurs et au temps à décider de son véritable prix. Ce que je puis assurer, c'est que je n'en ai point fait où la vertu soit plus mise en jour que dans celle-ci ; les moindres fautes y sont sévèrement punies : la seule pensée du crime y est regardée avec autant d'horreur que le crime même ; les foiblesses de l'amour y passent pour de vraies foiblesses, les passions n'y sont présentées aux yeux que pour montrer tout le désordre dont elles sont causes ; et le vice y est peint partout avec des couleurs qui en font connoître et haïr la difformité. C'est là proprement le but que tout homme qui travaille pour le public doit se proposer ; et c'est ce que les premiers poètes tragiques avoient en vue sur toute chose. Leur théâtre étoit une école où la vertu

n'étoit pas moins bien enseignée que dans les écoles des philosophes.
Aussi Aristote a bien voulu donner des règles du poème dramatique ;
et Socrate, le plus sage des philosophes, ne dédaignoit pas de mettre
la main aux tragédies d'Euripide. Il seroit à souhaiter que nos ouvrages
fussent aussi solides et aussi pleins d'utiles instructions que ceux de ces
poètes. Ce seroit peut-être un moyen de réconcilier la tragédie avec
quantité de personnes célèbres par leur piété et par leur doctrine, qui
l'ont condamnée dans ces derniers temps, et qui en jugeroient sans doute
plus favorablement, si les auteurs songeoient autant à instruire leurs
spectateurs qu'à les divertir, et s'ils suivoient en cela la véritable intention de la tragédie.

PERSONNAGES

THÉSÉE, fils d'Égée, roi d'Athènes.
PHÈDRE, femme de Thésée, fille de Minos et de Pasiphaé.
HIPPOLYTE, fils de Thésée et d'Antiope, reine des Amazones.
ARICIE, princesse du sang royal d'Athènes.
THÉRAMÈNE, gouverneur d'Hippolyte.
ŒNONE, nourrice et confidente de Phèdre.
ISMÈNE, confidente d'Aricie.
PANOPE, femme de la suite de Phèdre.
GARDES.

La scène est à Trézène, ville du Péloponèse.

ACTE PREMIER

SCÈNE I. — HIPPOLYTE, THÉRAMÈNE

HIPPOLYTE

Le dessein en est pris : je pars, cher Théramène,
Et quitte le séjour de l'aimable Trézène.
Dans le doute mortel dont je suis agité,
Je commence à rougir de mon oisiveté.
Depuis plus de six mois éloigné de mon père,
J'ignore le destin d'une tête si chère ;
J'ignore jusqu'aux lieux qui le peuvent cacher.

THÉRAMÈNE

Et dans quels lieux, seigneur, l'allez-vous donc chercher ?
Déjà, pour satisfaire à votre juste crainte,
J'ai couru les deux mers que sépare Corinthe ;
J'ai demandé Thésée aux peuples de ces bords
Où l'on voit l'Achéron se perdre chez les morts ;
J'ai visité l'Élide, et, laissant le Ténare,
Passé jusqu'à la mer qui vit tomber Icare.
Sur quel espoir nouveau, dans quels heureux climats
Croyez-vous découvrir la trace de ses pas ?
Qui sait même, qui sait si le roi votre père
Veut que de son absence on sache le mystère ?
Et si, lorsque avec vous nous tremblons pour ses jours,
Tranquille et nous cachant de nouvelles amours,
Ce héros n'attend point qu'une amante abusée...

HIPPOLYTE

Cher Théramène, arrête ; et respecte Thésée.
De ses jeunes erreurs désormais revenu,

Par un indigne obstacle il n'est point retenu ;
Et, fixant de ses vœux l'inconstance fatale,
Phèdre depuis longtemps ne craint plus de rivale.
Enfin, en le cherchant je suivrai mon devoir,
Et je fuirai ces lieux, que je n'ose plus voir.

THÉRAMÈNE

Hé ! depuis quand, seigneur, craignez-vous la présence
De ces paisibles lieux si chers à votre enfance,
Et dont je vous ai vu préférer le séjour
Au tumulte pompeux d'Athène et de la cour ?
Quel péril, ou plutôt quel chagrin vous en chasse ?

HIPPOLYTE

Cet heureux temps n'est plus. Tout a changé de face
Depuis que sur ces bords les dieux ont envoyé
La fille de Minos et de Pasiphaé.

THÉRAMÈNE

J'entends : de vos douleurs la cause m'est connue.
Phèdre ici vous chagrine et blesse votre vue.
Dangereuse marâtre, à peine elle vous vit,
Que votre exil d'abord signala son crédit.
Mais sa haine sur vous autrefois attachée,
Ou s'est évanouie, ou s'est bien relâchée.
Et d'ailleurs quels périls vous peut faire courir
Une femme mourante, et qui cherche à mourir ?
Phèdre, atteinte d'un mal qu'elle s'obstine à taire,
Lasse enfin d'elle-même et du jour qui l'éclaire,
Peut-elle contre vous former quelques desseins ?

HIPPOLYTE

Sa vaine inimitié n'est pas ce que je crains.
Hippolyte en partant fuit une autre ennemie :
Je fuis, je l'avouerai, cette jeune Aricie,
Reste d'un sang fatal conjuré contre nous.

THÉRAMÈNE

Quoi ! vous-même, seigneur, la persécutez-vous ?
Jamais l'aimable sœur des cruels Pallantides

Trempa-t-elle aux complots de ses frères perfides ?
Et devez-vous haïr ses innocents appas ?

HIPPOLYTE

Si je la haïssois, je ne la fuirois pas.

THÉRAMÈNE

Seigneur, m'est-il permis d'expliquer votre fuite ?
Pourriez-vous n'être plus ce superbe Hippolyte
Implacable ennemi des amoureuses lois,
Et d'un joug que Thésée a subi tant de fois ?
Vénus, par votre orgueil si longtemps méprisée,
Voudroit-elle à la fin justifier Thésée ?
Et, vous mettant au rang du reste des mortels,
Vous a-t-elle forcé d'encenser ses autels ?
Aimeriez-vous, seigneur ?

HIPPOLYTE

   Ami, qu'oses-tu dire ?
Toi, qui connois mon cœur depuis que je respire,
Des sentiments d'un cœur si fier, si dédaigneux
Peux-tu me demander le désaveu honteux ?
C'est peu qu'avec son lait une mère amazone
M'a fait sucer encor cet orgueil qui t'étonne.
Dans un âge plus mûr moi-même parvenu,
Je me suis applaudi quand je me suis connu.
Attaché près de moi par un zèle sincère,
Tu me contois alors l'histoire de mon père.
Tu sais combien mon âme, attentive à ta voix
S'échauffoit aux récits de ses nobles exploits ;
Quand tu me dépeignois ce héros intrépide
Consolant les mortels de l'absence d'Alcide,
Les monstres étouffés et les brigands punis,
Procuste, Cercyon, et Sciron, et Sinis,
Et les os dispersés du géant d'Épidaure,
Et la Crète fumant du sang du Minautore.
Mais, quand tu récitois des faits moins glorieux,
Sa foi partout offerte et reçue en cent lieux ;
Hélène a ses parents dans Sparte dérobée ;

Salamine témoin des pleurs de Péribée ;
Tant d'autres, dont les noms lui sont même échappés,
Trop crédules esprits que sa flamme a trompés :
Ariane aux rochers contant ses injustices ;
Phèdre enlevée enfin sous de meilleurs auspices ;
Tu sais, comme à regret écoutant ce discours,
Je te pressois souvent d'en abréger le cours.
Heureux si j'avois pu ravir à la mémoire
Cette indigne moitié d'une si belle histoire !
Et moi-même, à mon tour, je me verrois lié !
Et les dieux jusque-là m'auroient humilié !
Dans mes lâches soupirs d'autant plus méprisable,
Qu'un long amas d'honneurs rend Thésée excusable,
Qu'aucuns monstres par moi domptés jusqu'aujourd'hui
Ne m'ont acquis le droit de faillir comme lui !
Quand même ma fierté pourroit s'être adoucie,
Aurois-je pour vainqueur dû choisir Aricie ?
Ne souviendroit-il plus à mes sens égarés
De l'obstacle éternel qui nous a séparés ?
Mon père la réprouve ; et, par des lois sévères,
Il défend de donner des neveux à ses frères :
D'une tige coupable il craint un rejeton ;
Il veut avec leur sœur ensevelir leur nom ;
Et que, jusqu'au tombeau soumise à sa tutelle,
Jamais les feux d'hymen ne s'allument pour elle.
Dois-je épouser ses droits contre un père irrité ?
Donnerai-je l'exemple à la témérité ?
Et, dans un fol amour ma jeunesse embarquée...

THÉRAMÈNE

Ah ! seigneur ! si votre heure est une fois marquée,
Le ciel de nos raisons ne sait point s'informer.
Thésée ouvre vos yeux en voulant les fermer ;
Et sa haine, irritant une flamme rebelle,
Prête à son ennemie une grâce nouvelle.
Enfin, d'un chaste amour pourquoi vous effrayer ?
S'il a quelque douceur, n'osez-vous l'essayer ?

En croirez-vous toujours un farouche scrupule ?
Craint-on de s'égarer sur les traces d'Hercule ?
Quels courages Vénus n'a-t-elle pas domptés ?
Vous-même où seriez-vous, vous qui la combattez,
Si toujours Antiope à ses lois opposée
D'une pudique ardeur n'eût brûlé pour Thésée ?
Mais que sert d'affecter un superbe discours ?
Avouez-le, tout change : et, depuis quelques jours,
On vous voit moins souvent, orgueilleux et sauvage ;
Tantôt faire voler un char sur le rivage,
Tantôt, savant dans l'art par Neptune inventé,
Rendre docile au frein un coursier indompté ;
Les forêts de nos cris moins souvent retentissent ;
Chargés d'un feu secret, vos yeux s'appesantissent.
Il n'en faut point douter : vous aimez, vous brûlez ;
Vous périssez d'un mal que vous dissimulez.
La charmante Aricie a-t-elle su vous plaire ?

HIPPOLYTE
Théramène, je pars, et vais chercher mon père.

THÉRAMÈNE
Ne verrons-nous point Phèdre avant que de partir,
Seigneur ?

HIPPOLYTE
   C'est mon dessein : tu peux l'en avertir.
Voyons-la, puisque ainsi mon devoir me l'ordonne.
Mais quel nouveau malheur trouble sa chère Œnone ?

SCÈNE II. — HIPPOLYTE, THÉRAMÈNE, ŒNONE

ŒNONE
Hélas ! seigneur, quel trouble au mien peut être égal ?
La reine touche presque à son terme fatal.
En vain à l'observer jour et nuit je m'attache ;
Elle meurt dans mes bras d'un mal qu'elle me cache.
Un désordre éternel règne dans son esprit ;
Son chagrin inquiet l'arrache de son lit :

Elle veut voir le jour ; et sa douleur profonde
M'ordonne toutefois d'écarter tout le monde...
Elle vient.

HIPPOLYTE
Il suffit : je la laisse en ces lieux,
Et ne lui montre point un visage odieux.

SCÈNE III. — PHÈDRE, ŒNONE

PHÈDRE
N'allons point plus avant, demeurons, chère Œnone.
Je ne me soutiens plus ; ma force m'abandonne :
Mes yeux sont éblouis du jour que je revoi ;
Et mes genoux tremblants se dérobent sous moi.
Hélas !

(Elle s'assied.)

ŒNONE
Dieux tout-puissants, que nos pleurs vous apaisent !

PHÈDRE
Que ces vains ornements, que ces voiles me pèsent !
Quelle importune main, en formant tous ces nœuds,
A pris soin sur mon front d'assembler mes cheveux ?
Tout m'afflige, et me nuit, et conspire à me nuire.

ŒNONE
Comme on voit tous ces vœux l'un l'autre se détruire !
Vous-même, condamnant vos injustes desseins,
Tantôt à vous parer vous excitiez nos mains ;
Vous-même, rappelant votre force première,
Vous vouliez vous montrer et revoir la lumière.
Vous la voyez, madame ; et, prête à vous cacher,
Vous haïssez le jour que vous veniez chercher !

PHÈDRE
Noble et brillant auteur d'une triste famille,
Toi, dont ma mère osoit se vanter d'être fille,
Qui peut-être rougis du trouble où tu me vois,
Soleil, je te viens voir pour la dernière fois !

OENONE

Quoi ! vous ne perdrez point cette cruelle envie ?
Vous verrai-je toujours, renonçant à la vie,
Faire de votre mort les funestes apprêts ?

PHÈDRE

Dieux ! que ne suis-je assise à l'ombre des forêts !
Quand pourrais-je, au travers d'une noble poussière,
Suivre de l'œil un char fuyant dans la carrière ?

OENONE

Quoi ! madame ?

PHÈDRE

Insensée ! où suis-je ? et qu'ai-je dit ?
Où laissé-je égarer mes vœux et mon esprit ?
Je l'ai perdu : les dieux m'en ont ravi l'usage.
Œnone, la rougeur me couvre le visage :
Je te laisse trop voir mes honteuses douleurs ;
Et mes yeux, malgré moi, se remplissent de pleurs.

OENONE

Ah ! s'il vous faut rougir, rougissez d'un silence
Qui de vos maux encore aigrit la violence.
Rebelle à tous nos soins, sourde à tous nos discours,
Voulez-vous, sans pitié, laisser finir vos jours ?
Quelle fureur les borne au milieu de leur course ?
Quel charme ou quel poison en a tari la source ?
Les ombres par trois fois ont obscurci les cieux
Depuis que le sommeil n'est entré dans vos yeux ;
Et le jour a trois fois chassé la nuit obscure
Depuis que votre corps languit sans nourriture.
A quel affreux dessein vous laissez-vous tenter ?
De quel droit sur vous-même osez-vous attenter ?
Vous offensez les dieux auteurs de votre vie ;
Vous trahissez l'époux à qui la foi vous lie ;
Vous trahissez enfin vos enfants malheureux,
Que vous précipitez sous un joug rigoureux.
Songez qu'un même jour leur ravira leur mère,
Et rendra l'espérance au fils de l'étrangère,

A ce fier ennemi de vous, de votre sang,
Ce fils qu'une Amazone a porté dans son flanc,
Cet Hippolyte...

PHÈDRE

Ah, dieux !

ŒNONE

Ce reproche vous touche ?

PHÈDRE

Malheureuse ! quel nom est sorti de ta bouche !

ŒNONE

Hé bien ! votre colère éclate avec raison :
J'aime à vous voir frémir à ce funeste nom.
Vivez donc : que l'amour, le devoir, vous excite ;
Vivez, ne souffrez pas que le fils d'une Scythe,
Accablant vos enfants d'un empire odieux,
Commande au plus beau sang de la Grèce et des dieux.
Mais ne différez point ; chaque moment vous tue :
Réparez promptement votre force abattue,
Tandis que de vos jours, prêts à se consumer,
Le flambeau dure encore, et peut se rallumer.

PHÈDRE

J'en ai trop prolongé la coupable durée.

ŒNONE

Quoi ! de quelques remords êtez-vous déchirée ?
Quel crime a pu produire un trouble si pressant ?
Vos mains n'ont point trempé dans le sang innocent.

PHÈDRE

Grâces au ciel, mes mains ne sont point criminelles.
Plût aux dieux que mon cœur fût innocent comme elles !

ŒNONE

Et quel affreux projet avez-vous enfanté
Dont votre cœur encor doive être épouvanté ?

PHÈDRE

Je t'en ai dit assez : épargne-moi le reste.
Je meurs, pour ne point faire un aveu si funeste.

CENONE

Mourez donc, et gardez un silence inhumain ;
Mais pour fermer vos yeux cherchez une autre main ;
Quoiqu'il vous reste à peine une foible lumière,
Mon âme chez les morts descendra la première ;
Mille chemins ouverts y conduisent toujours,
Et ma juste douleur choisira les plus courts.
Cruelle ! quand ma foi vous a-t-elle déçue ?
Songez-vous qu'en naissant mes bras vous ont reçue ?
Mon pays, mes enfants, pour vous j'ai tout quitté.
Réserviez-vous ce prix à ma fidélité ?

PHÈDRE

Quel fruit espères-tu de tant de violence ?
Tu frémiras d'horreur si je romps le silence.

CENONE

Et que me direz-vous qui ne cède, grands dieux,
A l'horreur de vous voir expirer à mes yeux ?

PHÈDRE

Quand tu sauras mon crime et le sort qui m'accable,
Je n'en mourrai pas moins : j'en mourrai plus coupable.

CENONE

Madame, au nom des pleurs que pour vous j'ai versés,
Par vos foibles genoux que je tiens embrassés,
Délivrez mon esprit de ce funeste doute.

PHÈDRE

Tu le veux : lève-toi.

CENONE

Parlez : je vous écoute.

PHÈDRE

Ciel ! que lui vais-je dire ? et par où commencer ?

CENONE

Par de vaines frayeurs cessez de m'offenser.

PHÈDRE

O haine de Vénus ! O fatale colère !
Dans quels égarements l'amour jeta ma mère !

ŒNONE

Oublions-les, madame ; et qu'à tout l'avenir
Un silence éternel cache ce souvenir.

PHÈDRE

Ariane, ma sœur ! de quel amour blessée
Vous mourûtes aux bords où vous fûtes laissée !

ŒNONE

Que faites-vous, madame ? et quel mortel ennui
Contre tout votre sang vous anime aujourd'hui ?

PHÈDRE

Puisque Vénus le veut, de ce sang déplorable
Je péris la dernière et la plus misérable.

ŒNONE

Aimez-vous ?

PHÈDRE

De l'amour j'ai toutes les fureurs.

ŒNONE

Pour qui ?

PHÈDRE

Tu vas ouïr le comble des horreurs.
J'aime... A ce nom fatal, je tremble, je frissonne.
J'aime...

ŒNONE

Qui ?

PHÈDRE

Tu connois ce fils de l'Amazone,
Ce prince si longtemps par moi-même opprimé ?

ŒNONE

Hippolyte ? Grands dieux !

PHÈDRE

C'est toi qui l'as nommé !

ŒNONE

Juste ciel ! tout mon sang dans mes veines se glace !
O désespoir ! ô crime ! ô déplorable race !

Voyage infortuné ! Rivage malheureux,
Falloit-il approcher de tes bords dangereux !

PHÈDRE

Mon mal vient de plus loin. A peine au fils d'Égée
Sous les lois de l'hymen je m'étois engagée,
Mon repos, mon bonheur sembloit être affermi ;
Athènes me montra mon superbe ennemi :
Je le vis, je rougis, je pâlis à sa vue ;
Un trouble s'éleva dans mon âme éperdue ;
Mes yeux ne voyoient plus, je ne pouvois parler ;
Je sentis tout mon corps et transir et brûler ;
Je reconnus Vénus et ses feux redoutables,
D'un sang qu'elle poursuit, tourments inévitables.
Par des vœux assidus je crus les détourner :
Je lui bâtis un temple, et pris soin de l'orner ;
De victimes moi-même à toute heure entourée,
Je cherchois dans leurs flancs ma raison égarée :
D'un incurable amour remèdes impuissants !
En vain sur les autels ma main brûloit l'encens :
Quand ma bouche imploroit le nom de la déesse,
J'adorois Hippolyte ; et, le voyant sans cesse,
Même aux pied des autels que je faisois fumer,
J'offrois tout à ce dieu que je n'osois nommer.
Je l'évitois partout. O comble de misère !
Mes yeux le retrouvoient dans les traits de son père,
Contre moi-même enfin j'osai me révolter :
J'excitai mon courage à le persécuter.
Pour bannir l'ennemi doit j'étois idolâtre,
J'affectai les chagrins d'une injuste marâtre ;
Je pressai son exil ; et mes cris éternels
L'arrachèrent du sein et des bras paternels.
Je respirois, Œnone ; et, depuis son absence,
Mes jours moins agités couloient dans l'innocence ?
Soumise à mon époux, et cachant mes ennuis,
De son fatal hymen je cultivois les fruits.
Vaines précautions ! Cruelle destinée !

Par mon époux lui-même à Trézène amenée,
J'ai revu l'ennemi que j'avois éloigné :
Ma blessure trop vive aussitôt a saigné.
Ce n'est plus une ardeur dans mes veines cachée :
C'est Vénus tout entière à sa proie attachée.
J'ai conçu pour mon crime une juste terreur :
J'ai pris la vie en haine et me flamme en horreur ;
Je voulois en mourant prendre soin de ma gloire,
Et dérober au jour une flamme si noire :
Je n'ai pu soutenir tes larmes, tes combats :
Je t'ai tout avoué ; je ne m'en repens pas,
Pourvu que, de ma mort respectant les approches,
Tu ne m'affliges plus par d'injustes reproches,
Et que tes vains secours cessent de rappeler
Un reste de chaleur tout prêt à s'exhaler.

SCÈNE IV. — PHÈDRE, ŒNOPE, PANOPE

PANOPE

Je voudrois vous cacher une triste nouvelle,
Madame : mais il faut que je vous la révèle.
La mort vous a ravi votre invincible époux ;
Et ce malheur n'est plus ignoré que de vous.

ŒNONE

Panope, que dis-tu ?

PANOPE

Que la reine abusée
En vain demande au ciel le retour de Thésée ;
Et que, par des vaisseaux arrivés dans le port,
Hippolyte son fils vient d'apprendre sa mort.

PHÈDRE

Ciel !

PANOPE

Pour le choix d'un maître Athènes se partage :
Au prince votre fils l'un donne son suffrage,
Madame ; et de l'État, l'autre oubliant les lois,

Au fils de l'étrangère ose donner sa voix.
On dit même qu'au trône une brigue insolente
Veut placer Aricie et le sang de Pallante.
J'ai cru de ce péril vous devoir avertir.
Déjà même Hippolyte est tout prêt à partir ;
Et l'on craint, s'il paroît dans ce nouvel orage,
Qu'il n'entraîne après lui tout un peuple volage.

ŒNONE

Panope, c'est assez : la reine qui t'entend
Ne négligera point cet avis important.

SCÈNE V. — PHÈDRE, ŒNONE

ŒNONE

Madame, je cessois de vous presser de vivre ;
Déjà même au tombeau je songeois à vous suivre ;
Pour vous en détourner je n'avois plus de voix ;
Mais ce nouveau malheur vous prescrit d'autres lois.
Votre fortune change et prend une autre face :
Le roi n'est plus, madame ; il faut prendre sa place.
Sa mort vous laisse un fils à qui vous vous devez ;
Esclave s'il vous perd, et roi si vous vivez.
Sur qui, dans son malheur, voulez-vous qu'il s'appuie ?
Ses larmes n'auront plus de main qui les essuie ;
Et ses cris innocents, portés jusques aux dieux,
Iront contre sa mère irriter ses aïeux.
Vivez ; vous n'avez plus de reproche à vous faire :
Votre flamme devient une flamme ordinaire ;
Thésée en expirant vient de rompre les nœuds
Qui faisoient tout le crime et l'horreur de vos feux.
Hippolyte pour vous devient moins redoutable ;
Et vous pouvez le voir sans vous rendre coupable.
Peut-être, convaincu de votre aversion,
Il va donner un chef à la sédition :
Détrompez son erreur, fléchissez son courage.
Roi de ces bords heureux, Trézène est son partage ;

Mais il sait que les lois donnent à votre fils
Les superbes remparts que Minerve a bâtis.
Vous avez l'un et l'autre une juste ennemie :
Unissez-vous tous deux pour combattre Aricie.

PHÈDRE

Hé bien ! à tes conseils je me laisse entraîner.
Vivons, si vers la vie on peut me ramener,
Et si l'amour d'un fils, en ce moment funeste,
De mes foibles esprits peut ranimer le reste.

ACTE DEUXIÈME

SCÈNE I. — ARICIE, ISMÈNE

ARICIE

Hippolyte demande à me voir en ce lieu ?
Hippolyte me cherche, et veut me dire adieu ?
Ismène, dis-tu vrai ? N'es-tu point abusée ?

ISMÈNE

C'est le premier effet de la mort de Thésée.
Préparez-vous, madame, à voir de tous côtés
Voler vers vous les cœurs par Thésée écartés.
Aricie, à la fin, de son sort est maîtresse,
Et bientôt à ses pieds verra toute la Grèce.

ARICIE

Ce n'est donc point Ismène, un bruit mal affermi ?
Je cesse d'être esclave, et n'ai plus d'ennemi ?

ISMÈNE

Non, madame, les dieux ne vous sont plus contraires
Et Thésée a rejoint les mânes de vos frères.

ARICIE

Dit-on quelle aventure a terminé ses jours ?

ISMÈNE

On sème de sa mort d'incroyables discours.
On dit que, ravisseur d'une amante nouvelle,
Les flots ont englouti cet époux infidèle.
On dit même, et ce bruit est partout répandu,
Qu'avec Pirithoüs aux enfers descendu,

Il a vu le Cocyte et les rivages sombres,
Et s'est montré vivant aux infernales ombres ;
Mais qu'il n'a pu sortir de ce triste séjour,
Et repasser les bords qu'on passe sans retour.

ARICIE

Croirai-je qu'un mortel, avant sa dernière heure,
Peut pénétrer des morts la profonde demeure ?
Quel charme l'attiroit sur ces bords redoutés ?

ISMÈNE

Thésée est mort, madame, et vous seule en doutez :
Athènes en gémit ; Trézène en est instruite,
Et déjà pour son roi reconnoît Hippolyte ;
Phèdre, dans ce palais, tremblante pour son fils,
De ses amis troublés demande les avis.

ARICIE

Et tu crois que, pour moi plus humain que son père,
Hippolyte rendra ma chaîne plus légère ;
Qu'il plaindra mes malheurs ?

ISMÈNE

                    Madame, je le croi.

ARICIE

L'insensible Hippolyte est-il connu de toi ?
Sur quel frivole espoir penses-tu qu'il me plaigne,
Et respecte en moi seule un sexe qu'il dédaigne ?
Tu vois depuis quel temps il évite nos pas,
Et cherche tous les lieux où nous ne sommes pas.

ISMÈNE

Je sais de ses froideurs tout ce que l'on récite ;
Mais j'ai vu près de vous ce superbe Hippolyte ;
Et même, en le voyant, le bruit de sa fierté
A redoublé pour lui ma curiosité.
Sa présence à ce bruit n'a point paru répondre :
Dés vos premiers regards je l'ai vu se confondre ;
Ses yeux, qui vainement vouloient vous éviter,
Déjà pleins de langueur, ne pouvoient vous quitter.

Le nom d'amant peut-être offense son courage ;
Mais il en a les yeux, s'il n'en a le langage.

ARICIE

Que mon cœur, chère Ismène, écoute avidement
Un discours qui peut-être a peu de fondement !
O toi qui me connois, te sembloit-il croyable
Que le triste jouet d'un sort impitoyable,
Un cœur toujours nourri d'amertume et de pleurs,
Dût connoître l'amour et ses folles douleurs ?
Reste du sang d'un roi noble fils de la terre,
Je suis seule échappée aux fureurs de la guerre :
J'ai perdu dans la fleur de leur jeune saison,
Six frères... Quel espoir d'une illustre maison !
Le fer moissonna tout ; et la terre humectée
But à regret le sang des neveux d'Érechthée.
Tu sais, depuis leur mort, quelle sévère loi
Défend à tous les Grecs de soupirer pour moi ?
On craint que de la sœur les flammes téméraires
Ne raniment un jour la cendre de ses frères.
Mais tu sais bien aussi de quel œil dédaigneux
Je regardois ce soin d'un vainqueur soupçonneux :
Tu sais que, de tout temps à l'amour opposée,
Je rendois souvent grâce à l'injuste Thésée,
Dont l'heureuse rigueur secondoit mes mépris.
Mes yeux alors, mes yeux n'avoient pas vu son fils.
Non que, par les yeux seuls lâchement enchantée,
J'aime en lui sa beauté, sa grâce tant vantée,
Présents dont la nature a voulu l'honorer,
Qu'il méprise lui-même et qu'il semble ignorer :
J'aime, je prise en lui de plus nobles richesses,
Les vertus de son père, et non point les foiblesses ;
J'aime, je l'avouerai, cet orgueil généreux
Qui jamais n'a fléchi sous le joug amoureux.
Phèdre en vain s'honoroit des soupirs de Thésée :
Pour moi, je suis plus fière et fuis la gloire aisée
D'arracher un hommage à mille autres offert,

Et d'entrer dans un cœur de toutes parts ouvert.
Mais de faire fléchir un courage inflexible,
De porter la douleur dans une âme insensible,
D'enchaîner un captif de ses fers étonné,
Contre un joug qui lui plaît vainement mutiné ;
C'est là ce que je veux ; c'est là ce qui m'irrite.
Hercule à désarmer coûtoit moins qu'Hippolyte ;
Et vaincu plus souvent, et plus tôt surmonté,
Préparoit moins la gloire aux yeux qui l'ont dompté.
Mais, chère Ismène, hélas ! quelle est mon imprudence !
On ne m'opposera que trop de résistance :
Tu m'entendras peut-être, humble dans mon ennui,
Gémir du même orgueil que j'admire aujourd'hui.
Hippolyte aimeroit ! Par quel bonheur extrême
Aurois-je pu fléchir...

ISMÈNE
Vous l'entendrez lui-même :
Il vient à vous.

SCÈNE II. — HIPPOLYTE, ARICIE, ISMÈNE

HIPPOLYTE
Madame, avant que de partir,
J'ai cru de votre sort vous devoir avertir.
Mon père ne vit plus. Ma juste défiance
Présageoit les raisons de sa trop longue absence :
La mort seule, bornant ses travaux éclatants,
Pouvoit à l'univers le cacher si longtemps.
Les dieux livrent enfin à la Parque homicide
L'ami, le compagnon, le successeur d'Alcide.
Je crois que votre haine, épargnant ses vertus,
Écoute sans regret ces noms qui lui sont dus.
Un espoir adoucit ma tristesse mortelle :
Je puis vous affranchir d'une austère tutelle ;
Je révoque des lois dont j'ai plaint la rigueur.
Vous pouvez disposer de vous, de votre cœur ;

Et, dans cette Trézène, aujourd'hui mon partage,
De mon aïeul Pitthée autrefois l'héritage,
Qui m'a, sans balancer, reconnu pour son roi,
Je vous laisse aussi libre et plus libre que moi.

ARICIE

Modérez des bontés dont l'excès m'embarrasse.
D'un soin si généreux honorer ma disgrâce,
Seigneur, c'est me ranger, plus que vous ne pensez,
Sous ces austères lois dont vous me dispensez.

HIPPOLYTE

Du choix d'un successeur Athènes incertaine,
Parle de vous, me nomme, et le fils de la reine.

ARICIE

De moi, seigneur ?

HIPPOLYTE

       Je sais, sans vouloir me flatter,
Qu'une superbe loi semble me rejeter :
La Grèce me reproche une mère étrangère.
Mais, si pour concurrent je n'avois que mon frère,
Madame, j'ai sur lui de véritables droits
Que je saurois sauver du caprice des lois.
Un frein plus légitime arrête mon audace :
Je vous cède, ou plutôt je vous rends une place ;
Un sceptre que jadis vos aïeux ont reçu
De ce fameux mortel que la terre a conçu.
L'adoption le mit entre les mains d'Égée.
Athènes, par mon père accrue et protégée,
Reconnut avec joie un roi si généreux,
Et laissa dans l'oubli vos frères malheureux.
Athènes dans ses murs maintenant vous rappelle :
Assez elle a gémi d'une longue querelle ;
Assez dans ses sillons votre sang englouti
A fait fumer le champ dont il étoit sorti.
Trézène m'obéit. Les campagnes de Crète
Offrent au fils de Phèdre une riche retraite.

L'Attique est votre bien. Je pars, et vais, pour vous,
Réunir tous les vœux partagés entre nous.

ARICIE

De tout ce que j'entends étonnée et confuse,
Je crains presque, je crains qu'un songe ne m'abuse.
Veillé-je ? Puis-je croire un semblable dessein ?
Quel dieu, seigneur, quel dieu l'a mis dans votre sein !
Qu'à bon droit votre gloire en tous lieux est semée !
Et que la vérité passe la renommée !
Vous-même, en ma faveur, vous voulez vous trahir !
N'étoit-ce pas assez de ne point haïr ?
Et d'avoir si longtemps pu défendre votre âme
De cette inimitié...

HIPPOLYTE

                Moi, vous haïr, madame !
Avec quelques couleurs qu'on ait peint ma fierté,
Croit-on que dans ses flancs un monstre m'ait porté ?
Quelles sauvages mœurs, quelle haine endurcie
Pourroit, en vous voyant, n'être point adoucie ?
Ai-je pu résister au charme décevant...

ARICIE

Quoi ! seigneur !

HIPPOLYTE

            Je me suis engagé trop avant.
Je vois que la raison cède à la violence :
Puisque j'ai commencé de rompre le silence,
Madame, il faut poursuivre ; il faut vous informer
D'un secret que mon cœur ne peut plus renfermer.
Vous voyez devant vous un prince déplorable,
D'un téméraire orgueil exemple mémorable.
Moi qui, contre l'amour fièrement révolté,
Aux fers de ses captifs ai longtemps insulté ;
Qui, des foibles mortels déplorant les naufrages,
Pensois toujours du bord contempler les orages ;
Asservi maintenant sous la commune loi,
Par quel trouble me vois-je emporté loin de moi ;

Un moment a vaincu mon audace imprudente,
Cette âme si superbe est enfin dépendante.
Depuis près de six mois, honteux, désespéré,
Portant partout le trait dont je suis déchiré,
Contre vous, contre moi, vainement je m'éprouve :
Présente, je vous fuis ; absente, je vous trouve ;
Dans le fond des forêts votre image me suit ;
La lumière du jour, les ombres de la nuit,
Tout retrace à mes yeux les charmes que j'évite ;
Tout vous livre à l'envi le rebelle Hippolyte.
Moi-même, pour tout fruit de mes soins superflus,
Maintenant je me cherche, et ne me trouve plus ;
Mon arc, mes javelots, mon char, tout m'importune ;
Je ne me souviens plus des leçons de Neptune :
Mes seuls gémissements font retentir les bois,
Et mes coursiers oisifs ont oublié ma voix.
Peut-être le récit d'un amour si sauvage
Vous fait, en m'écoutant, rougir de votre ouvrage.
D'un cœur qui s'offre à vous quel farouche entretien
Quel étrange captif pour un si beau lien !
Mais l'offrande à vos yeux en doit être plus chère :
Songez que je vous parle une langue étrangère :
Et ne rejetez pas des vœux mal exprimés,
Qu'Hippolyte sans vous n'auroit jamais formés.

SCÈNE III. — HIPPOLYTE, ARICIE, THÉRAMÈNE, ISMÈNE

THÉRAMÈNE

Seigneur, la reine vient, et je l'ai devancée :
Elle vous cherche.

HIPPOLYTE

Moi ?

THÉRAMÈNE

J'ignore sa pensée.
Mais on vous est venu demander de sa part.
Phèdre veut vous parler avant votre départ.

HIPPOLYTE

Phèdre ! Que lui dirai-je ? Et que peut-elle attendre...

ARICIE

Seigneur, vous ne pouvez refuser de l'entendre :
Quoique trop convaincu de son inimitié,
Vous devez à ses pleurs quelque ombre de pitié.

HIPPOLYTE

Cependant vous sortez. Et je pars : et j'ignore
Si je n'offense point les charmes que j'adore !
J'ignore si ce cœur que je laisse en vos mains...

ARICIE

Partez, prince, et suivez vos généreux desseins :
Rendez de mon pouvoir Athènes tributaire.
J'accepte tous les dons que vous me voulez faire.
Mais cet empire enfin si grand, si glorieux,
N'est pas de vos présents le plus cher à mes yeux.

SCÈNE IV. — HIPPOLYTE, THÉRAMÈNE

HIPPOLYTE

Ami, tout est-il prêt ? Mais la reine s'avance.
Va, que pour le départ tout s'arme en diligence.
Fais donner le signal, cours, ordonne ; et revien
Me délivrer bientôt d'un fâcheux entretien.

SCÈNE V. — PHÈDRE, HIPPOLYTE, ŒNONE

PHÈDRE, *à Œnone, dans le fond du théâtre.*
Le voici : vers mon cœur tout mon sang se retire.
J'oublie en le voyant, ce que je viens lui dire.

ŒNONE

Souvenez-vous d'un fils qui n'espère qu'en vous.

PHÈDRE

On dit qu'un prompt départ vous éloigne de nous,
Seigneur. A vos douleurs je viens joindre mes larmes ;

Je vous viens pour un fils expliquer mes alarmes.
Mon fils n'a plus de père ; et le jour n'est pas loin
Qui de ma mort encor doit le rendre témoin.
Déjà mille ennemis attaquent son enfance :
Vous seul pouvez contre eux embrasser sa défense.
Mais un secret remords agite mes esprits :
Je crains d'avoir fermé votre oreille à ses cris.
Je tremble que sur lui votre juste colère
Ne poursuive bientôt une odieuse mère.

HIPPOLYTE
Madame, je n'ai point des sentiments si bas.

PHÈDRE
Quand vous me haïriez, je ne m'en plaindrois pas,
Seigneur : vous m'avez vue attachée à vous nuire ;
Dans le fond de mon cœur vous ne pouviez pas lire.
A votre inimitié j'ai pris soin de m'offrir :
Aux bords que j'habitois je n'ai pu vous souffrir ;
En public, en secret, contre vous déclarée,
J'ai voulu par des mers en être séparée ;
J'ai même défendu, par une expresse loi,
Qu'on osât prononcer votre nom devant moi.
Si pourtant à l'offense on mesure la peine,
Si la haine peut seule nous attirer votre haine,
Jamais femme ne fut plus digne de pitié,
Et moins digne, seigneur, de votre inimitié.

HIPPOLYTE
Des droits de ses enfants une mère jalouse
Pardonne rarement au fils d'une autre épouse ;
Madame, je le sais : les soupçons importuns
Sont d'un second hymen les fruits les plus communs.
Tout autre auroit pour moi pris les mêmes ombrages.
Et j'en aurois peut-être essuyé plus d'outrages.

PHÈDRE
Ah ! seigneur ! que le ciel, j'ose ici l'attester,
De cette loi commune a voulu m'excepter !
Qu'un soin bien différent me trouble et me dévore !

HIPPOLYTE

Madame, il n'est pas temps de vous troubler encore :
Peut-être votre époux voit encore le jour ;
Le ciel peut à nos pleurs accorder son retour.
Neptune le protège, et ce dieu tutélaire
Ne sera pas en vain imploré par mon père.

PHÈDRE

On ne voit point deux fois le rivage des morts,
Seigneur : puisque Thésée a vu les sombres bords,
En vain vous espérez qu'un dieu vous le renvoie ;
Et l'avare Achéron ne lâche point sa proie.
Que dis-je ? Il n'est point mort, puisqu'il respire en vous.
Toujours devant mes yeux je crois voir mon époux :
Je le vois, je lui parle ; et mon cœur... je m'égare,
Seigneur ; ma folle ardeur malgré moi se déclare.

HIPPOLYTE

Je vois de votre amour l'effet prodigieux :
Tout mort qu'il est, Thésée est présent à vos yeux ;
Toujours de son amour votre âme est embrasée.

PHÈDRE

Oui, prince, je languis, je brûle pour Thésée :
Je l'aime, non point tel que l'ont vu les enfers,
Volage adorateur de mille objets divers,
Qui va du dieu des morts déshonorer la couche ;
Mais fidèle, mais fier, et même un peu farouche,
Charmant, jeune, traînant tous les cœurs après soi.
Tel qu'on dépeint nos dieux, ou tel que je vous voi.
Il avoit votre port, vos yeux, votre langage ;
Cette noble pudeur coloroit son visage,
Lorsque de notre Crète il traversa les flots,
Digne sujet des vœux des filles de Minos.
Que faisiez-vous alors ? Pourquoi, sans Hippolyte,
Des héros de la Grèce assembla-t-il l'élite ?
Pourquoi, trop jeune encor, ne pûtes-vous alors
Entrer dans le vaisseau qui le mit sur nos bords ?
Par vous auroit péri le monstre de la Crète,

" Au défaut de ton bras, prête-moi ton épée "

(PHÈDRE, acte II, scène V)

Malgré tous les détours de sa vaste retraite :
Pour en développer l'embarras incertain,
Ma sœur du fil fatal eût armé votre main.
Mais non : dans ce dessein je l'aurois devancée ;
L'amour m'en eût d'abord inspiré la pensée :
C'est moi, prince, c'est moi, dont l'utile secours
Vous eût du labyrinthe enseigné les détours.
Que de soins m'eût coûtés cette tête charmante !
Un fil n'eût point assez rassuré votre amante :
Compagne du péril qu'il vous falloit chercher,
Moi-même devant vous j'aurois voulu marcher ;
Et Phèdre au labyrinthe avec vous descendue
Se seroit avec vous retrouvée ou perdue.

HIPPOLYTE

Dieux ! qu'est-ce que j'entends ? Madame, oubliez-vous
Que Thésée est mon père, et qu'il est votre époux ?

PHÈDRE

Et sur quoi jugez-vous que j'en perds la mémoire,
Prince ? aurois-je perdu tout le soin de ma gloire ?

HIPPOLYTE

Madame, pardonnez : j'avoue, en rougissant,
Que j'accusois à tort un discours innocent.
Ma honte ne peut plus soutenir votre vue ;
Et je vais...

PHÈDRE

Ah, cruel ! tu m'as trop entendue !
Je t'en ai dit assez pour te tirer d'erreur.
Hé bien ! connois donc Phèdre et toute sa fureur :
J'aime. Ne pense pas qu'au moment que je t'aime,
Innocente à mes yeux, je m'approuve moi-même ;
Ni que du fol amour qui trouble ma raison,
Ma lâche complaisance ait nourri le poison ;
Objet infortuné des vengeances célestes,
Je m'abhore encor plus que tu ne me détestes.
Les dieux m'en sont témoins, ces dieux qui dans mon flanc
Ont allumé le feu fatal à tout mon sang ;

Ces dieux qui se sont fait une gloire cruelle
De séduire le cœur d'une foible mortelle.
Toi-même en ton esprit rappelle le passé :
C'est peu de t'avoir fui, cruel, je t'ai chassé ;
J'ai voulu te paroître odieuse, inhumaine ;
Pour mieux te résister, j'ai recherché ta haine.
De quoi m'ont profité mes inutiles soins ?
Tu me haïssois plus, je ne t'aimois pas moins ;
Tes malheurs te prêtoient encor de nouveaux charmes.
J'ai langui, j'ai séché dans les feux, dans les larmes :
Il suffit de tes yeux pour t'en persuader,
Si tes yeux un moment pouvoient me regarder.
Que dis-je ? Cet aveu que je te viens de faire,
Cet aveu si honteux, le crois-tu volontaire ?
Tremblante pour un fils que je n'osois trahir,
Je te venois prier de ne le point haïr :
Foibles projets d'un cœur trop plein de ce qu'il aime !
Hélas ! je ne t'ai pu parler que de toi-même !
Venge-toi, punis-moi d'un odieux amour :
Digne fils du héros qui t'a donné le jour,
Délivre l'univers d'un monstre qui t'irrite.
La veuve de Thésée ose aimer Hippolyte !
Crois-moi, ce monstre affreux ne doit point t'échapper ;
Voilà mon cœur : c'est là que ta main doit frapper.
Impatient déjà d'expier son offense,
Au-devant de ton bras je le sens qui s'avance.
Frappe : ou si tu le crois indigne de tes coups,
Si ta haine m'envie un supplice si doux,
Ou si d'un sang trop vil ta main seroit trempée,
Au défaut de ton bras prête-moi ton épée ;
Donne.

ŒNONE

Que faites-vous, madame ! Justes dieux !
Mais on vient : évitez des témoins odieux.
Venez, rentrez, fuyez une honte certaine.

SCÈNE VI. — HIPPOLYTE, THÉRAMÈNE

THÉRAMÈNE

Est-ce Phèdre qui fuit ou plutôt qu'on entraîne ?
Pourquoi, seigneur, pourquoi ces marques de douleur ?
Je vous vois sans épée, interdit, sans couleur !

HIPPOLYTE

Théramène, fuyons. Ma surprise est extrême.
Je ne puis sans horreur me regarder moi-même.
Phèdre... Mais non, grands dieux ! qu'en un profond oubli
Cet horrible secret demeure enseveli !

THÉRAMÈNE

Si vous voulez partir, la voile est préparée.
Mais Athènes, seigneur, s'est déjà déclarée ;
Ses chefs ont pris les voix de toutes ses tribus :
Votre frère l'emporte, et Phèdre a le dessus.

HIPPOLYTE

Phèdre ?

TAÉRAMÈNE

    Un héraut chargé des volontés d'Athènes
De l'État en ses mains vient remettre les rênes.
Son fils est roi, seigneur.

HIPPOLYTE

    Dieux, qui la connoissez,
Est-ce donc sa vertu que vous récompensez ?

THÉRAMÈNE

Cependant un bruit sourd veut que le roi respire :
On prétend que Thésée a paru dans l'Épire.
Mais moi, qui l'y cherchai, seigneur, je sais trop bien...

HIPPOLYTE

N'importe ; écoutons tout, et ne négligeons rien.
Examinons ce bruit, remontons à sa source :
S'il ne mérite pas d'interrompre ma course,
Partons ; et, quelque prix qu'il en puisse coûter,
Mettons le sceptre aux mains dignes de le porter.

ACTE TROISIÈME

SCÈNE I. — PHÈDRE, ŒNONE

PHÈDRE

Ah ! que l'on porte ailleurs les honneurs qu'on m'envoie :
Importune, peux-tu souhaiter qu'on me voie ?
De quoi viens-tu flatter mon esprit désolé ?
Cache-moi bien plutôt : je n'ai que trop parlé.
Mes fureurs au dehors ont osé se répandre :
J'ai dit ce que jamais on ne devoit entendre.
Ciel ! comme il m'écoutoit ! Par combien de détours
L'insensible a longtemps éludé mes discours !
Comme il ne respiroit qu'une retraite prompte !
Et combien sa rougeur a redoublé ma honte !
Pourquoi détournois-tu mon funeste dessein ?
Hélas ! quand son épée alloit chercher mon sein,
A-t-il pâli pour moi ? me l'a-t-il arrachée ?
Il suffit que ma main l'ait une fois touchée,
Je l'ai rendue horrible à ses yeux inhumains ;
Et ce fer malheureux profaneroit ses mains.

ŒNONE

Ainsi, dans vos malheurs, ne songeant qu'à vous plaindre,
Vous nourrissez un feu qu'il vous faudroit éteindre.
Ne vaudroit-il pas mieux, digne sang de Minos,
Dans de plus nobles soins chercher votre repos ;
Contre un ingrat qui plaît recourir à la fuite,
Régner, et de l'État embrasser la conduite ?

PHÈDRE

Moi, régner ! Moi, ranger un État sous ma loi,
Quand ma foible raison ne règne plus sur moi !
Lorsque j'ai de mes sens abandonné l'empire !
Quand sous un joug honteux à peine je respire !
Quand je me meurs !

ŒNONE

Fuyez.

PHÈDRE

Je ne le puis quitter.

ŒNONE

Vous l'osâtes bannir, vous n'osez l'éviter ?

PHÈDRE

Il n'est plus temps : il sait mes ardeurs insensées.
De l'austère pudeur les bornes sont passées :
J'ai déclaré ma honte aux yeux de mon vainqueur,
Et l'espoir malgré moi s'est glissé dans mon cœur.
Toi-même, rappelant ma force défaillante,
Et mon âme déjà sur mes lèvres errante,
Par tes conseils flatteurs tu m'as su ranimer :
Tu m'as fait entrevoir que je pouvois l'aimer.

ŒNONE

Hélas ! de vos malheurs innocente ou coupable,
De quoi pour vous sauver n'étois-je point capable ?
Mais si jamais l'offense irrita vos esprits,
Pouvez-vous d'un superbe oublier les mépris ?
Avec quels yeux cruels sa rigueur obstinée
Vous laissoit à ses pieds peu s'en faut prosternée !
Que son farouche orgueil le rendoit odieux !
Que Phèdre en ce moment n'avoit-ell mes yeux !

PHÈDRE

Œnone, il peut quitter cet orgueil qui te blesse,
Nourri dans les forêts, il en a la rudesse.
Hippolyte, endurci par de sauvages lois,
Entend parler d'amour pour la première fois :

Peut-être sa surprise a causé son silence ;
Et nos plaintes peut-être ont trop de violence.

ŒNONE

Songez qu'une barbare en son sein l'a formé.

PHÈDRE

Quoique Scythe et barbare, elle a pourtant aimé.

ŒNONE

Il a pour tout le sexe une haine fatale.

PHÈDRE

Je ne me verrai point préférer de rivale.
Enfin, tous tes conseils ne sont plus de saison :
Sers ma fureur, Œnone, et non point ma raison.
Il oppose à l'amour un cœur inaccessible ;
Cherchons pour l'attaquer quelque endroit plus sensible :
Les charmes d'un empire ont paru le toucher ;
Athènes l'attiroit, il n'a pu s'en cacher ;
Déjà de ses vaisseaux la pointe étoit tournée,
Et la voile flottoit aux vents abandonnée.
Va trouver de ma part ce jeune ambitieux,
Œnone ; fais briller la couronne à ses yeux :
Qu'il mette sur son front le sacré diadème ;
Je ne veux que l'honneur de l'attacher moi-même.
Cédons-lui ce pouvoir que je ne puis garder.
Il instruira mon fils dans l'art de commander ;
Peut-être il voudra bien lui tenir lieu de père :
Je mets sous son pouvoir et le fils et la mère.
Pour le fléchir enfin tente tous les moyens :
Tes discours trouveront plus d'accès que les miens ;
Presse, pleure, gémis ; peins-lui Phèdre mourante,
Ne rougis point de prendre une voix suppliante
Je t'avouerai de tout ; je n'espère qu'en toi.
Va : j'attends ton retour pour disposer de moi.

SCÈNE II. — PHÈDRE

O toi, qui vois la honte où je suis descendue,
Implacable Vénus, suis-je assez confondue !
Tu ne saurois plus loin pousser ta cruauté.
Ton triomphe est parfait ; tous tes traits ont porté.
Cruelle, si tu veux une gloire nouvelle,
Attaque un ennemi qui te soit plus rebelle.
Hippolyte te fuit ; et, bravant ton courroux,
Jamais à tes autels n'a fléchi les genoux ;
Ton nom semble offenser ses superbes oreilles :
Déesse, venge-toi ; nos causes sont pareilles.
Qu'il aime... Mais déjà tu reviens sur tes pas,
Œnone ! On me déteste ; on ne t'écoute pas ?

SCÈNE III. — PHÈDRE, ŒNONE

ŒNONE

Il faut d'un vain amour étouffer la pensée,
Madame ; rappelez votre vertu passée :
Le roi, qu'on a cru mort, va paroître à vos yeux ;
Thésée est arrivé, Thésée est en ces lieux.
Le peuple pour le voir court et se précipite.
Je sortois par votre ordre, et cherchois Hippolyte,
Lorsque jusques au ciel mille cris élancés...

PHÈDRE

Mon époux est vivant, Œnone ; c'est assez.
J'ai fait l'indigne aveu d'un amour qui l'outrage ;
Il vit : je ne veux pas en savoir davantage.

ŒNONE

Quoi ?

PHÈDRE

Je te l'ai prédit, mais tu n'as pas voulu :

Sur mes justes remords tes pleurs ont prévalu.
Je mourois ce matin digne d'être pleurée ;
J'ai suivi tes conseils, je meurs déshonorée.

ŒNONE

Vous mourez ?

PHÈDRE

Juste ciel ! qu'ai-je fait aujourd'hui !
Mon époux va paroître, et son fils avec lui !
Je verrai le témoin de ma flamme adultère
Observer de quel front j'ose aborder son père,
Le cœur gros de soupirs qu'il n'a point écoutés,
L'œil humide de pleurs par l'ingrat rebutés !
Penses-tu que, sensible à l'honneur de Thésée,
Il lui cache l'ardeur dont je suis embrasée ?
Laissera-t-il trahir et son peuple et son roi ?
Pourra-t-il contenir l'horreur qu'il a pour moi ?
Il se tairoit en vain : je sais mes perfidies,
Œnone, et ne suis point de ces femmes hardies
Qui, goûtant dans le crime une tranquille paix,
Ont su se faire un front qui ne rougit jamais.
Je connois mes fureurs, je les rappelle toutes :
Il me semble déjà que ces murs, que ces voûtes
Vont prendre la parole, et, prêts à m'accuser,
Attendent mon époux pour le désabuser.
Mourons : de tant d'horreurs qu'un trépas me délivre.
Est-ce un malheur si grand que de cesser de vivre ?
La mort aux malheureux ne cause point d'effroi :
Je ne crains que le nom que je laisse après moi.
Pour mes tristes enfants quel affreux héritage !
Le sang de Jupiter doit enfler leur courage ;
Mais, quelque juste orgueil qu'inspire un sang si beau,
Le crime d'une mère est un pesant fardeau.
Je tremble qu'un discours, hélas ! trop véritable,
Un jour ne leur reproche une mère coupable.
Je tremble qu'opprimés de ce poids odieux
L'un ni l'autre jamais n'osent lever les yeux.

ŒNONE

Il n'en faut point douter, je les plains l'un et l'autre ;
Jamais crainte ne fut plus juste que la vôtre.
Mais à de tels affronts pourquoi les exposer ?
Pourquoi contre vous-même allez-vous déposer ?
C'en est fait : on dira que Phèdre, trop coupable,
De son époux trahi fuit l'aspect redoutable.
Hippolyte est heureux qu'aux dépens de vos jours
Vous-même en expirant appuyez ses discours.
A votre accusateur que pourrai-je répondre ?
Je serai devant lui trop facile à confondre :
De son triomphe affreux je le verrai jouir,
Et conter votre honte à qui voudra l'ouïr.
Ah ! que plutôt du ciel la flamme me dévore !
Mais, ne me trompez point, vous est-il cher encore ?
De quel œil voyez-vous ce prince audacieux ?

PHÈDRE

Je le vois comme un monstre effroyable à mes yeux.

ŒNONE

Pourquoi donc lui céder une victoire entière ?
Vous le craignez : oser l'accuser la première
Du crime dont il peut vous charger aujourd'hui.
Qui vous démentira ? Tout parle contre lui :
Son épée en vos mains heureusement laissée,
Votre trouble présent, votre douleur passée,
Son père par vos cris dès longtemps prévenu,
Et déjà son exil par vous-même obtenu.

PHÈDRE

Moi, que j'ose opprimer et noircir l'innocence !

ŒNONE

Mon zèle n'a besoin que de votre silence.
Tremblante comme vous, j'en sens quelques remords.
Vous me verriez plus prompte affronter mille morts.
Mais, puisque je vous perds sans ce triste remède,
Votre vie est pour moi d'un prix à qui tout cède ;

Je parlerai. Thésée, aigri par mes avis,
Bornera sa vengeance à l'exil de son fils :
Un père, en punissant, madame, est toujours père ;
Un supplice léger suffit à sa colère.
Mais, le sang innocent dût-il être versé,
Que ne demande point votre honneur menacé ?
C'est un trésor trop cher pour oser le commettre.
Quelque loi qu'il vous dicte, il faut vous y soumettre,
Madame ; et pour sauver votre honneur combattu,
Il faut immoler tout, et même la vertu.
On vient ; je vois Thésée.

PHÈDRE

        Ah ! je vois Hippolyte :
Dans ses yeux insolents, je vois ma perte écrite.
Fais ce que tu voudras, je m'abandonne à toi.
Dans le trouble où je suis, je ne puis rien pour moi.

SCÈNE IV. — THÉSÉE, PHÈDRE, HIPPOLYTE, THÉRAMÈNE, ŒNONE

THÉSÉE

La fortune à mes yeux cesse d'être opposée,
Madame, et dans vos bras met...

PHÈDRE

        Arrêtez, Thésée.
Et ne profanez point des transports si charmants :
Je ne mérite plus ces doux empressements ;
Vous êtes offensé. La fortune jalouse
N'a pas en votre absence épargné votre épouse.
Indigne de vous plaire et de vous approcher,
Je ne dois désormais songer qu'à me cacher.

SCÈNE V. — THÉSÉE, HIPPOLYTE, THÉRAMÈNE

THÉSÉE

Quel est l'étrange accueil qu'on fait à votre père,
Mon fils ?

HIPPOLYTE

Phèdre peut seule expliquer ce mystère.
Mais, si mes vœux ardents vous peuvent émouvoir,
Permettez-moi, seigneur, de ne la plus revoir ;
Souffrez que pour jamais le tremblant Hippolyte
Disparoisse des lieux que votre épouse habite.

THÉSÉE

Vous, mon fils, me quitter ?

HIPPOLYTE

                              Je ne la cherchois pas ;
C'est vous qui sur ces bords conduisîtes ses pas.
Vous daîgnâtes, seigneur, aux rives de Trézène
Confier en partant Aricie et la reine :
Je fus même chargé du soin de les garder.
Mais quels soins désormais peuvent me retarder ?
Assez dans les forêts mon oisive jeunesse
Sur de vils ennemis a montré son adresse :
Ne pourrai-je en fuyant un indigne repos,
D'un sang plus glorieux teindre mes javelots ?
Vous n'aviez pas encore atteint l'âge où je touche,
Déjà plus d'un tyran, plus d'un monstre farouche
Avoit de votre bras senti la pesanteur ;
Déjà, de l'insolence heureux persécuteur,
Vous aviez des deux mers assuré les rivages ;
Le libre voyageur ne craignoit plus d'outrages ;
Hercule, respirant sur le bruit de vos coups,
Déjà de son travail se reposoit sur vous.
Et moi, fils inconnu d'un si glorieux père,
Je suis même encor loin des traces de ma mère !
Souffrez que mon courage ose enfin s'occuper :
Souffrez, si quelque monstre a pu vous échapper,
Que j'apporte à vos pieds sa dépouille honorable,
Ou que d'un beau trépas la mémoire durable,
Éternisant des jours si noblement finis,
Prouve à tout l'univers que j'étois votre fils.

THÉSÉE

Que vois-je ? Quelle horreur dans ces lieux répandue
Fait fuir devant mes yeux ma famille éperdue ?
Si je reviens si craint et si peu désiré,
O ciel ! de ma prison pourquoi m'as-tu tiré ?
Je n'avois qu'un ami : son imprudente flamme
Du tyran de l'Épire alloit ravir la femme ;
Je servois à regret ses desseins amoureux ;
Mais le sort irrité nous aveugloit tous deux.
Le tyran m'a surpris sans défense et sans armes.
J'ai vu Pirithoüs, triste objet de mes larmes,
Livré par ce barbare à des monstres cruels
Qu'il nourrissoit du sang des malheureux mortels.
Moi-même il m'enferma dans des cavernes sombres,
Lieux profonds et voisins de l'empire des ombres.
Les dieux, après six mois, enfin m'ont regardé :
J'ai su tromper les yeux par qui j'étois gardé.
D'un perfide ennemi j'ai purgé la nature ;
A ses monstres lui-même a servi de pâture.
Et lorsque avec transport je pense m'approcher
De tout ce que les dieux m'ont laissé de plus cher ;
Que dis-je ? quand mon âme, à soi-même rendue,
Vient se rassasier d'une si chère vue,
Je n'ai pour tout accueil que des frémissements ;
Tout fuit, tout se refuse à mes embrassements :
Et moi-même, éprouvant la terreur que j'inspire,
Je voudrois être encor dans les prisons d'Épire.
Parlez. Phèdre se plaint que je suis outragé.
Qui m'a trahi ? Pourquoi ne suis-je pas vengé ?
La Grèce, à qui mon bras fut tant de fois utile,
A-t-elle au criminel accordé quelque asile ?
Vous ne répondez point ! Mon fils, mon propre fils
Est-il d'intelligence avec mes ennemis ?
Entrons : c'est trop garder un doute qui m'accable.
Connoissons à la foi le crime et le coupable :
Que Phèdre explique enfin le trouble où je la voi.

SCÈNE VI. — HIPPOLYTE, THÉRAMÈNE

HIPPOLYTE

Où tendoit ce discours qui m'a glacé d'effroi ?
Phèdre, toujours en proie à sa fureur extrême,
Veut-elle s'accuser et se perdre elle-même ?
Dieux ! que dira le roi ? Quel funeste poison
L'amour a répandu sur toute sa maison !
Moi-même, plein d'un feu que sa haine réprouve,
Quel il m'a vu jadis, et quel il me retrouve !
De noirs pressentiments viennent m'épouvanter.
Mais l'innocence enfin n'a rien à redouter :
Allons : cherchons ailleurs par quelle heureuse adresse
Je pourrai de mon père émouvoir la tendresse,
Et lui dire un amour qu'il peut vouloir troubler,
Mais que tout son pouvoir ne sauroit ébranler.

ACTE QUATRIÈME

SCÈNE I. — THÉSÉE, ŒNONE

THÉSÉE

Ah ! qu'est-ce que j'entends ? Un traître, un téméraire
Préparoit cet outrage à l'honneur de son père.
Avec quelle rigueur, destin , tu me poursuis :
Je ne sais où je vais, je ne sais où je suis.
O tendresse ! ô bonté trop mal récompensée !
Projets audacieux ! détestable pensée !
Pour parvenir au but de ses noires amours,
L'insolent de la force empruntoit le secours ! .
J'ai reconnu le fer, instrument de sa rage,
Ce fer dont je l'armai pour un plus noble usage.
Tous les liens du sang n'ont pu le retenir !
Et Phèdre différoit à le faire punir !
Le silence de Phèdre épargnoit le coupable !

ŒNONE

Phèdre épargnoit plutôt un père déplorable :
Honteuse du dessein d'un amant furieux
Et du feu criminel qu'il a pris dans ses yeux,
Phèdre mouroit, seigneur, et sa main meurtrière
Éteignoit de ses yeux l'innocente lumière.
J'ai vu lever le bras, j'ai couru la sauver,
Moi seule à votre amour j'ai su la conserver :
Et, plaignant à la fois son trouble et vos alarmes,
J'ai servi, malgré moi, d'interprète à ses larmes.

THÉSÉE

Le perfide ! il n'a pu s'empêcher de pâlir :
De crainte, en m'abordant, je l'ai vu tressaillir.
Je me suis étonné de son peu d'allégresse ;
Ses froids embrassements ont glacé ma tendresse.
Mais ce coupable amour dont il est dévoré
Dans Athènes déjà s'étoit-il déclaré ?

ŒNONE

Seigneur, souvenez-vous des plaintes de la reine :
Un amour criminel causa toute sa haine.

THÉSÉE

Et ce feu dans Trézène a donc recommencé ?

ŒNONE

Je vous ai dit, seigneur, tout ce qui s'est passé.
C'est trop laisser la reine à sa douleur mortelle ;
Souffrez que je vous quitte et me range auprès d'elle.

SCÈNE II. — THÉSÉE, HIPPOLYTE

THÉSÉE

Ah ! le voici. Grands dieux ! à ce noble maintien
Quel œil ne seroit pas trompé comme le mien ?
Faut-il que sur le front d'un profane adultère
Brille de la vertu le sacré caractère !
Et ne devroit-on pas à des signes certains
Reconnoître le cœur des perfides humains !

HIPPOLYTE

Puis-je vous demander quel funeste nuage,
Seigneur, a pu troubler votre auguste visage ?
N'osez-vous confier ce secret à ma foi ?

THÉSÉE

Perfide ! oses-tu bien te montrer devant moi ?
Monstre, qu'a trop longtemps épargné le tonnerre,
Reste impur des brigands dont j'ai purgé la terre,
Après que le transport d'un amour plein d'horreur

Jusqu'au lit de ton père a porté ta fureur,
Tu m'oses présenter une tête ennemie !
Tu parois dans des lieux pleins de ton infamie,
Et ne vas pas chercher, sous un ciel inconnu,
Des pays où mon nom ne soit point parvenu !
Fuis, traître ! Ne viens point braver ici ma haine,
Et tenter un courroux que je retiens à peine :
C'est bien assez pour moi de l'opprobre éternel
D'avoir pu mettre au jour un fils si criminel,
Sans que ta mort encor, honteuse à ma mémoire,
De mes nobles travaux vienne souiller la gloire,
Fuis : et, si tu ne veux qu'un châtiment soudain
T'ajoute aux scélérats qu'a punis cette main,
Prends garde que jamais l'astre qui nous éclaire
Ne te voie en ces lieux mettre un pied téméraire.
Fuis, dis-je : et sans retour précipitant tes pas,
De ton horrible aspect purge tous mes États.
Et toi, Neptune, et toi, si jadis mon courage
D'infâmes assassins nettoya ton rivage,
Souviens-toi que, pour prix de mes efforts heureux,
Tu promis d'exaucer le premier de mes vœux.
Dans les longues rigueurs d'une prison cruelle
Je n'ai point imploré ta puissance immortelle ;
Avare du secours que j'attends de tes soins,
Mes vœux t'ont réservé pour de plus grands besoins :
Je t'implore aujourd'hui. Venge un malheureux père ;
J'abandonne ce traître à toute ta colère ;
Étouffe dans son sang ses désirs effrontés :
Thésée à tes fureurs connoîtra tes bontés.

HIPPOLYTE

D'un amour criminel Phèdre accuse Hippolyte !
Un tel excès d'horreur rend mon âme interdite ;
Tant de coups imprévus m'accablent à la fois,
Qu'ils m'ôtent la parole et m'étouffent la voix.

THÉSÉE

Traître, tu prétendois qu'en un lâche silence

Phèdre enseveliroit ta brutale insolence :
Il falloit, en fuyant, ne pas abandonner
Le fer qui dans ses mains aide à te condamner ;
Ou plutôt il falloit, comblant ta perfidie,
Lui ravir tout d'un coup la parole et la vie.

HIPPOLYTE

D'un mensonge si noir justement irrité,
Je devrois faire ici parler la vérité,
Seigneur ; mais je supprime un secret qui vous touche.
Approuvez le respect qui me ferme la bouche,
Et, sans vouloir vous-même augmenter vos ennuis,
Examinez ma vie, et songez qui je suis.
Quelques crimes toujours précèdent les grands crimes ;
Quiconque a pu franchir les bornes légitimes
Peut violer enfin les droits les plus sacrés :
Ainsi que la vertu, le crime a ses degrés ;
Et jamais on n'a vu la timide innocence
Passer subitement à l'extrême licence.
Un jour seul ne fait point d'un mortel vertueux
Un perfide assassin, un lâche incestueux.
Élevé dans le sein d'une chaste héroïne,
Je n'ai point de son sang démenti l'origine.
Pitthée, estimé sage entre tous les humains,
Daigna m'instruire encore au sortir de ses mains.
Je ne veux point me peindre avec trop d'avantage ;
Mais si quelque vertu m'est tombée en partage,
Seigneur, je crois surtout avoir fait éclater
La haine des forfaits qu'on ose m'imputer.
C'est par là qu'Hippolyte est connu dans la Grèce.
J'ai poussé la vertu jusques à la rudesse :
On sait de mes chagrins l'inflexible rigueur.
Le jour n'est pas plus pur que le fond de mon cœur.
Et l'on veut qu'Hippolyte, épris d'un feu profane...

THÉSÉE

Oui, c'est ce même orgueil, lâche ! qui te condamne.
Je vois de tes froideurs le principe odieux :

Phèdre seul charmoit tes impudiques yeux ;
Et pour tout autre objet ton âme indifférente
Dédaignoit de brûler d'une flamme innocente.

HIPPOLYTE

Non, mon père, ce cœur, c'est trop vous le celer,
N'a point d'un chaste amour dédaigné de brûler.
Je confesse à vos pieds ma véritable offense :
J'aime, j'aime, il est vrai, malgré votre défense.
Aricie à ses lois tient mes vœux asservis ;
La fille de Pallante a vaincu votre fils :
Je l'adore ; et mon âme, à vos ordres rebelle,
Ne peut ni soupirer, ni brûler que pour elle.

THÉSÉE

Tu l'aimes ? ciel ! Mais non, l'artifice est grossier :
Tu te feins criminel pour te justifier.

HIPPOLYTE

Seigneur, depuis six mois je l'évite et je l'aime ;
Je venois, en tremblant, vous le dire à vous-même.
Hé quoi ! de votre erreur rien ne vous peut tirer !
Par quel affreux serment faut-il vous rassurer ?
Que la terre, le ciel, que toute la nature...

THÉSÉE

Toujours les scélérats ont recours au parjure.
Cesse, cesse, et m'épargne un importun discours,
Si ta fausse vertu n'a point d'autre secours.

HIPPOLYTE

Elle vous paroît fausse et pleine d'artifice :
Phèdre au fond de son cœur me rend plus de justice.

THÉSÉE

Ah ! que ton impudence excite mon courroux !

HIPPOLYTE

Quel temps à mon exil, quel lieu prescrivez-vous ?

THÉSÉE

Fusses-tu par delà les colonnes d'Alcide,
Je me croirois encor trop voisin d'un perfide.

HIPPOLYTE

Chargé du crime affreux dont vous me soupçonnez,
Quels amis me plaindront, quand vous m'abandonnez ?

THÉSÉE

Va chercher des amis dont l'estime funeste
Honore l'adultère, applaudisse à l'inceste ;
Des traîtres, des ingrats sans honneur et sans loi,
Dignes de protéger un méchant tel que toi.

HIPPOLYTE

Vous me parlez toujours d'inceste et d'adultère :
Je me tais. Cependant Phèdre sort d'une mère,
Phèdre est d'un sang, seigneur, vous le savez trop bien,
De toutes ces horreurs plus rempli que le mien.

THÉSÉE

Quoi ! ta rage à mes yeux perd toute retenue ?
Pour la dernière fois, ôte-toi de ma vue ;
Sors, traître : n'attends pas qu'un père furieux
Te fasse avec opprobre arracher de ces lieux.

SCÈNE III. — THÉSÉE

Misérable, tu cours à ta perte infaillible !
Neptune, par le fleuve aux dieux mêmes terrible
M'a donné sa parole, et va l'exécuter.
Un dieu vengeur te suit, tu ne peux l'éviter.
Je t'aimois ; et je sens que, malgré ton offense,
Mes entrailles pour toi se troublent par avance.
Mais à te condamner tu m'as trop engagé :
Jamais père, en effet, fut-il plus outragé !
Justes dieux, qui voyez la douleur qui m'accable,
Ai-je pu mettre au jour un enfant si coupable !

SCÈNE IV. — THÉSÉE, PHÈDRE

PHÈDRE

Seigneur, je viens à vous, pleine d'un juste effroi ;

Votre voix redoutable a passé jusqu'à moi :
Je crains qu'un prompt effet n'ait suivi la menace.
S'il en est temps encore, épargnez votre race,
Respectez votre sang ; j'ose vous en prier :
Sauvez-moi de l'horreur de l'entendre crier ;
Ne me préparez point la douleur éternelle
De l'avoir fait répandre à la main paternelle.

THÉSÉE

Non, madame, en mon sang ma main n'a point trempé ;
Mais l'ingrat toutefois ne m'est point échappé :
Une immortelle main de sa perte est chargée,
Neptune me la doit ; et vous serez vengée.

PHÈDRE

Neptune vous la doit ! Quoi ! vos vœux irrités...

THÉSÉE

Quoi ! craignez-vous déjà qu'ils ne soient écoutés !
Joignez-vous bien plutôt à mes vœux légitimes :
Dans toute leur noirceur retracez-moi ses crimes ;
Échauffez mes transports trop lents, trop retenus.
Tous ses crimes encor ne vous sont point connus :
Sa fureur contre vous se répand en injures ;
Votre bouche, dit-il, est pleine d'impostures ;
Il soutient qu'Aricie a son cœur, a sa foi,
Qu'il l'aime.

PHÈDRE

Quoi, seigneur !

THÉSÉE

Il l'a dit devant moi :
Mais je sais rejeter un frivole artifice.
Espérons de Neptune une prompte justice :
Je vais moi-même encore au pied de ses autel
Le presser d'accomplir ses serments immortels.

SCÈNE V. — PHÈDRE

Il sort. Quelle nouvelle a frappé mon oreille !
Quel feu mal étouffé dans mon cœur se réveille !
Quel coup de foudre, ô ciel ! et quel funeste avis !
Je volois tout entière au secours de son fils ;
Et, m'arrachant des bras d'Œnone épouvantée,
Je cédois au remords dont j'étois tourmentée.
Qui sait même où m'alloit porter ce repentir ?
Peut-être à m'accuser j'aurois pu consentir ;
Peut-être, si la voix ne m'eût été coupée,
L'affreuse vérité me seroit échappée.
Hippolyte est sensible, et ne sent rien pour moi !
Aricie a son cœur ! Aricie a sa foi !
Ah ! dieux ! Lorsqu'à mes vœux l'ingrat inexorable
S'armoit d'un œil si fier, d'un front si redoutable,
Je pensois qu'à l'amour son cœur toujours fermé
Fût contre tout mon sexe également armé :
Une autre cependant a fléchi son audace ;
Devant ses yeux cruels une autre a trouvé grâce.
Peut-être a-t-il un cœur facile à s'attendrir :
Je suis le seul objet qu'il ne sauroit souffrir.
Et je me chargerois du soin de le défendre !

SCÈNE VI. — PHÈDRE, ŒNONE

PHÈDRE

Chère Œnone, sais-tu ce que je viens d'apprendre ?

ŒNONE

Non ; mais je viens tremblante, à ne vous point mentir.
J'ai pâli du dessein qui vous a fait sortir ;
J'ai craint une fureur à vous-même fatale.

PHÈDRE

Œnone, qui l'eût cru ? j'avois une rivale !

ŒNONE

Comment !

PHÈDRE

Hippolyte aime ; et je n'en puis douter.
Ce farouche ennemi qu'on ne pouvoit dompter,
Qu'offensoit le respect, qu'importunoit la plainte,
Ce tigre, que jamais je n'abordai sans crainte,
Soumis, apprivoisé, reconnoît un vainqueur :
Aricie a trouvé le chemin de son cœur.

ŒNONE

Aricie !

PHÈDRE

Ah ! douleur non encore éprouvée !
A quel nouveau tourment je me suis réservée !
Tout ce que j'ai souffert, mes craintes, mes transports,
La fureur de mes feux, l'horreur de mes remords,
Et d'un cruel refus l'insupportable injure,
N'étoit qu'un foible essai du tourment que j'endure.
Ils s'aiment ! Par quel charme ont-ils trompé mes yeux ?
Comment se sont-ils vus ? depuis quand ? dans quels lieux ?
Tu le savois : pourquoi me laissois-tu séduire ?
De leur furtive ardeur ne pouvois-tu m'instruire ?
Les a-t-on vus souvent se parler, se chercher ?
Dans le fond des forêts alloient-ils se cacher ?
Hélas ! ils se voyoient avec pleine licence :
Le ciel de leurs soupirs approuvoit l'innocence ;
Ils suivoient sans remords leur penchant amoureux ;
Tous les jours se levoient clairs et sereins pour eux !
Et moi, triste rebut de la nature entière,
Je me cachois au jour, je fuyois la lumière ;
La mort est le seul dieu que j'osois implorer.
J'attendois le moment où j'allois expirer ;
Me nourrissant de fiel, de larmes abreuvée,
Encor, dans mon malheur de trop près observée,
Je n'osois dans mes pleurs me noyer à loisir.
Je goûtois en tremblant ce funeste plaisir ;

Et, sous un front serein déguisant mes alarmes,
Il falloit bien souvent me priver de mes larmes.

ŒNONE

Quel fruit recevront-ils de leurs vaines amours ?
Ils ne se verront plus.

PHÈDRE

                    Ils s'aimeront toujours !
Au moment que je parle, ah, mortelle pensée !
Ils bravent la fureur d'une amante insensée !
Malgré ce même exil qui va les écarter,
Ils font mille serments de ne se point quitter.
Non, je ne puis souffrir un bonheur qui m'outrage.
Œnone, prends pitié de ma jalouse rage.
Il faut perdre Aricie ; il faut de mon époux
Contre un sang odieux réveiller le courroux :
Qu'il ne se borne pas à des peines légères ;
Le crime de la sœur passe celui des frères.
Dans mes jaloux transports je le veux implorer.
Que fais-je ? Où ma raison se va-t-elle égarer ?
Moi jalouse ! et Thésée est celui que j'implore !
Mon époux est vivant, et moi je brûle encore !
Pour qui ? Quel est le cœur où prétendent mes vœux ?
Chaque mot sur mon front fait dresser mes cheveux.
Mes crimes désormais ont comblé la mesure :
Je respire à la fois l'inceste et l'imposture ;
Mes homicides mains, promptes à me venger
Dans le sang innocent brûlent de se plonger.
Misérable ! et je vis ! et je soutiens la vue
De ce sacré soleil dont je suis descendue !
J'ai pour aïeul le père et le maître des dieux ;
Le ciel, tout l'univers est plein de mes aïeux ;
Où me cacher ? Fuyons dans la nuit infernale.
Mais que dis-je ? mon père y tient l'urne fatale ;
Le sort, dit-on, l'a mise en ses sévères mains :
Minos juge aux enfers tous les pâles humains.
Ah ! combien frémira son ombre épouvantée,

Lorsqu'il verra sa fille à ses yeux présentée,
Contrainte d'avouer tant de forfaits divers,
Et des crimes peut-être inconnus aux enfers !
Que diras-tu, mon père, à ce spectacle horrible ?
Je crois voir de ta main tomber l'urne terrible ;
Je crois te voir, cherchant un supplice nouveau,
Toi-même de ton sang devenir le bourreau.
Pardonne : un dieu cruel a perdu ta famille ;
Reconnois sa vengeance aux fureurs de ta fille.
Hélas ! du crime affreux dont la honte me suit,
Jamais mon triste cœur n'a recueilli le fruit :
Jusqu'au dernier soupir de malheurs poursuivie
Je rends dans les tourments une pénible vie.

ŒNONE

Hé ! repoussez, madame, une injuste terreur !
Regardez d'un autre œil une excusable erreur.
Vous aimez. On ne peut vaincre sa destinée :
Par un charme fatal vous fûtes entraînée.
Est-ce donc un prodige inouï parmi nous ?
L'amour n'a-t-il encor triomphé que de vous ?
La foiblesse aux humains n'est que trop naturelle :
Mortelle, subissez le sort d'une mortelle.
Vous vous plaignez d'un joug imposé dès longtemps :
Les dieux mêmes, les dieux de l'Olympe habitants,
Qui d'un bruit si terrible épouvantent les crimes,
Ont brûlé quelquefois de feux illégitimes.

PHÈDRE

Qu'entends-je ! Quels conseils ose-t-on me donner ?
Ainsi donc jusqu'au bout tu veux m'empoisonner,
Malheureuse ! voilà comme tu m'as perdue ;
Au jour que je fuyois c'est toi qui m'as rendue.
Tes prières m'ont fait oublier mon devoir ;
J'évitois Hippolyte ; et tu me l'as fait voir.
De quoi te chargeois-tu ? Pourquoi ta bouche impie
A-t-elle, en l'accusant, osé noircir sa vie ?
Il en mourra peut-être, et d'un père insensé

Le sacrilège vœu peut-être est exaucé.
Je ne t'écoute plus. Va-t'en, monstre exécrable !
Va, laisse-moi le soin de mon sort déplorable.
Puisse le juste ciel dignement te payer !
Et puisse ton supplice à jamais effrayer
Tous ceux qui, comme toi, par de lâches adresses,
Des princes malheureux nourrissent les foiblesses,
Les poussent au penchant où leur cœur est enclin,
Et leur osent du crime aplanir le chemin !
Détestables flatteurs, présent le plus funeste
Que puisse faire aux rois la colère céleste !

ŒNONE, seule.

Ah ! dieux ! pour la servir j'ai tout fait, tout quitté ;
Et j'en reçois ce prix ! Je l'ai bien mérité.

ACTE CINQUIÈME

SCÈNE I. — HIPPOLYTE, ARICIE, ISMÈNE

ARICIE

Quoi ! vous pouvez vous taire en ce péril extrême ?
Vous laissez dans l'erreur un père qui vous aime ?
Cruel, si de mes pleurs méprisant le pouvoir,
Vous consentez sans peine à ne me plus revoir,
Partez ; séparez-vous de la triste Aricie ;
Mais du moins en partant assurez votre vie,
Défendez votre honneur d'un reproche honteux,
Et forcez votre père à révoquer ses vœux :
Il en est temps encor. Pourquoi, par quel caprice,
Laissez-vous le champ libre à votre accusatrice ?
Éclaircissez Thésée.

HIPPOLYTE

       Hé ! que n'ai-je point dit !
Ai-je dû mettre au jour l'opprobre de son lit ?
Devois-je, en lui faisant un récit trop sincère,
D'une indigne rougeur couvrir le front d'un père ?
Vous seule avez percé ce mystère odieux.
Mon cœur pour s'épancher n'a que vous et les dieux.
Je n'ai pu vous cacher, jugez si je vous aime,
Tout ce que je voulois me cacher à moi-même.
Mais songez sous quel sceau je vous l'ai révélé :
Oubliez, s'il se peut, que je vous ai parlé,
Madame ; et que jamais une bouche si pure
Ne s'ouvre pour conter cette horrible aventure.

Sur l'équité des dieux osons nous confier ;
Ils ont trop d'intérêt à me justifier :
Et Phèdre, tôt ou tard de son crime punie,
N'en sauroit éviter la juste ignominie.
C'est l'unique respect que j'exige de vous.
Je permets tout le reste à mon libre courroux :
Sortez de l'esclavage où vous êtes réduite ;
Osez me suivre, osez accompagner ma fuite ;
Arrachez-vous d'un lieu funeste et profané
Où la vertu respire un air empoisonné ;
Profitez, pour cacher votre prompte retraite,
De la confusion que ma disgrâce y jette.
Je vous puis de la fuite assurer les moyens :
Vous n'avez jusqu'ici de gardes que les miens ;
De puissants défenseurs prendront notre querelle ;
Argos nous tend les bras, et Sparte nous appelle :
A nos amis communs portons nos justes cris ;
Ne souffrons pas que Phèdre, assemblant nos débris,
Du trône paternel nous chasse l'un et l'autre,
Et promette à son fils ma dépouille et la vôtre.
L'occasion est belle, il la faut embrasser...
Quelle peur vous retient ? Vous semblez balancer !
Votre seul intérêt m'inspire cette audace :
Quand je suis tout de feu, d'où vous vient cette glace ?
Sur les pas d'un banni craignez-vous de marcher ?

ARICIE

Hélas ! qu'un tel exil, seigneur, me seroit cher !
Dans quels ravissements, à votre sort liée,
Du reste des mortels je vivrois oubliée !
Mais, n'étant point unis par un lien si doux,
Me puis-je avec honneur dérober avec vous ?
Je sais que, sans blesser l'honneur le plus sévère,
Je me puis affranchir des mains de votre père :
Ce n'est point m'arracher du sein de mes parents ;
Et la fuite est permise à qui fuit ses tyrans.
Mais vous m'aimez, seigneur ; et ma gloire alarmée...

HIPPOLYTE

Non, non, j'ai trop de soin de votre renommée.
Un plus noble dessein m'amène devant vous :
Fuyez vos ennemis, et suivez votre époux.
Libres dans nos malheurs, puisque le ciel l'ordonne,
Le don de notre foi ne dépend de personne.
L'hymen n'est point toujours entouré de flambeaux.
Aux portes de Trézène, et parmi ces tombeaux,
Des princes de ma race, antiques sépultures,
Est un temple sacré formidable aux parjures.
C'est là que les mortels n'osent jurer en vain :
Le perfide y reçoit un châtiment soudain ;
Et, craignant d'y trouver la mort inévitable,
Le mensonge n'a point de frein plus redoutable.
Là, si vous m'en croyez, d'un amour éternel
Nous irons confirmer le serment solennel ;
Nous prendrons à témoin le dieu qu'on y révère ;
Nous le prierons tous deux de nous servir de père.
Des dieux les plus sacrés j'attesterai le nom,
Et la chaste Diane, et l'auguste Junon ;
Et tous les dieux enfin, témoins de mes tendresses,
Garantiront la foi de mes saintes promesses.

ARICIE

Le roi vient : fuyez, prince, et partez promptement.
Pour cacher mon départ je demeure un moment.
Allez ; et laissez-moi quelque fidèle guide,
Qui conduise vers vous ma démarche timide.

SCÈNE II. — THÉSÉE, ARICIE, ISMÈNE

THÉSÉE

Dieux ! éclairez mon trouble, et daignez à mes yeux
Montrer la vérité, que je cherche en ces lieux !

ARICIE

Songe à tout, chère Ismène, et sois prête à la fuite,

SCÈNE III. — THÉSÉE, ARICIE

THÉSÉE

Vous changez de couleur, et semblez interdite,
Madame : que faisoit Hippolyte en ce lieu ?

ARICIE

Seigneur, il me disoit un éternel adieu.

THÉSÉE

Vos yeux ont su dompter ce rebelle courage ;
Et ses premiers soupirs sont votre heureux ouvrage.

ARICIE

Seigneur, je ne vous puis nier la vérité :
De votre injuste haine il n'a pas hérité ;
Il ne me traitoit point comme une criminelle.

THÉSÉE

J'entends : il vous juroit une amour éternelle.
Ne vous assurez point sur ce cœur inconstant ;
Car à d'autres que vous il en juroit autant.

ARICIE

Lui, seigneur ?

THÉSÉE

                Vous deviez le rendre moins volage :
Comment souffriez-vous cet horrible partage ?

ARICIE

Et comment souffrez-vous que d'horribles discours
D'une si belle vie osent noircir le cours ?
Avez-vous de son cœur si peu de connoissance ?
Discernez-vous si mal le crime et l'innocence ?
Faut-il qu'à vos yeux seuls un nuage odieux
Dérobe sa vertu qui brille à tous les yeux !
Ah ! c'est trop le livrer à des langues perfides.
Cessez : repentez-vous de vos vœux homicides ;
Craignez, seigneur, craignez que le ciel rigoureux
Ne vous haïsse assez pour exaucer vos vœux.

Souvent dans sa colère il reçoit nos victimes :
Ses présents sont souvent la peine de nos crimes.

THÉSÉE

Non, vous voulez en vain couvrir son attentat ;
Votre amour vous aveugle en faveur de l'ingrat.
Mais j'en crois des témoins certains, irréprochables :
J'ai vu, j'ai vu couler des larmes véritables.

ARICIE

Prenez garde, seigneur : vos invincibles mains
Ont de monstres sans nombre affranchi les humains ;
Mais tout n'est pas détruit, et vous en laissez vivre
Un... Votre fils, seigneur, me défend de poursuivre.
Instruite du respect qu'il veut vous conserver,
Je l'affligerois trop si j'osois achever.
J'imite sa pudeur, et fuis votre présence
Pour n'être pas forcée à rompre le silence.

SCÈNE IV. — THÉSÉE

Quelle est donc sa pensée ? et que cache un discours
Commencé tant de fois, interrompu toujours ?
Veulent-ils m'éblouir par une feinte vaine ?
Sont-ils d'accord tous deux pour me mettre à la gêne ?
Mais moi-même, malgré ma sévère rigueur,
Quelle plaintive voix crie au fond de mon cœur ?
Une pitié secrète et m'afflige et m'étonne.
Une seconde fois interrogeons Œnone :
Je veux de tout le crime être mieux éclairci.
Gardes, qu'Œnone sorte, et vienne seule ici.

SCÈNE V. — THÉSÉE, PANOPE

PANOPE

J'ignore le projet que la reine médite,
Seigneur ; mais je crains tout du transport qui l'agite.
Un mortel désespoir sur son visage est peint ;

La pâleur de la mort est déjà sur son teint.
Déjà, de sa présence avec honte chassée,
Dans la profonde mer Œnone s'est lancée.
On ne sait point d'où part ce dessein furieux ;
Et les flots pour jamais l'ont ravie à nos yeux.

THÉSÉE

Qu'entends-je ?

PANOPE

Son trépas n'a point calmé la reine ;
Le trouble semble croître en son âme incertaine.
Quelquefois pour flatter ses secrètes douleurs,
Elle prend ses enfants et les baigne de pleurs ;
Et soudain, renonçant à l'amour maternelle,
Sa main avec horreur les repousse loin d'elle ;
Elle porte au hasard ses pas irrésolus ;
Son œil tout égaré ne nous reconnoît plus ;
Elle a trois fois écrit ; et, changeant de pensée,
Trois fois elle a rompu sa lettre commencée.
Daignez la voir, seigneur ; daignez la secourir.

THÉSÉE

O ciel ! Œnone est morte, et Phèdre veut mourir !
Qu'on rappelle mon fils, qu'il vienne se défendre ;
Qu'il vienne me parler, je suis prêt de l'entendre.
    (Seul.)
Ne précipite point tes funestes bienfaits,
Neptune ; j'aime mieux n'être exaucé jamais.
J'ai peut-être trop cru des témoins peu fidèles,
Et j'ai trop tôt vers toi levé mes mains cruelles.
Ah ! de quel désespoir mes vœux seroient suivis !

SCÈNE VI. — THÉSÉE, THÉRAMÈNE

THÉSÉE

Théramène, est-ce toi ? Qu'as-tu fait de mon fils ?
Je te l'ai confié dès l'âge le plus tendre.

Mais d'où naissent les pleurs que je te vois répandre ?
Que fait mon fils ?

THÉRAMÈNE

O soins tardifs et superflus !
Inutile tendresse ! Hippolyte n'est plus.

THÉSÉE

Dieux !

THÉRAMÈNE

J'ai vu des mortels périr le plus aimable,
Et j'ose dire encor, seigneur, le moins coupable.

THÉSÉE

Mon fils n'est plus ! Hé quoi ! quand je lui tends les bras,
Les dieux impatients ont hâté son trépas !
Quel coup me l'a ravi ? quelle foudre soudaine ?

THÉRAMÈNE

A peine nous sortions des portes de Trézène,
Il étoit sur son char ; ses gardes affligés
Imitoient son silence, autour de lui rangés ;
Il suivoit tout pensif le chemin de Mycènes ;
Sa main sur les chevaux laissoit flotter les rênes ;
Ses superbes coursiers, qu'on voyoit autrefois
Pleins d'une ardeur si noble obéir à sa voix,
L'œil morne maintenant, et la tête baissée,
Sembloient se conformer à sa triste pensée.
Un effroyable cri, sorti du fond des flots,
Des airs en ce moment a troublé le repos ;
Et, du sein de la terre, une voix formidable
Répond en gémissant à ce cri redoutable.
Jusqu'au fond de nos cœurs notre sang s'est glacé ;
Des coursiers attentifs le crin s'est hérissé.
Cependant, sur le dos de la plaine liquide,
S'élève à gros bouillons une montagne humide ;
L'onde approche, se brise, et vomit à nos yeux,
Parmi des flots d'écume, un monstre furieux.
Son front large est armé de cornes menaçantes ;
Tout son corps est couvert d'écailles jaunissantes ;

(PHÈDRE, acte V, scène VI)

Indomptable taureau, dragon impétueux,
Sa croupe se recourbe en replis tortueux ;
Ses longs mugissements font trembler le rivage.
Le ciel avec horreur voit ce monstre sauvage ;
La terre s'en émeut, l'air en est infecté ;
Le flot qui l'apporta recule épouvanté.
Tout fuit ; et, sans s'armer d'un courage inutile,
Dans le temple voisin chacun cherche un asile.
Hippolyte lui seul, digne fils d'un héros,
Arrête ses coursiers, saisit ses javelots,
Pousse au monstre, et d'un dard lancé d'une main sûre,
Il lui fait dans le flanc une large blessure.
De rage et de douleur le monstre bondissant
Vient aux pieds des chevaux tomber en mugissant,
Se roule, et leur présente une gueule enflammée
Qui les couvre de feu, de sang et de fumée.
La frayeur les emporte ; et, sourds à cette fois,
Ils ne connoissent plus ni le frein ni la voix ;
En efforts impuissants leur maître se consume,
Ils rougissent le mors d'une sanglante écume.
On dit qu'on a vu même, en ce désordre affreux,
Un dieu qui d'aiguillons pressoit leur flanc poudreux.
A travers les rochers la peur les précipite ;
L'essieu crie et se rompt : l'intrépide Hippolyte
Voit voler en éclats tout son char fracassé ;
Dans les rênes lui-même il tombe embarrassé.
Excusez ma douleur : cette image cruelle
Sera pour moi de pleurs une source éternelle.
J'ai vu, seigneur, j'ai vu votre malheureux fils
Traîné par les chevaux que sa main a nourris.
Il veut les rappeler, et sa voix les effraie ;
Ils courent : tout son corps n'est bientôt qu'une plaie.
De nos cris douloureux la plaine retentit.
Leur fougue impétueuse enfin se ralentit :
Ils s'arrêtent non loin de ces tombeaux antiques
Où des rois ses aïeux sont les froides reliques.
J'y cours en soupirant, et sa garde me suit :

De son généreux sang la trace nous conduit ;
Les rochers en sont teints ; les ronces dégouttantes
Portent de ses cheveux les dépouilles sanglantes.
J'arrive, je l'appelle ; et, me tendant la main,
Il ouvre un œil mourant, qu'il referme soudain :
« Le ciel, dit-il, m'arrache une innocente vie.
« Prends soin après ma mort de la triste Aricie.
« Cher ami, si mon père un jour désabusé
« Plaint le malheur d'un fils faussement accusé,
« Pour apaiser mon sang et mon ombre plaintive,
« Dis-lui qu'avec douceur il traite sa captive ;
« Qu'il lui rende... » A ce mot, ce héros expiré
N'a laissé dans mes bras qu'un corps défiguré :
Triste objet où des dieux triomphe la colère :
Et que méconnoîtroit l'œil même de son père.

THÉSÉE

O mon fils ! cher espoir que je me suis ravi !
Inexorables dieux, qui m'avez trop servi !
A quels mortels regrets ma vie est réservée !

THÉRAMÈNE

La timide Aricie est alors arrivée :
Elle venoit, seigneur, fuyant votre courroux,
A la face des dieux l'accepter pour époux,
Elle approche ; elle voit l'herbe rouge et fumante ;
Elle voit (quel objet pour les yeux d'une amante !)
Hippolyte étendu, sans forme et sans couleur.
Elle veut quelque temps douter de son malheur ;
Et, ne connoissant plus ce héros qu'elle adore,
Elle voit Hippolyte, et le demande encore.
Mais, trop sûre à la fin qu'il est devant ses yeux,
Par un triste regard elle accuse les dieux ;
Et froide, gémissante, et presque inanimée,
Aux pieds de son amant elle tombe pâmée.
Ismène est auprès d'elle ; Ismène, tout en pleurs,
La rappelle à la vie, ou plutôt aux douleurs.
Et moi, je suis venu, détestant la lumière,

Vous dire d'un héros la volonté dernière,
Et m'acquitter, seigneur, du malheureux emploi
Dont son cœur expirant s'est reposé sur moi.
Mais j'aperçois venir sa mortelle ennemie.

SCÈNE VII. — THÉSÉE, PHÈDRE, THÉRAMÈNE,
PANOPE, Gardes

THÉSÉE

Hé bien ! vous triomphez, et mon fils est sans vie !
Ah ! que j'ai lieu de craindre ; et qu'un cruel soupçon
L'excusant dans mon cœur, m'alarme avec raison !
Mais, madame, il est mort, prenez votre victime ;
Jouissez de sa perte, injuste ou légitime :
Je consens que mes yeux soient toujours abusés.
Je le crois criminel, puisque vous l'accusez.
Son trépas à mes pleurs offre assez de matières
Sans que j'aille chercher d'odieuses lumières,
Qui, ne pouvant le rendre à ma juste douleur,
Peut-être ne feroient qu'accroître mon malheur.
Laissez-moi, loin de vous, et loin de ce rivage,
De mon fils déchiré fuir la sanglante image.
Confus, persécuté d'un mortel souvenir,
De l'univers entier, je voudrois me bannir.
Tout semble s'élever contre mon injustice ;
L'éclat de mon nom même augmente mon supplice :
Moins connu des mortels, je me cacherois mieux.
Je hais jusques aux soins dont m'honorent les dieux ;
Et je m'en vais pleurer leurs faveurs meurtrières,
Sans plus les fatiguer d'inutiles prières.
Quoi qu'ils fissent pour moi, leur funeste bonté
Ne me sauroit payer de ce qu'ils m'ont ôté.

PHÈDRE

Non, Thésée, il faut rompre un injuste silence ;
Il faut à votre fils rendre son innocence :
Il n'étoit point coupable.

THÉSÉE

Ah ! père infortuné !
Et c'est sur votre foi que je l'ai condamné !
Cruelle ! pensez-vous être assez excusée...

PHÈDRE

Les moments me sont chers ; écoutez-moi, Thésée :
C'est moi qui sur ce fils chaste et respectueux
Osai jeter un œil profane, incestueux.
Le ciel mit dans mon sein une flamme funeste :
La détestable Œnone a conduit tout le reste.
Elle a craint qu'Hippolyte, instruit de ma fureur,
Ne découvrît un feu qui lui faisoit horreur :
La perfide, abusant de ma foiblesse extrême,
S'est hâtée à vos yeux de l'accuser lui-même.
Elle s'en est punie, et, fuyant mon courroux,
A cherché dans les flots un supplice trop doux.
Le fer auroit déjà tranché ma destinée ;
Mais je laissois gémir la vertu soupçonnée :
J'ai voulu, devant vous, exposant mes remords,
Par un chemin plus lent descendre chez les morts.
J'ai pris, j'ai fait couler dans mes brûlantes veines
Un poison que Médée apporta dans Athènes.
Déjà jusqu'à mon cœur le venin parvenu
Dans ce cœur expirant jette un froid inconnu ;
Déjà je ne vois plus qu'à travers un nuage
Et le ciel et l'époux que ma présence outrage ;
Et la mort, à mes yeux dérobant la clarté,
Rend au jour qu'ils souilloient toute sa pureté.

PANOPE

Elle expire, seigneur !

THÉSÉE

D'une action si noire
Que ne peut avec elle expirer la mémoire !
Allons, de mon erreur, hélas ! trop éclaircis,
Mêler nos pleurs au sang de mon malheureux fils !

Allons de ce cher fils embrasser ce qui reste,
Expier la fureur d'un vœu que je déteste :
Rendons-lui les honneurs qu'il a trop mérités ;
Et, pour mieux apaiser ses mânes irrités,
Que, malgré les complots d'une injuste famille,
Son amante aujourd'hui me tienne lieu de fille !

ESTHER

TRAGÉDIE
TIRÉE DE L'ÉCRITURE SAINTE

1689

PRÉFACE

La célèbre maison de Saint-Cyr ayant été principalement établie pour
élever dans la piété un fort grand nombre de jeunes demoiselles rassem-
blées de tous les endroits du royaume, on n'y a rien oublié de tout ce qui
pouvoit contribuer à les rendre capables de servir Dieu dans les différents
états où il lui plaira de les appeler. Mais en leur montrant les choses
essentielles et nécessaires, on ne néglige pas de leur apprendre celles qui
peuvent servir à leur polir l'esprit, et à leur former le jugement. On a
imaginé pour cela plusieurs moyens qui, sans les détourner de leur travail
et de leurs exercices ordinaires, les instruisent en les divertissant ; on leur
met, pour ainsi dire, à profit leurs heures de récréation ; on leur fait faire
entre elles, sur leurs principaux devoirs, des conversations ingénieuses
qu'on leur a composées exprès, ou qu'elles-mêmes composent sur-le-
champ ; on les fait parler sur les histoires qu'on leur a lues, ou sur les
importantes vérités qu'on leur a enseignées ; on leur fait réciter par cœur
et déclamer les plus beaux endroits des meilleurs poètes ; et cela leur sert
surtout à les défaire de quantité de mauvaises prononçiations qu'elles
pourroient avoir apportées de leurs provinces ; on a soin aussi de faire
apprendre à chanter à celles qui ont de la voix ; et on ne leur laisse pas
perdre un talent qui les peut amuser innocemment, et qu'elles peuvent
employer un jour à chanter les louanges de Dieu.

Mais la plupart des plus excellents vers de notre langue ayant été com-
posés sur des matières fort profanes, et nos plus beaux airs étant sur des
paroles extrêmement molles et efféminées, capables de faire des impres-
sions dangereuses sur de jeunes esprits, les personnes illustres qui ont

bien voulu prendre la principale direction de cette maison ont souhaité
qu'il y eût quelque ouvrage qui, sans avoir tous ces défauts, pût produire
une partie de ces bons effets. Elles me firent l'honneur de me communi-
quer leur dessein, et même de me demander si je ne pourrois pas faire
sur quelque sujet de piété et de morale une espèce de poème où le chant
fût mêlé avec le récit, le tout lié par une action qui rendît la chose plus
vive et moins capable d'ennuyer.

Je leur proposai le sujet d'Esther, qui les frappa d'abord, cette histoire
leur paroissant pleine de grandes leçons d'amour de Dieu, et de détache-
ment du monde au milieu du monde même. Et je crus de mon côté que
je trouverois assez de facilité à traiter ce sujet : d'autant plus qu'il me
sembla que, sans altérer aucune des circonstances tant soit peu considé-
rables de l'Écriture sainte, ce qui seroit, à mon avis, une espèce de sacrilège, je pourrois remplir toute mon action avec les seules scènes que Dieu
lui-même, pour ainsi dire, a préparées.

J'entrepris donc la chose : et je m'aperçus qu'en travaillant sur le plan
qu'on m'avoit donné, j'exécutois en quelque sorte un dessein qui m'avoit
souvent passé dans l'esprit, qui étoit de lier, comme dans les anciennes
tragédies grecques, le chœur et le chant avec l'action, et d'employer à
chanter les louanges du vrai Dieu cette partie du chœur que les païens
employaient à chanter les louanges de leurs fausses divinités.

À dire vrai, je ne pensois guère que la chose dût être aussi publique
qu'elle l'a été. Mais les grandes vérités de l'Écriture, et la manière sublime
dont elles y sont énoncées, pour peu qu'on les présente, même imparfaite-
ment aux yeux des hommes, sont si propres à les frapper ; et d'ailleurs ces
jeunes demoiselles ont déclamé et chanté cet ouvrage avec tant de grâce,
tant de modestie et tant de piété, qu'il n'a pas été possible qu'il demeurât
renfermé dans le secret de leur maison : de sorte qu'un divertissement
d'enfants est devenu le sujet de l'empressement de toute la cour, le roi
lui-même, qui en avoit été touché, n'ayant pu refuser à tout ce qu'il y a
de plus grands seigneurs de les y mener, et ayant eu la satisfaction de
voir par le plaisir qu'ils y ont pris, qu'on se peut aussi bien divertir aux
choses de piété, qu'à tous les spectacles profanes.

Au reste, quoique j'aie évité soigneusement de mêler le profane avec
le sacré, j'ai cru néanmoins que je pouvois emprunter deux ou trois traits
d'Hérodote, pour mieux peindre Assuérus : car j'ai suivi le sentiment de
plusieurs savants interprètes de l'Écriture, qui tiennent que ce roi est
le même que le fameux Darius, fils d'Hystaspe, dont parle cet historien.
En effet, ils en rapportent quantité de preuves, dont quelques-unes me
paroissent des démonstrations. Mais je n'ai pas jugé à propos de croire
ce même Hérodote sur sa parole, lorsqu'il dit que les Perses n'élevoient
ni temples, ni autels, ni statues à leurs dieux, et qu'ils ne se servoient
point de libations dans leurs sacrifices. Son témoignage est expressément détruit par l'Écriture, aussi bien que par Xénophon, beaucoup
mieux instruit que lui des mœurs et des affaires de la Perse, et enfin par
Quinte-Curce.

On peut dire que l'unité de lieu est observée dans cette pièce en ce que toute l'action se passe dans le palais d'Assuérus. Cependant, comme on vouloit rendre ce divertissement plus agréable à des enfants, en jetant quelque variété dans les décorations, cela a été cause que je n'ai pas gardé cette unité avec la même rigueur que j'ai fait autrefois dans mes tragédies.

Je crois qu'il est bon d'avertir ici que bien qu'il y ait dans *Esther* des personnages d'hommes, ces personnages n'ont pas laissé d'être représentés par des filles avec toute la bienséance de leur sexe. La chose leur a été d'autant plus aisée, qu'anciennement les habits des Persans et des Juifs étoient de longues robes qui tomboient jusqu'à terre.

Je ne puis me résoudre à finir cette préface sans rendre à celui qui a fait la musique la justice qui lui est due, et sans confesser franchement que ses chants ont fait un des plus grands agréments de la pièce. Tous les connoisseurs demeurent d'accord que depuis longtemps on n'a point entendu d'airs plus touchants ni plus convenables aux paroles. Quelques personnes ont trouvé la musique du dernier chœur un peu longue, quoique très belle. Mais qu'auroit-on dit de ces jeunes Israélites qui avoient tant fait de vœux à Dieu pour être délivrées de l'horrible péril où elles étoient si, ce péril étant passé, elles lui en avoient rendu de médiocres actions de grâces ? Elles auroient directement péché contre la louable coutume de leur nation, où l'on ne recevoit de Dieu aucun bienfait signalé, qu'on ne l'en remerciât sur-le-champ par de fort longs cantiques : témoin ceux de Marie, sœur de Moïse, de Débora et de Judith, et tant d'autres dont l'Écriture est pleine. On dit même que les Juifs, encore aujourd'hui, célèbrent par de grandes actions de grâces le jour où leurs ancêtres furent délivrés par Esther de la cruauté d'Aman.

PERSONNAGES

ASSUÉRUS, roi de Perse.
ESTHER, reine de Perse.
MARDOCHÉE, oncle d'Esther.
AMAN, favori d'Assuérus.
ZARÈS, femme d'Aman.
HYDASPE, officier du palais intérieur d'Assuérus.
ASAPH, autre officier d'Assuérus.
ÉLISE, confidente d'Esther.
THAMAR, israélite de la suite d'Esther.
GARDES DU ROI ASSUÉRUS.
CHŒUR DE JEUNES FILLES ISRAÉLITES.

La scène est à Suse, dans le palais d'Assuérus.

LA PIÉTÉ fait le Prologue.

PROLOGUE

LA PIÉTÉ

Du séjour bienheureux de la Divinité
Je descends dans ce lieu par la Grâce habité ;
L'Innocence s'y plaît, ma compagne éternelle,
Et n'a point sous les cieux d'asile plus fidèle.
Ici, loin du tumulte, aux devoirs les plus saints
Tout un peuple naissant est formé par mes mains :
Je nourris dans son cœur la semence féconde
Des vertus dont il doit sanctifier le monde.
Un roi qui me protège, un roi victorieux,
A commis à mes soins ce dépôt précieux.
C'est lui qui rassembla ces colombes timides,
Éparses en cent lieux, sans secours et sans guides :
Pour elles, à sa porte, élevant ce palais,
Il leur y fit trouver l'abondance et la paix.
Grand Dieu, que cet ouvrage ait place en ta mémoire !
Que tous les soins qu'il prend pour soutenir ta gloire
Soient gravés de ta main au livre où sont écrits
Les noms prédestinés des rois que tu chéris !
Tu m'écoutes ; ma voix ne t'est point étrangère :
Je suis la Piété, cette fille si chère,
Qui t'offre de ce roi les plus tendres soupirs :
Du feu de ton amour j'allume ses désirs.
Du zèle qui pour toi l'enflamme et le dévore
La chaleur se répand du couchant à l'aurore.
Tu le vois tous les jours devant toi prosterné,
Humiler ce front de splendeur couronné,

Et, confondant l'orgueil par d'augustes exemples,
Baiser avec respect le pavé de tes temples.
De ta gloire animé, lui seul de tant de rois,
S'arme pour ta querelle, et combat pour tes droits.
Le perfide intérêt, l'aveugle jalousie,
S'unissent contre toi pour l'affreuse hérésie ;
La discorde en fureur frémit de toutes parts ;
Tout semble abandonner tes sacrés étendards :
Et l'enfer, couvrant tout de ses vapeurs funèbres,
Sur les yeux les plus saints a jeté ses ténèbres.
Lui seul, invariable et fondé sur la foi,
Ne cherche, ne regarde, et n'écoute que toi,
Et, bravant du démon l'impuissant artifice,
De la religion soutient tout l'édifice.
Grand dieu, juge ta cause, et déploie aujourd'hui
Ce bras, ce même bras qui combattoit pour lui,
Lorsque des nations à sa perte animées
Le Rhin vit tant de fois disperser les armées.
Des mêmes ennemis je reconnois l'orgueil ;
Ils viennent se briser contre le même écueil :
Déjà, rompant partout leurs plus fermes barrières,
Du débris de leurs forts il couvre ses frontières.
Tu lui donnes un fils prompt à le seconder,
Qui sait combattre, plaire, obéir, commander ;
Un fils qui, comme lui, suivi de la victoire,
Semble à gagner son cœur borner toute sa gloire ;
Un fils à tous ses vœux avec amour soumis,
L'éternel désespoir de tous ses ennemis.
Pareil à ces esprits que ta justice envoie,
Quand son roi lui dit : Pars, il s'élance avec joie,
Du tonnerre vengeur s'en va tout embraser,
Et, tranquille, à ses pieds revient le déposer.
Mais, tandis qu'un grand roi venge ainsi mes injures,
Vous qui goûtez ici des délices si pures,
S'il permet à son cœur un moment de repos,
A vos jeux innocents appelez ce héros,
Retracez-lui d'Esther l'histoire glorieuse,

Et sur l'impiété la foi victorieuse.
Et vous, qui vous plaisez aux folles passions
Qu'allument dans vos cœurs les vaines fictions ;
Profanes amateurs de spectacles frivoles,
Dont l'oreille s'ennuie au son de mes paroles,
Fuyez de mes plaisirs la sainte austérité :
Tout respire ici Dieu, la paix, la vérité.

ACTE PREMIER

Le Théâtre représente l'appartement d'Esther.

SCÈNE I. — ESTHER, ÉLISE

ESTHER

Est-ce toi, chère Élise ? O jour trois fois heureux !
Que bénit soit le ciel qui te rend à mes vœux,
Toi qui, de Benjamin comme moi descendue,
Fus de mes premiers ans la compagne assidue,
Et qui d'un même joug souffrant l'oppression,
M'aidois à soupirer les malheurs de Sion !
Combien ce temps encore est cher à ma mémoire !
Mais toi, de ton Esther ignorois-tu la gloire ?
Depuis plus de six mois que je te fais chercher,
Quel climat, quel désert a donc pu te cacher ?

ÉLISE

Au bruit de votre mort justement éplorée,
Du reste des humains je vivois séparée,
Et de mes tristes jours n'attendois que la fin,
Quand tout à coup, madame, un prophète divin :
« C'est pleurer trop longtemps une mort qui t'abuse,
« Lève-toi, m'a-t-il dit, prends ton chemin vers Suse,
« Là tu verras d'Esther la pompe et les honneurs,
« Et sur le trône assis le sujet de tes pleurs.
« Rassure, ajouta-t-il, tes tribus alarmées,
« Sion : le jour approche où le Dieu des armées
« Va de son bras puissant faire éclater l'appui ;

« Et le cri de son peuple est monté jusqu'à lui ».
Il dit : et moi, de joie et d'horreur pénétrée,
Je cours. De ce palais j'ai su trouver l'entrée.
O spectacle ! O triomphe admirable à mes yeux,
Digne en effet du bras qui sauva nos aïeux !
Le fier Assuérus couronne sa captive,
Et le Persan superbe est aux pieds d'une Juive !
Par quels secrets ressorts, par quel enchaînement
Le ciel a-t-il conduit ce grand événement ?

ESTHER

Peut-être on t'a conté la fameuse disgrâce
De l'altière Vasthi, dont j'occupe la place,
Lorsque le roi, contre elle enflammé de dépit,
La chassa de son trône, ainsi que de son lit.
Mais il ne pût sitôt en bannir la pensée :
Vasthi régna longtemps sur son âme offensée.
Dans ses nombreux États il fallut donc chercher
Quelque nouvel objet qui l'en pût détacher.
De l'Inde à l'Hellespont ses esclaves coururent :
Les filles de l'Égypte à Suse comparurent ;
Celles même du Parthe et du Scythe indompté
Y briguèrent le sceptre offert à la beauté.
On m'élevoit alors, solitaire et cachée,
Sous les yeux vigilants du sage Mardochée :
Tu sais combien je dois à ses heureux secours.
La mort m'avoit ravie les auteurs de mes jours.
Mais lui, voyant en moi la fille de son frère,
Me tint lieu, chère Élise, et de père et de mère.
Du triste état des Juifs jour et nuit agité,
Il me tira du sein de mon obscurité ;
Et, sur mes foibles mains fondant leur délivrance,
Il me fit d'un empire accepter l'espérance.
A ses desseins secrets, tremblante, j'obéis :
Je vins ; mais je cachai ma race et mon pays.
Qui pourroit cependant t'exprimer les cabales
Que formoit en ces lieux ce peuple de rivales,

Qui toutes, disputant un si grand intérêt,
Des yeux d'Assuérus attendoient leur arrêt ?
Chacune avoit sa brigue et de puissants suffrages
L'une d'un sang fameux vantoit les avantages ;
L'autre, pour se parer de superbes atours,
Des plus adroites mains empruntoit le secours ;
Et moi, pour toute brigue et pour tout artifice,
De mes larmes au ciel j'offrois le sacrifice.
Enfin, on m'annonça l'ordre d'Assuérus.
Devant ce fier monarque, Élise, je parus.
Dieu tient le cœur des rois entre ses mains puissantes :
Il fait que tout prospère aux âmes innocentes,
Tandis qu'en ses projets l'orgueilleux est trompé.
De mes foibles attraits le roi parut frappé :
Il m'observa longtemps dans un sombre silence ;
Et le ciel, qui pour moi fit pencher la balance,
Dans ce temps-là, sans doute, agissoit sur son cœur.
Enfin, avec des yeux où régnoit la douceur :
« Soyez reine », dit-il ; et, dès ce moment même,
De sa main sur mon front posa son diadème.
Pour mieux faire éclater sa joie et son amour,
Il combla de présents tous les grands de sa cour ;
Et même ses bienfaits, dans toutes ses provinces,
Invitèrent le peuple aux noces de leurs princes.
Hélas ! durant ces jours de joie et de festins,
Quelle étoit en secret ma honte et mes chagrins !
Esther, disois-je, Esther dans la pourpre est assise,
La moitié de la terre à son sceptre est soumise,
Et de Jérusalem l'herbe cache les murs !
Sion, repaire affreux de reptiles impurs,
Voit de son temple saint les pierres dispersées,
Et du Dieu d'Israël les fêtes sont cessées !

ÉLISE

N'avez-vous point au roi confié vos ennuis ?

ESTHER

Le roi, jusqu'à ce jour, ignore qui je suis :

Celui par qui le ciel règle ma destinée
Sur ce secret encor tient ma langue enchaînée.

ÉLISE

Mardochée ? Hé ! peut-il approcher de ces lieux ?

ESTHER

Son amitié pour moi le rend ingénieux.
Absent, je le consulte, et ses réponses sages
Pour venir jusqu'à moi trouvent mille passages :
Un père a moins de soin du salut de son fils.
Déjà même, déjà, par ses secrets-avis,
J'ai découvert au roi les sanglantes pratiques
Que formoient contre lui deux ingrats domestiques.
Cependant mon amour pour notre nation
A rempli ce palais de filles de Sion,
Jeunes et tendres fleurs par le sort agitées,
Sous un ciel étranger comme moi transplantées.
Dans un lieu séparé de profanes témoins,
Je mets à les former mon étude et mes soins ;
Et c'est là que, fuyant l'orgueil du diadème,
Lasse de vains honneurs, et me cherchant moi-même,
Aux pieds de l'Éternel je viens m'humilier,
Et goûter le plaisir de me faire oublier.
Mais à tous les Persans je cache leurs familles.
Il faut les appeler. Venez, venez, mes filles,
Compagnes autrefois de ma captivité,
De l'antique Jacob jeune postérité.

SCÈNE II. — ESTHER, ÉLISE, LE CHŒUR

UNE ISRAÉLITE, *chantant derrière le théâtre.*
Ma sœur, quelle voix nous appelle ?

UNE AUTRE

J'en reconnois les agréables sons :
C'est la reine.

TOUTES DEUX

Courons, mes sœurs, obéissons.
La reine nous appelle :
Allons, rangeons-nous auprès d'elle.

TOUT LE CHŒUR, *entrant sur la scène par plusieurs endroits
différents*.

La reine nous appelle :
Allons, rangeons-nous auprès d'elle.

ÉLISE

Ciel ! quel nombreux essaim d'innocentes beautés
S'offre à mes yeux en foule, et sort de tous côtés !
Quelle aimable pudeur sur leur visage est peinte !
Prospérez, cher espoir d'une nation sainte.
Puissent jusques au ciel vos soupirs innocents
Monter comme l'odeur d'un agréable encens !
Que Dieu jette sur vous des regards pacifiques !

ESTHER

Mes filles, chantez-nous quelqu'un de ces cantiques
Où vos voix si souvent se mêlant à mes pleurs
De la triste Sion célèbrent les malheurs.

UNE ISRAÉLITE *chante seule*.

Déplorable Sion, qu'as-tu fait de ta gloire ?
Tout l'univers admiroit ta splendeur :
Tu n'es plus que poussière ; et de cette grandeur
Il ne nous reste plus que la triste mémoire.
Sion, jusques au ciel élevée autrefois,
Jusqu'aux enfers maintenant abaissée,
Puissé-je demeurer sans voix,
Si dans mes chants ta douleur retracée
Jusqu'au denier soupir n'occupe ma pensée !

TOUT LE CHŒUR

O rives du Jourdain ! ô champs aimés des cieux !
Sacrés monts, fertiles vallées,
Par cent miracles signalées !

Du doux pays de nos aïeux
Serons-nous toujours exilées ?

UNE ISRAÉLITE, *seule.*

Quand verrai-je, ô Sion ! relever tes remparts,
Et de tes tours les magnifiques faîtes ?
Quand verrai-je de toutes parts
Les peuples en chantant accourir à tes fêtes ?

TOUT LE CHŒUR

O rives du Jourdain ! ô champs aimés des cieux !
Sacrés monts, fertiles vallées,
Par cent miracles signalées !
Du doux pays de nos aïeux
Serons-nous toujours exilées ?

SCÈNE III. — ESTHER, MARDOCHÉE, ÉLISE, LE CHŒUR

ESTHER

Quel profane en ce lieu s'ose avancer vers nous ?
Que vois-je ? Mardochée ! O mon père, est-ce vous ?
Un ange du Seigneur, sous son aile sacrée,
A donc conduit vos pas, et caché votre entrée ?
Mais d'où vient cet air sombre, et ce cilice affreux,
Et cette cendre enfin qui couvre vos cheveux ?
Que nous annoncez-vous ?

MARDOCHÉE

O reine infortunée !
O d'un peuple innocent barbare destinée !
Lisez, lisez l'arrêt détestable, cruel...
Nous sommes tous perdus ! et c'est fait d'Israël !

ESTHER

Juste ciel ! tout mon sang dans mes veines se glace.

MARDOCHÉE

On doit de tous les Juifs exterminer la race.
Au sanguinaire Aman nous sommes tous livrés ;

Les glaives, les couteaux, sont déjà préparés ;
Toute la nation à la fois est proscrite.
Aman, l'impie Aman, race d'Amalécite,
A, pour ce coup funeste, armé tout son crédit ;
Et le roi, trop crédule a signé cet édit.
Prévenu contre nous par cette bouche impure,
Il nous croit en horreur à toute la nature.
Ses ordres sont donnés ; et, dans tous ses États,
Le jour fatal est pris pour tant d'assassinats.
Cieux, éclairerez-vous cet horrible carnage ?
Le fer ne connaîtra ni le sexe ni l'âge ;
Tout doit servir de proie aux tigres, aux vautours ;
Et ce jour effroyable arrive dans dix jours.

ESTHER

O Dieu, qui vois former des desseins si funestes,
As-tu donc de Jacob abandonné les restes ?

UNE DES PLUS JEUNES ISRAÉLITES

Ciel, qui nous défendra, si tu ne nous défends ?

MARDOCHÉE

Laissez les pleurs, Esther, à ces jeunes enfants.
En vous est tout l'espoir de vos malheureux frères :
Il faut les secourir ; mais les heures sont chères ;
Le temps vole et bientôt amènera le jour
Où le nom des Hébreux doit périr sans retour.
Toute pleine du feu de tant de saints prophètes,
Allez, osez au roi déclarer qui vous êtes.

ESTHER

Hélas ! ignorez-vous quelles sévères lois
Aux timides mortels cachent ici les rois ?
Au fond de leur palais leur majesté terrible
Affecte à leurs sujets de se rendre invisible ;
Et la mort est le prix de tout audacieux
Qui, sans être appelé, se présente à leurs yeux,
Si le roi dans l'instant, pour sauver le coupable
Ne lui donne à baiser son sceptre redoutable.
Rien ne met à l'abri de cet ordre fatal,

Ni le rang, ni le sexe, et le crime est égal.
Moi-même, sur son trône, à ses côtés assise,
Je suis à cette loi, comme une autre, soumise :
Et, sans le prévenir, il faut, pour lui parler,
Qu'il me cherche, ou du moins, qu'il me fasse appeler.

MARDOCHÉE

Quoi ! lorsque vous voyez périr votre patrie,
Pour quelque chose, Esther, vous comptez votre vie !
Dieu parle, et d'un mortel vous craignez le courroux !
Que dis-je ? votre vie, Esther, est-elle à vous ?
N'est-elle pas au sang dont vous êtes issue ?
N'est-elle pas à Dieu, dont vous l'avez reçue ?
Et qui sait, lorsqu'au trône il conduisit vos pas,
Si pour sauver son peuple il ne vous gardoit pas ?
Songez-y bien : ce Dieu ne vous a pas choisie
Pour être un vain spectacle aux peuples de l'Asie,
Ni pour charmer les yeux des profanes humains :
Pour un plus noble usage il réserve ses saints.
S'immoler pour son nom et pour son héritage,
D'un enfant d'Israël voilà le vrai partage :
Trop heureuse pour lui de hasarder vos jours !
Et quel besoin son bras a-t-il de nos secours ?
Que peuvent contre lui tous les rois de la terre :
En vain ils s'uniroient pour lui faire la guerre :
Pour dissiper leur ligue il n'a qu'à se montrer ;
Il parle, et dans la poudre il les fait tous rentrer.
Au seul son de sa voix la mer fuit, le ciel tremble ;
Il voit comme un néant tout l'univers ensemble ;
Et les foibles mortels, vains jouets du trépas,
Sont tous devant ses yeux comme s'ils n'étoient pas.
S'il a permis d'Aman l'audace criminelle,
Sans doute qu'il vouloit éprouver votre zèle.
C'est lui qui, m'excitant à vous oser chercher,
Devant moi, chère Esther, a bien voulu marcher ;
Et s'il faut que sa voix frappe en vain vos oreilles,
Nous n'en verrons pas moins éclater ses merveilles.

Il peut confondre Aman, il peut briser nos frères
Par la plus foible main qui soit dans l'univers ;
Et vous, qui n'aurez point accepté cette grâce,
Vous périrez peut-être, et toute votre race.

ESTHER

Allez : que tous les Juifs dans Suse répandus,
A prier avec vous jour et nuit assidus,
Me prêtent de leurs vœux le secours salutaire,
Et pendant ces trois jours gardent un jeûne austère.
Déjà la sombre nuit a commencé son tour :
Demain, quand le soleil rallumera le jour,
Contente de périr, s'il faut que je périsse,
J'irai pour mon pays m'offrir en sacrifice.
Qu'on s'éloigne un moment.
            (Le chœur se retire vers le fond du théâtre.)

SCÈNE IV. — ESTHER, ÉLISE, LE CHŒUR

ESTHER

                O mon souverain roi ;
Me voici donc tremblante et seule devant toi !
Mon père.mille fois m'a dit dans mon enfance
Qu'avec nous tu juras une sainte alliance,
Quand, pour te faire un peuple agréable à tes yeux,
Il plut à ton amour de choisir nos aïeux :
Même tu leur promis de ta bouche sacrée
Une prospérité d'éternelle durée.
Hélas ! ce peuple ingrat a méprisé ta loi ;
La nation chérie a violé sa foi ;
Elle a répudié son époux et son père,
Pour rendre à d'autres dieux un honneur adultère :
Maintenant elle sert sous un maître étranger.
Mais c'est peu d'être esclave, on la veut égorger :
Nos superbes vainqueurs, insultant à nos larmes,
Imputent à leurs dieux le bonheur de leurs armes,
Et veulent aujourd'hui qu'un même coup mortel

Abolisse ton nom, ton peuple et ton autel.
Ainsi donc un perfide, après tant de miracles,
Pourroit anéantir la foi de tes oracles,
Raviroit aux mortels le plus cher de tes dons,
Le saint que tu promets, et que nous attendons ?
Non, non, ne souffre pas que ces peuples farouches,
Ivres de notre sang, ferment les seules bouches
Qui dans tout l'univers célèbrent tes bienfaits ;
Et confonds tous ces dieux qui ne furent jamais.
Pour moi, que tu retiens parmi ces infidèles,
Tu sais combien je hais leurs fêtes criminelles,
Et que je mets au rang des profanations
Leur table, leurs festins et leurs libations ;
Que même cette pompe où je suis condamnée,
Ce bandeau dont il faut que je paroisse ornée
Dans ces jours solennels à l'orgueil dédiés,
Seule et dans le secret, je le foule à mes pieds ;
Qu'à ces vains ornements je préfère la cendre,
Et n'ai de goût qu'aux pleurs que tu me vois répandre.
J'attendois le moment marqué dans ton arrêt,
Pour oser de ton peuple embrasser l'intérêt.
Ce moment est venu : ma prompte obéissance
Va d'un roi redoutable affronter la présence.
C'est pour toi que je marche : accompagne mes pas
Devant ce fier lion qui ne te connoît pas ;
Commande en me voyant que son courroux s'apaise,
Et prête à mes discours un charme qui lui plaise :
Les orages, les vents, les cieux te sont soumis ;
Tourne enfin sa fureur contre nos ennemis.

SCÈNE V. — LE CHŒUR

(Toute cette scène est chantée.)

UNE ISRAÉLITE, *seule.*

Pleurons et gémissons, mes fidèles compagnes ;
A nos sanglots donnons un libre cours ;

Levons les yeux vers les saintes montagnes
D'où l'innocence attend tout son secours.
O mortelles alarmes !
Tout Israël périt. Pleurez, mes tristes yeux,
Il ne fut jamais sous les cieux
Un si juste sujet de larmes.

TOUT LE CHŒUR
O mortelles alarmes !

UNE AUTRE ISRAÉLITE
N'étoit-ce pas assez qu'un vainqueur odieux
De l'auguste Sion eût détruit tous les charmes,
Et traîne ses enfants captifs en mille lieux ?

TOUT LE CHŒUR
O mortelles alarmes !

LA MÊME ISRAÉLITE
Foibles agneaux livrés à des loups furieux,
Nos soupirs sont nos seules armes.

TOUT LE CHŒUR
O mortelles alarmes !

UNE ISRAÉLITE
Arrachons, déchirons tous ces vains ornements
Qui parent notre tête.

UNE AUTRE
Revêtons-nous d'habillements
Conformes à l'horrible fête
Que l'impie Aman nous apprête.

TOUT LE CHŒUR
Arrachons, déchirons tous ces vains ornements
Qui parent notre tête.

UNE ISRAÉLITE, *seule.*
Quel carnage de toutes parts !
On égorge à la fois les enfants, les vieillards,
Et la sœur, et le frère,
Et la fille, et la mère,

Le fils dans les bras de son père !
Que de corps entassés ! Que de membres épars,
Privés de sépultures !
Grand Dieu ! tes saints sont la pâture
Des tigres et des léopards.

UNE DES PLUS JEUNES ISRAÉLITES

Hélas ! si jeune encore,
Par quel crime ai-je pu mériter mon malheur ?
Ma vie à peine a commencé d'éclore :
Je tomberai comme une fleur
Qui n'a vu qu'une aurore.
Hélas ! si jeune encore,
Par quel crime ai-je pu mériter mon malheur ?

UNE AUTRE

Des offenses d'autrui malheureuses victimes,
Que nous servent, hélas ! ces regrets superflus ?
Nos pères ont péché, nos pères ne sont plus,
Et nous portons la peine de leurs crimes.

TOUT LE CHŒUR

Le Dieu que nous servons est le Dieu des combats :
Non, non, il ne souffrira pas
Qu'on égorge ainsi l'innocence.

UNE ISRAÉLITE, *seule*.

Hé quoi ! diroit l'impiété,
Où donc est-il ce Dieu si redouté
Dont Israël nous vantoit la puissance ?

UNE AUTRE

Ce Dieu jaloux, ce dieu victorieux,
Frémissez, peuples de la terre,
Ce Dieu jaloux, ce Dieu victorieux,
Est le seul qui commande aux cieux :
Ni les éclairs ni le tonnerre
N'obéissent point à vos dieux.

UNE AUTRE

Il renverse l'audacieux.

UNE AUTRE

Il prend l'humble sous sa défense.

TOUT LE CHŒUR

Le Dieu que nous servons est le Dieu des combats
Non, non, il ne souffrira pas
Qu'on égorge ainsi l'innocence.

DEUX ISRAÉLITES

O Dieu, que la gloire couronne,
Dieu, que la lumière environne,
Qui voles sur l'aile des vents,
Et dont le trône est porté par les anges ;

DEUX AUTRES DES PLUS JEUNES

Dieu, qui veux bien que de simples enfants
Avec eux chantent tes louanges ;

TOUT LE CHŒUR

Tu vois nos pressants dangers :
Donne à ton nom la victoire :
Ne souffre point que ta gloire
Passe à des dieux étrangers.

UNE ISRAÉLITE, *seule.*

Arme-toi, viens nous défendre.
Descends, tel qu'autrefois la mer te vit descendre.
Que les méchants apprennent aujourd'hui
A craindre ta colère :
Qu'ils soient comme la poudre et la paille légère
Que le vent chasse devant lui.

TOUT LE CHŒUR

Tu vois nos pressants dangers :
Donne à ton nom la victoire ;
Ne souffre point que ta gloire
Passe à des dieux étrangers.

ACTE DEUXIÈME

Le Théâtre représente la chambre où est le trône d'Assuérus.

SCÈNE I. — AMAN, HYDASPE

AMAN

Hé quoi ! lorsque le jour ne commence qu'à luire,
Dans ce lieu redoutable oses-tu m'introduire ?

HYDASPE

Vous savez qu'on s'en peut reposer sur **ma** foi ;
Que ces portes, seigneur, n'obéissent qu'à moi :
Venez. Partout ailleurs on pourroit nous entendre.

AMAN

Seigneur, de vos bienfaits mille fois honoré,
Je me souviens toujours que je vous ai juré
D'exposer à vos yeux, par des avis sincères,
Tout ce que ce palais renferme de mystères.
Le roi d'un noir chagrin paroît enveloppé :
Quelque songe effrayant cette nuit l'a frappé.
Pendant que tout gardoit un silence paisible,
Sa voix s'est fait entendre avec un cri terrible :
J'ai couru. Le désordre étoit dans ses discours :
Il s'est plaint d'un péril qui menaçoit ses jours :
Il parloit d'ennemi, de ravisseur farouche ;
Même le nom d'Esther est sorti de sa bouche.
Il a dans ces horreurs passé toute la nuit.
Enfin, las d'appeler un sommeil qui le fuit,
Pour écarter de lui ces images funèbres,
Il s'est fait apporter ces annales célèbres

Où les faits de son règne, avec soin amassés,
Par de fidèles mains chaque jour sont tracés ;
On y conserve écrits le service et l'offense,
Monuments éternels d'amour et de vengeance,
Le roi, que j'ai laissé plus calme dans son lit,
D'une oreille attentive écoute ce récit.

AMAN

De quel temps de sa vie a-t-il choisi l'histoire ?

HYDASPE

Il revoit tous ces temps si remplis de sa gloire,
Depuis le fameux jour qu'au trône de Cyrus
Le choix du sort plaça l'heureux Assuérus.

AMAN

Ce songe, Hydaspe, est donc sorti de son idée ?

HYDASPE

Entre tous les devins fameux dans la Chaldée,
Il a fait assembler ceux qui savent le mieux
Lire en un songe obscur les volontés des cieux...
Mais quel trouble vous-même aujourd'hui vous agite ?
Votre âme en m'écoutant paroît toute interdite ;
L'heureux Aman a-t-il quelques secrets ennuis ?

AMAN

Peux-tu le demander dans la place où je suis ?
Haï, craint, envié, souvent plus misérable
Que tous les malheureux que mon pouvoir accable !

HYDASPE

Hé ! qui jamais du ciel eut des regards plus doux ?
Vous voyez l'univers prosterné devant vous.

AMAN

L'univers ! Tous les jours un homme... un vil esclave
D'un front audacieux me dédaigne et me brave.

HYDASPE

Quel est cet ennemi de l'État et du roi ?

AMAN

Le nom de Mardochée est-il connu de toi ?

HYDASPE

Qui ? ce chef d'une race abominable, impie ?

AMAN

Oui, lui-même.

HYDASPE

Hé, seigneur ! d'une si belle vie
Un si foible ennemi peut-il troubler la paix ?

AMAN

L'insolent devant moi ne se courba jamais.
En vain de la faveur du plus grand des monarques
Tout révère à genoux les glorieuses marques ;
Lorsque d'un saint respect tous les Persans touchés
N'osent lever leurs fronts à la terre attachés,
Lui, fièrement assis, et la tête immobile,
Traite tous ces honneurs d'impiété servile,
Présente à mes regards un front séditieux,
Et ne daigneroit pas au moins baisser les yeux !
Du palais cependant il assiège la porte :
A quelque heure que j'entre, Hydaspe, ou que je sorte,
Son visage odieux m'afflige et me poursuit ;
Et mon esprit troublé le voit encor la nuit.
Ce matin j'ai voulu devancer la lumière :
Je l'ai trouvé couvert d'une affreuse poussière,
Revêtu de lambeaux, tout pâle ; mais son œil
Conservoit sous la cendre encor le même orgueil.
D'où lui vient, cher ami, cette impudente audace ?
Toi, qui dans ce palais vois tout ce qui se passe,
Crois-tu que quelque voix ose parler pour lui ?
Sur quel roseau fragile a-t-il mis son appui ?

HYDASPE

Seigneur, vous le savez, son avis salutaire
Découvrit de Tharès le complot sanguinaire.
Le roi promit alors de le récompenser.
Le roi depuis ce temps paroît n'y plus penser.

AMAN

Non, il faut à tes yeux dépouiller l'artifice.
J'ai su de mon destin corriger l'injustice :
Dans les mains des Persans jeune enfant apporté,
Je gouverne l'empire où je fus acheté ;
Mes richesses des rois égalent l'opulence ;
Environné d'enfants, soutiens de ma puissance,
Il ne manque à mon front que le bandeau royal.
Cependant (des mortels aveuglement fatal !)
De cet amas d'honneurs la douceur passagère
Fait sur mon cœur à peine une atteinte légère ;
Mais Mardochée, assis aux portes du palais,
Dans ce cœur malheureux enfonce mille traits ;
Et toute ma grandeur me devient insipide,
Tandis que le soleil éclaire ce perfide.

HYDASPE

Vous serez de sa vue affranchi dans dix jours.
La nation entière est promise aux vautours.

AMAN

Ah ! que ce temps est long à mon impatience !
C'est lui, je te veux bien confier ma vengeance,
C'est lui qui, devant moi, refusant de ployer,
Les a livrés au bras qui les va foudroyer.
C'étoit trop peu pour moi d'une telle victime :
La vengeance trop foible attire un second crime.
Un homme tel qu'Aman, lorsqu'on l'ose irriter,
Dans sa juste fureur ne peut trop éclater.
Il faut des châtiments dont l'univers frémisse ;
Qu'on tremble en comparant l'offense et le supplice ;
Que les peuples entiers dans le sang soient noyés.
Je veux qu'on dise un jour aux siècles effrayés :
« Il fut des Juifs, il fut une insolente race ;
« Répandus sur la terre, ils en couvroient la face ;
« Un seul osa d'Aman attirer le courroux,
« Aussitôt de la terre ils disparurent tous ».

HYDASPE

Ce n'est donc pas seigneur, le sang amalécite,
Dont la voix à les perdre en secret vous excite ?

AMAN

Je sais que, descendu de ce sang malheureux,
Une éternelle haine a dû m'armer contre eux ;
Qu'ils firent d'Amalec un indigne carnage ;
Que, jusqu'aux vils troupeaux, tout éprouva leur rage ;
Qu'un déplorable reste à peine fut sauvé ;
Mais, crois-moi, dans le rang où je suis élevé,
Mon âme, à ma grandeur tout entière attachée,
Des intérêts du sang est foiblement touchée.
Mardochée est coupable ; et que faut-il de plus ?
Je prévins donc contre eux l'esprit d'Assuérus ;
J'inventai des couleurs, j'armai la calomnie,
J'intéressai sa gloire : il trembla pour sa vie.
Je les peignis puissants, riches, séditieux ;
Leur dieu même ennemi de tous les autres dieux.
« Jusqu'à quand souffre-t-on que ce peuple respire,
« Et d'un culte profane infecte votre empire ?
« Étrangers dans la Perse, à nos lois opposés,
« Du reste des humains ils semblent divisés,
« N'aspirent qu'à troubler le repos où nous sommes,
« Et, détestés partout, détestent tous les hommes.
« Prévenez, punissez leurs insolents efforts ;
« De leur dépouille enfin grossissez vos trésors. »
Je dis, et l'on me crut. Le roi, dès l'heure même,
Mit dans ma main le sceau de son pouvoir suprême :
« Assure, me dit-il, le repos de ton roi ;
« Va, perds ces malheureux : leur dépouille est à toi ».
Toute la nation fut ainsi condamnée.
Du carnage avec lui je réglai la journée.
Mais de ce traître enfin le trépas différé
Fait trop souffrir mon cœur de son sang altéré.
Un je ne sais quel trouble empoisonne ma joie.
Pourquoi dix jours encor faut-il que je le voie ?

HYDASPE

Et ne pouvez-vous pas d'un mot l'exterminer ?
Dites au roi, seigneur, de vous l'abandonner.

AMAN

Je viens pour épier le moment favorable.
Tu connois, comme moi, ce prince inexorable :
Tu sais combien, terrible en ses soudains transports,
De nos desseins souvent il rompt tous les ressorts.
Mais à me tourmenter ma crainte est trop subtile :
Mardochée à ses yeux est une âme trop vile.

HYDASPE

Que tardez-vous ? Allez, et faites promptement
Élever de sa mort le honteux instrument.

AMAN

J'entends du bruit ; je sors. Toi, si le roi m'appelle...

HYDASPE

Il suffit.

SCÈNE II. — ASSUÉRUS, HYDASPE, ASAPH,
SUITE D'ASSUÉRUS

ASSUÉRUS

Ainsi donc, sans cet avis fidèle,
Deux traîtres dans son lit assassinoient leur roi ?
Qu'on me laisse, et qu'Asaph seul demeure avec moi.

SCÈNE III. — ASSUÉRUS, ASAPH

ASSUÉRUS, *assis sur son trône.*

Je veux bien l'avouer : de ce couple perfide
J'avois presque oublié l'attentat parricide ;
Et j'ai pâli deux fois au terrible récit
Qui vient d'en retracer l'image à mon esprit.
Je vois de quel succès leur fureur fut suivie,

Et que dans les tourments ils laissèrent la vie ;
Mais ce sujet zélé qui, d'un œil si subtil,
Sut de leur noir complot développer le fil,
Qui me montra sur moi leur main déjà levée,
Enfin par qui la Perse avec moi fut sauvée,
Quel honneur pour sa foi, quel prix a-t-il reçu ?

ASAPH

On lui promit beaucoup : c'est tout ce que j'ai su.

ASSUÉRUS

O d'un si grand service oubli trop condamnable !
Des embarras du trône effet inévitable !
De soins tumultueux un prince environné
Vers de nouveaux objets est sans cesse entraîné ;
L'avenir l'inquiète, et le présent le frappe ;
Mais, plus prompt que l'éclair, le passé nous échappe :
Et de tant de mortels à toute heure empressés
A nous faire valoir leurs soins intéressés,
Il ne s'en trouve point qui, touchés d'un vrai zèle,
Prennent à notre gloire un intérêt fidèle,
Du mérite oublié nous fassent souvenir,
Trop prompts à nous parler de ce qu'il faut punir.
Ah ! que plutôt l'injure échappe à ma vengeance,
Qu'un si rare bienfait à ma reconnoissance !
Et qui voudroit jamais s'exposer pour son roi ?
Ce mortel qui montra tant de zèle pour moi
Vit-il encore ?

ASAPH

Il voit l'astre qui vous éclaire.

ASSUÉRUS

Et que n'a-t-il plus tôt demandé son salaire ?
Quel pays reculé le cache à mes bienfaits ?

ASAPH

Assis le plus souvent aux portes du palais,
Sans se plaindre de vous ni de sa destinée,
Il y traîne, seigneur, sa vie infortunée.

ASSUÉRUS

Et je dois d'autant moins oublier la vertu,
Qu'elle-même s'oublie. Il se nomme, dis-tu ?

ASAPH

Mardochée est le nom que je viens de vous lire.

ASSUÉRUS

Et son pays ?

ASAPH

Seigneur, puisqu'il faut vous le dire,
C'est un de ces captifs à périr destinés,
Des rives du Jourdain sur l'Euphrate amenés.

ASSUÉRUS

Il est donc Juif ? O ciel, sur le point que la vie
Par mes propres sujets m'alloit être ravie,
Un Juif rend par ses soins leurs efforts impuissants !
Un Juif m'a préservé du glaive des Persans !
Mais, puisqu'il m'a sauvé, quel qu'il soit, il n'importe.
Holà, quelqu'un !

SCÈNE IV. — ASSUÉRUS, HYDASPE, ASAPH

HYDASPE

Seigneur !

ASSUÉRUS

Regarde à cette porte,
Vois s'il s'offre à tes yeux quelque grand de ma cour.

HYDASPE

Aman à votre porte a devancé le jour.

ASSUÉRUS

Qu'il entre ? Ses avis m'éclaireront peut-être.

SCÈNE V. — ASSUÉRUS, AMAN, HYDASPE, ASAPH

ASSUÉRUS

Approche, heureux appui du trône de ton maître,
Ame de mes conseils, et qui seul tant de fois
Du sceptre dans ma main as soulagé le poids.
Un reproche secret embarrasse mon âme.
Je sais combien est pur le zèle qui t'enflamme :
Le mensonge jamais n'entra dans tes discours,
Et mon intérêt seul est le but où tu cours.
Dis-moi donc : que doit faire un prince magnanime
Qui veut combler d'honneurs un sujet qu'il estime ?
Par quel gage éclatant, et digne d'un grand roi,
Puis-je récompenser le mérite et la foi ?
Ne donne point de borne à ma reconnoissance :
Mesure tes conseils sur ma vaste puissance.

AMAN, *tout bas.*

C'est pour toi-même, Aman, que tu vas prononcer ;
Et quel autre que toi peut-on récompenser ?

ASSUÉRUS

Que penses-tu ?

AMAN

Seigneur, je cherche, j'envisage
Des monarques persans la conduite et l'usage :
Mais à mes yeux en vain je les rappelle tous ;
Pour vous régler sur eux, que sont-ils près de vous ?
Votre règne aux neveux doit servir de modèle.
Vous voulez d'un sujet reconnoître le zèle :
L'honneur seul peut flatter un esprit généreux :
Je voudrois donc, seigneur, que ce mortel heureux,
De la pourpre aujourd'hui paré comme vous-même,
Et portant sur le front le sacré diadème,
Sur un de vos coursiers pompeusement orné,
Aux yeux de vos sujets dans Suse fût mené ;
Que, pour comble de gloire et de magnificence,

Un seigneur éminent en richesse, en puissance,
Enfin de votre empire après vous le premier,
Par la bride guidât son superbe coursier ;
Et lui-même, marchant en habits magnifiques,
Criât à haute voix dans les places publiques :
« Mortels, prosternez-vous : c'est ainsi que le roi
« Honore le mérite, et couronne la foi ».

ASSUÉRUS

Je vois que la sagesse elle-même t'inspire.
Avec mes volontés ton sentiment conspire.
Va, ne perds point de temps : ce que tu m'as dicté,
Je veux de point en point qu'il soit exécuté.
La vertu dans l'oubli ne sera plus cachée.
Aux portes du palais prends le Juif Mardochée :
C'est lui que je prétends honorer aujourd'hui ;
Ordonne son triomphe, et marche devant lui ;
Que Suse par ta voix de son nom retentisse,
Et fais à son aspect que tout genou fléchisse.
Sortez tous.

AMAN

    Dieux !

SCÈNE VI. — ASSUÉRUS

                Le prix est sans doute inouï :
Jamais d'un tel honneur un sujet n'a joui ;
Mais plus la récompense est grande et glorieuse,
Plus même de ce Juif la race est odieuse,
Plus j'assure ma vie, et montre avec éclat
Combien Assuérus redoute d'être ingrat.
On verra l'innocent discerné du coupable :
Je n'en perdrai pas moins ce peuple abominable,
Leurs crimes...

SCÈNE VII. — ASSUÉRUS, ESTHER, ÉLISE, THAMAR, PARTIE DU CHŒUR

(Esther entre s'appuyant sur Elise ; quatre Israélites soutiennent sa robe)

ASSUÉRUS

Sans mon ordre on porte ici ses pas !
Quel mortel insolent vient chercher le trépas ?
Gardes... C'est vous, Esther ? Quoi ! sans être attendue ?

ESTHER

Mes filles, soutenez votre reine éperdue :
Je me meurs...
(Elle tombe évanouie)

ASSUÉRUS

Dieux puissants ! quelle étrange pâleur
De son teint tout à coup efface la couleur !
Esther, que craignez-vous ? Suis-je pas votre frère ?
Est-ce pour vous qu'est fait un ordre si sévère ?
Vivez : le sceptre d'or que vous tend cette main
Pour vous de ma clémence est un gage certain.

ESTHER

Quelle voix salutaire ordonne que je vive,
Et rappelle en mon sein mon âme fugitive ?

ASSUÉRUS

Ne connoissez-vous point la voix de votre époux ?
Encore un coup, vivez, et revenez à vous.

ESTHER

Seigneur, je n'ai jamais contemplé qu'avec crainte
L'auguste majesté sur votre front empreinte ;
Jugez combien ce front irrité contre moi
Dans mon âme troublée a dû jeter d'effroi :
Sur ce trône sacré qu'environne la foudre
J'ai cru vous voir tout prêt à me réduire en poudre.
Hélas ! sans frissonner, quel cœur audacieux

Soutiendroit les éclairs qui partoient de vos yeux ?
Ainsi du Dieu vivant la colère étincelle...

ASSUÉRUS

O soleil ! ô flambeau de lumière immortelle !
Je me trouble moi-même ; et sans frémissement
Je ne puis voir sa peine et son saisissement.
Calmez, reine, calmez la frayeur qui vous presse.
Du cœur d'Assuérus souveraine maîtresse,
Éprouvez seulement son ardente amitié.
Faut-il de mes États vous donner la moitié ?

ESTHER

Eh ! se peut-il qu'un roi craint de la terre entière,
Devant qui tout fléchit et baise la poussière,
Jette sur son esclave un   regard si serein,
Et m'offre sur son cœur un pouvoir souverain ?

ASSUÉRUS

Croyez-moi, chère Esther, ce sceptre, cet empire,
Et ces profonds respects que la terreur inspire,
A leur pompeux éclat mêlent peu de douceur,
Et fatiguent souvent leur triste possesseur.
Je ne trouve qu'en vous je ne sais quel grâce
Qui me charme toujours et jamais ne me lasse.
De l'aimable vertu doux et puissants attraits !
Tout respire en Esther l'innocence et la paix.
Du chagrin le plus noir elle écarte les ombres,
Et fait des jours sereins de mes jours les plus sombres ;
Que dis-je ? sur ce trône assis auprès de vous,
Des astres ennemis j'en crains moins le courroux,
Et crois que votre front prête à mon diadème
Un éclat qui le rend respectable aux dieux même.
Osez donc me répondre, et ne me cachez pas
Quel sujet important conduit ici vos pas.
Quel intérêt, quels soins vous agitent, vous pressent ?
Je vois qu'en m'écoutant vos yeux au ciel s'adressent.
Parlez : de vos désirs le succès est certain
Si ce succès dépend d'une mortelle main.

ESTHER

O bonté qui m'assure autant qu'elle m'honore,
Un intérêt pressant veut que je vous implore :
J'attends ou mon malheur ou ma félicité.
Et tout dépend, seigneur, de votre volonté.
Un mot de votre bouche, en terminant mes peines,
Peut rendre Esther heureuse entre toutes les reines.

ASSUÉRUS

Ah ! que vous enflammez mon désir curieux !

ESTHER

Seigneur, si j'ai trouvé grâce devant vos yeux,
Si jamais à mes vœux vous fûtes favorable,
Permettez, avant tout, qu'Esther puisse à sa table
Recevoir aujourd'hui son souverain seigneur,
Et qu'Aman soit admis à cet excès d'honneur.
J'oserai devant lui rompre ce grand silence ;
Et j'ai pour m'expliquer besoin de sa présence.

ASSUÉRUS

Dans quelle inquiétude, Esther, vous me jetez ;
Toutefois qu'il soit fait comme vous souhaitez.
                    (A ceux de sa suite.)
Vous, que l'on cherche Aman ; et qu'on lui fasse entendre
Qu'invité chez la reine il ait soin de s'y rendre.

SCÈNE VIII. —ASSUÉRUS, ESTHER, ÉLISE, THAMAR,
          HYDASPE, PARTIE DU CHŒUR

HYDASPE

Les savants Chaldéens, par votre ordre appelés,
Dans cet appartement, seigneur, sont assemblés.

ASSUÉRUS

Princesse, un songe étrange occupe ma pensée ;
Vous-même en leur réponse êtes intéressée.
Venez, derrière un voile écoutant leurs discours,

" Dieux puissants ! quelle étrange pâleur "
" De son teint tout à coup, efface la couleur "

(ESTHER, acte II, scène VII)

De vos propres clartés me prêter le secours.
Je crains pour vous, pour moi, quelque ennemi perfide.

ESTHER

Suis-moi, Thamar. Et vous, troupe jeune et timide,
Sans craindre ici les yeux d'une profane cour,
A l'abri de ce trône attendez mon retour.

SCÈNE IX. — ÉLISE, Partie du chœur
(Cette scène est partie déclamée et partie chantée.)

ÉLISE

Que vous semble, mes sœurs, de l'état où nous sommes ?
    D'Esther, d'Aman, qui le doit emporter ?
        Est-ce Dieu, sont-ce les hommes,
        Dont les œuvres vont éclater ?
    Vous avez vu quelle ardente colère
Allumoit de ce roi le visage sévère.

UNE DES ISRAÉLITES

Des éclairs de ses yeux l'œil étoit ébloui.

UNE AUTRE

Et sa voix m'a paru comme un tonnerre horrible.

ÉLISE

    Comment ce courroux si terrible
    En un moment s'est-il évanoui ?

UNE DES ISRAÉLITES *chante.*

Un moment a changé ce courage inflexible :
Le lion rugissant est un agneau paisible.
Dieu, notre Dieu sans doute a versé dans son cœur
        Cet esprit de douceur.

LE CHŒUR *chante.*

Dieu, notre Dieu sans doute a versé dans son cœur
        Cet esprit de douceur.

LA MÊME ISRAÉLITE *chante.*
Tel qu'un ruisseau docile.
Obéit à la main qui détourne son cours,
Et, laissant ses eaux partager le secours,
Va rendre tout un champ fertile,
Dieu, de nos volontés arbitre souverain,
Le cœur des rois est ainsi dans ta main !

ÉLISE
Ah ! que je crains, mes sœurs, les funestes nuages
Qui de ce prince obscurcissent les yeux !
Comme il est aveuglé du culte de ses dieux !

UNE ISRAÉLITE
Il n'atteste jamais que leurs noms odieux.

UNE AUTRE
Aux feux inanimés dont se parent les cieux,
Il rend de profanes hommages.

LE CHŒUR *chante.*
Malheureux ! vous quittez le maître des humains,
Pour adorer l'ouvrage de vos mains !

UNE ISRAÉLITE *chante.*
Dieu d'Israël, dissipe enfin cette ombre :
Des larmes de tes saints quand seras-tu touché ?
Quand sera le voile arraché
Qui sur tout l'univers jette une nuit si sombre ?
Dieu d'Israël, dissipe enfin cette ombre :
Jusqu'à quand seras-tu caché ?

UNE DES PLUS JEUNES ISRAÉLITES
Parlons plus bas, mes sœurs. Ciel ! si quelque infidèle
Écoutant nos discours, nous alloit déceler !

ÉLISE
Quoi ! fille d'Abraham, une crainte mortelle
Semble déjà vous faire chanceler ?
Hé ! si l'impie Aman, dans sa main homicide,
Faisant luire à vos yeux un glaive menaçant,

A blasphémer le nom du Tout-Puissant
Vouloit forcer votre bouche timide ?

UNE AUTRE ISRAÉLITE

Peut-être Assuérus, frémissant de courroux,
        Si nous ne courbons les genoux
        Devant une muette idole,
        Commandera qu'on nous immole.
        Chère sœur, que choisirez-vous ?

LA JEUNE ISRAÉLITE

    Moi ! je pourrois trahir le Dieu que j'aime ?
J'adorerois un dieu sans force et sans vertu,
    Reste d'un tronc par les vents abattu,
        Qui ne peut se sauver lui-même !

LE CHŒUR *chante.*

Dieux impuissants, dieux sourds, tous ceux qui vous implorent
        Ne seront jamais entendus.
    Que les démons, et ceux qui les adorent,
    Soient à jamais détruits et confondus !

UNE ISRAÉLITE *chante.*

Que ma bouche et mon cœur, et tout ce que je suis,
Rendent honneur au Dieu qui m'a donné la vie.
        Dans les craintes, dans les ennuis,
    En ses bontés mon âme se confie.
Veut-il par mon trépas que je le glorifie ?
Que ma bouche et mon cœur, et tout ce que je suis,
Rendent honneur au Dieu qui m'a donné la vie.

ÉLISE

Je n'admirai jamais la gloire de l'impie.

UNE AUTRE ISRAÉLITE

Au bonheur du méchant qu'une autre porte envie.

ÉLISE

    Tous ses jours paroissent charmants,
        L'or éclate en ses vêtements ;
Son orgueil est sans borne ainsi que sa richesse ;

Jamais l'air n'est troublé de ses gémissements,
Il s'endort, il s'éveille au son des instruments :
Son cœur nage dans la mollesse.

UNE AUTRE ISRAÉLITE
Pour comble de postérité,
Il espère revivre en sa postérité ;
Et d'enfants à sa table une riante troupe
Semble boire avec lui la joie à pleine coupe.
(Tout le reste est chanté.)

LE CHŒUR
Heureux, dit-on, le peuple florissant
Sur qui ces biens coulent en abondance !
Plus heureux le peuple innocent
Qui dans le Dieu du ciel a mis sa confiance !

UNE ISRAÉLITE, seule.
Pour contenter ses frivoles désirs,
L'homme insensé vainement se consume :
Il trouve l'amertume
Au milieu des plaisirs.

UNE AUTRE, seule.
Le bonheur de l'impie est toujours agité ;
Il erre à la merci de sa propre inconstance.
Ne cherchons la félicité
Que dans la paix de l'innocence.

LA MÊME, avec une autre.
O douce paix !
O lumière éternelle !
Beauté toujours nouvelle,
Heureux le cœur épris de tes attraits !
O douce paix !
O lumière éternelle !
Heureux le cœur qui ne te perd jamais !

LE CHŒUR
O douce paix !
O lumière éternelle !

Beauté toujours nouvelle,
O douce paix !
Heureux le cœur qui ne te perd jamais !

LA MÊME, *seule*.

Nulle paix pour l'impie : il la cherche, elle fuit ;
Et le calme en son cœur ne trouve point de place.
Le glaive au dehors le poursuit ;
Le remords au dedans le glace.

UNE AUTRE

La gloire des méchants en un moment s'éteint :
L'affreux tombeau pour jamais les dévore.
Il n'en est pas ainsi de celui qui te craint ;
Il renaîtra, mon Dieu, plus brillant que l'aurore.

LE CHŒUR

O douce paix !
Heureux le cœur qui ne te perd jamais !

ÉLISE, *sans chanter*.

Mes sœurs, j'entends du bruit dans la chambre prochaine :
On nous appelle : allons rejoindre notre reine.

ACTE TROISIÈME

*Le Théâtre représente les jardins d'Esther, et un des côtés du salon
ou se fait le festin.*

SCÈNE I. — AMAN, ZARÈS

ZARÈS

C'est donc ici d'Esther le superbe jardin,
Et ce salon pompeux est le lieu du festin.
Mais, tandis que la porte en est encor fermée,
Écoutez les conseils d'une épouse alarmée.
Au nom du sacré nœud qui me lie avec vous,
Dissimulez, seigneur, cet aveugle courroux ;
Éclaircissez ce front où la tristesse est peinte :
Les rois craignent surtout le reproche et la plainte.
Seul entre tous les grands par la reine invité,
Ressentez donc aussi cette félicité.
Si le mal vous aigrit, que le bienfait vous touche,
Je l'ai cent fois appris de votre propre bouche :
Quiconque ne sait pas dévorer un affront,
Ni de fausses couleurs se déguiser le front,
Loin de l'aspect des rois qu'il s'écarte, qu'il fuie !
Il est des contre-temps qu'il faut qu'un sage essuie :
Souvent avec prudence un outrage enduré
Aux honneurs les plus hauts a servi de degré.

AMAN

O douleur ! ô supplice affreux à la pensée !
O honte qui jamais ne peut être effacée !
Un exécrable Juif, l'opprobre des humains,
S'est donc vu de la pourpre habillé par mes mains !

C'est peu qu'il ait sur moi remporté la victoire ;
Malheureux, j'ai servi de héraut à sa gloire !
Le traître ! il insultoit à ma confusion ;
Et tout le peuple même, avec dérision,
Observant la rougeur qui couvroit mon visage,
De ma chute certaine en tiroit le présage,
Roi cruel ! ce sont là les jeux où tu te plais.
Tu ne m'as prodigué tes perfides bienfaits
Que pour me faire mieux sentir ta tyrannie,
Et m'accabler enfin de plus d'ignominie.

ZARÈS

Pourquoi juger si mal de son intention ?
Il croit récompenser une bonne action.
Ne faut-il pas, seigneur, s'étonner au contraire
Qu'il en ait si longtemps différé le salaire ?
Du reste, il n'a rien fait que par votre conseil.
Vous-même avez dicté tout ce triste appareil :
Vous êtes après lui le premier de l'empire.
Sait-il toute l'horreur que ce Juif vous inspire ?

AMAN

Il sait qu'il me doit tout, et que, pour sa grandeur,
J'ai foulé sous les pieds remords, crainte, pudeur ;
Qu'avec un cœur d'airain exerçant sa puissance,
J'ai fait taire les lois et gémir l'innocence ;
Que pour lui, des Persans bravant l'aversion,
J'ai chéri, j'ai cherché la malédiction :
Et, pour prix de ma vie à leur haine exposée,
Le barbare aujourd'hui m'expose à leur risée !

ZARÈS

Seigneur, nous sommes seuls. Que sert de se flatter ?
Ce zèle que pour lui vous fîtes éclater,
Ce soin d'immoler tout à son pouvoir suprême,
Entre nous, avoient-ils d'autre objet que vous-même ?
Et sans chercher plus loin, tous ces Juifs désolés,
N'est-ce pas à vous seul que vous les immolez ?
Et ne craignez-vous point que quelque avis funeste...

Enfin la cour nous hait, le peuple nous déteste.
Ce Juif même, il le faut confesser malgré moi,
Ce Juif, comblé d'honneurs, me cause quelque effroi.
Les malheurs sont souvent enchaînés l'un à l'autre,
Et sa race toujours fut fatale à la vôtre.
De ce léger affront songez à profiter.
Peut-être la fortune est prête à vous quitter ;
Aux plus affreux excès son inconstance passe :
Prévenez son caprice avant qu'elle se lasse.
Où tendez-vous plus haut ? Je frémis quand je voi
Les abîmes profonds qui s'offrent devant moi :
La chute désormais ne peut-être qu'horrible.
Osez chercher ailleurs un destin plus paisible :
Regagnez l'Hellespont et ces bords écartés
Où vos aïeux errants jadis furent jetés,
Lorsque des Juifs contre eux la vengeance allumée
Chassa tout Amalec de la triste Idumée.
Aux malices du sort enfin dérobez-vous.
Nos plus riches trésors marcheront devant nous :
Vous pouvez du départ me laisser la conduite ;
Surtout de vos enfants j'assurerai la fuite.
N'ayez soin cependant que de dissimuler.
Contente, sur vos pas vous me verrez voler :
La mer la plus terrible et la plus orageuse
Est plus sûre pour nous que cette cour trompeuse.
Mais à grands pas vers vous je vois quelqu'un marcher :
C'est Hydaspe.

SCÈNE II. — AMAN, ZARÈS, HYDASPE

HYDASPE, *à Aman*.

Seigneur, je courois vous chercher.
Votre absence en ces lieux suspend toute la joie,
Et pour vous y conduire Assuérus m'envoie.

AMAN

Et Mardochée est-il aussi de ce festin ?

HYDASPE

A la table d'Esther portez-vous ce chagrin ?
Quoi ! toujours de ce Juif l'image vous désole ?
Laissez-le s'applaudir d'un triomphe frivole.
Croit-il d'Assuérus éviter la rigueur ?
Ne possédez-vous pas son oreille et son cœur ?
On a payé le zèle, on punira le crime,
Et l'on vous a, seigneur, orné votre victime.
Je me trompe, ou vos vœux par Esther secondés
Obtiendront plus encor que vous ne demandez.

AMAN

Croirai-je le bonheur que ta bouche m'annonce ?

HYDASPE

J'ai des savants devins entendu la réponse :
Ils disent que la main d'un perfide étranger
Dans le sang de la reine est prête à se plonger ;
Et le roi, qui ne sait où trouver le coupable,
N'impute qu'aux seuls Juifs ce projet détestable.

AMAN

Oui, ce sont, cher ami, des monstres furieux :
Il faut craindre surtout leur chef audacieux.
La terre avec horreur dès longtemps les endure,
Et l'on en peut trop tôt délivrer la nature.
Ah! je respire enfin. Chère Zarès, adieu !

HYDASPE

Les compagnes d'Esther s'avancent vers ce lieu ;
Sans doute leur concert va commencer la fête.
Entrez et recevez l'honneur qu'on vous apprête.

SCÈNE III. — ÉLISE, LE CHŒUR
(Ceci se récite sans chant).

UNE DES ISRAÉLITES

C'est Aman.

UNE AUTRE

C'est lui-même, et j'en frémis, ma sœur.

LA PREMIÈRE

Mon cœur de crainte et d'horreur se resserre.

L'AUTRE

C'est d'Israël le superbe oppresseur.

LA PREMIÈRE

C'est celui qui trouble la terre.

ÉLISE

Peut-on en le voyant ne le connoître pas ?
L'orgueil et le dédain sont peints sur son visage.

UNE ISRAÉLITE

On lit dans ses regards sa fureur et sa rage.

UNE AUTRE

Je croyois voir marcher la mort devant ses pas.

UNE DES PLUS JEUNES

Je ne sais si ce tigre a reconnu sa proie :
Mais, en nous regardant, mes sœurs, il m'a semblé
Qu'il avoit dans les yeux une barbare joie
Dont tout mon sang est encore troublé.

ÉLISE

Que ce nouvel honneur va croître son audace !
Je le vois, mes sœurs, je le voi :
A la table d'Esther l'insolent près du roi
A déjà pris sa place.

UNE DES ISRAÉLITES

Ministre du festin, de grâce, dites-nous,
Quel mets à ce cruel, quel vin préparez-vous ?

UNE AUTRE

Le sang de l'orphelin,

UNE TROISIÈME

Les pleurs des misérables,

LA SECONDE

Sont ses mets les plus agréables ;

LA TROISIÈME

C'est son breuvage le plus doux.

ÉLISE

Chères sœurs, suspendez la douleur qui vous presse.
Chantons, on nous l'ordonne, et que puissent nos chants
Du cœur d'Assuérus adoucir la rudesse,
Comme autrefois David, par ses accords touchants,
Calmoit d'un roi jaloux la sauvage tristesse !
        (Tout le reste de cette scène est chantée.)

UNE ISRAÉLITE

Que le peuple est heureux,
Lorsqu'un roi généreux,
Craint dans tout l'univers, veut encore qu'on l'aime !
Heureux le peuple ! heureux le roi lui-même !

TOUT LE CHŒUR

O repos ! ô tranquillité !
O d'un parfait bonheur assurance éternelle,
Quand la suprême autorité
Dans ses conseils a toujours auprès d'elle
La justice et la vérité !
*(Ces quatre stances sont chantées alternativement par une voix
seule et par tout le chœur.)*

UNE ISRAÉLITE

Rois, chassez la calomnie !
Ses criminels attentats
Des plus paisibles États
Troublent l'heureuse harmonie.

Sa fureur, de sang avide,
Poursuit partout l'innocent.
Rois, prenez soin de l'absent
Contre sa langue homicide.

De ce monstre si farouche
Craignez la feinte douceur ;
La vengeance est dans son cœur,
Et la pitié dans sa bouche.

La fraude adroite et subtile
Sème de fleurs son chemin :
Mais sur ses pas vient enfin
Le repentir inutile.

UNE ISRAÉLITE, *seule*.

D'un souffle l'aquilon écarte les nuages,
Et chasse au loin la foudre et les orages.
Un roi sage, ennemi du langage menteur,
Écarte d'un regard le perfide imposteur.

UNE AUTRE

J'admire un roi victorieux,
Que sa valeur conduit triomphant en tous lieux :
Mais un roi sage et qui hait l'injustice,
Qui sous la loi du riche impérieux
Ne souffre point que le pauvre gémisse,
Est le plus beau présent des cieux.

UNE AUTRE

La veuve en sa défense espère,

UNE AUTRE

De l'orphelin il est le père.

TOUTES ENSEMBLE

Et les larmes du juste implorant son appui
Sont précieuses devant lui.

UNE ISRAÉLITE, *seule*.

Détourne, roi puissant, détourne tes oreilles
De tout conseil barbare et mensonger,
Il est temps que tu t'éveilles :
Dans le sang innocent ta main va se plonger
Pendant que tu sommeilles.

Détourne, roi puissant, détourne tes oreilles
De tout conseil barbare et mensonger.

UNE AUTRE

Ainsi puisse sous ton toit trembler la terre entière !
Ainsi puisse à jamais contre tes ennemis
Le bruit de ta valeur te servir de barrière !
S'ils t'attaquent, qu'ils soient en un moment soumis ;
      Que de ton bras la force les renverse ;
      Que de ton nom la terreur les disperse ;
Que tout leur camp nombreux soit devant tes soldats
      Comme d'enfants une troupe inutile ;
Et si par un chemin il entre en tes États,
      Qu'il en sorte par plus de mille.

SCÈNE IV. — ASSUÉRUS, ESTHER, AMAN, ÉLISE,
                LE CHŒUR

ASSUÉRUS, à *Esther*.

Oui, vos moindres discours ont des grâces secrètes ;
Une noble pudeur à tout ce que vous faites
Donne un prix que n'ont point ni la pourpre ni l'or.
Quel climat renfermoit un si rare trésor ?
Dans quel sein vertueux avez-vous pris naissance,
Et quelle main si sage éleva votre enfance ?
Mais dites promptement ce que vous demandez :
Tous vos désirs, Esther, vous seront accordés ;
Dussiez-vous, je l'ai dit, et veux bien le redire,
Demander la moitié de ce puissant empire.

ESTHER

Je ne m'égare point dans ces vastes désirs.
Mais, puisqu'il faut enfin expliquer mes soupirs,
Puisque mon roi lui-même à parler me convie,
            (Elle se jette aux pieds du roi.)
J'ose vous implorer, et pour ma propre vie,
Et pour les tristes jours d'un peuple infortuné
Qu'à périr avec moi vous avez condamné.

ASSUÉRUS, *la relevant.*

A périr ! Vous ! Quel peuple ? Et quel est ce mystère ?

AMAN, *tout bas.*

Je tremble !

ESTHER

Esther, seigneur, eut un Juif pour son père,
De vos ordres sanglants vous savez la rigueur.

AMAN, *à part.*

Ah dieux !

ASSUÉRUS

Ah ! de quel coup me percez-vous le cœur,
Vous la fille d'un Juif ! Hé quoi ! tout ce que j'aime,
Cette Esther, l'innocence et la sagesse même,
Que je croyois du ciel les plus chères amours,
Dans cette source impure auroit puisé ses jours ?
Malheureux !

ESTHER

Vous pourrez rejeter ma prière :
Mais je demande au moins que, pour grâce dernière,
Jusqu'à la fin, seigneur, vous m'entendiez parler,
Et que surtout Aman n'ose point me troubler.

ASSUÉRUS

Parlez.

ESTHER

O Dieu, confonds l'audace et l'imposture !
Ces Juifs, dont vous voulez délivrer la nature,
Que vous croyez, seigneur, le rebut des humains,
D'une riche contrée autrefois souverains,
Pendant qu'ils n'adoroient que le Dieu de leurs pères,
Ont vu bérir le cours de leurs destins prospères.
Ce Dieu, maître absolu de la terre et des cieux,
N'est point tel que l'erreur le figure à vos yeux :
L'Éternel est son nom, le monde est son ouvrage ;
Il entend les soupirs de l'humble qu'on outrage,
Juge tous les mortels avec d'égales lois,
Et du haut de son trône interroge les rois.

Des plus fermes États la chute épouvantable
Quand il veut, n'est qu'un jeu de sa main redoutable.
Les Juifs à d'autres dieux osèrent s'adresser :
Rois, peuples, en un jour tout se vit disperser :
Sous les Assyriens leur triste servitude
Devint le triste prix de leur ingratitude.
Mais, pour punir enfin nos maîtres à leur tour,
Dieu fit choix de Cyrus avant qu'il vît le jour,
L'appela par son nom, le promit à la terre,
Le fit naître, et soudain l'arma de son tonnerre,
Brisa les fiers remparts et les portes d'airain,
Mit des superbes rois la dépouille en sa main,
De son temple détruit vengea sur eux l'injure ;
Babylone paya nos pleurs avec usure.
Cyrus, par lui vainqueur, publia ses bienfaits,
Regarda notre peuple avec des yeux de paix,
Nous rendit et nos lois et nos fêtes divines ;
Et le temple sortoit déjà de ses ruines.
Mais, de ce roi si sage héritier insensé,
Son fils interrompit l'ouvrage commencé,
Fut sourd à nos douleurs : Dieu rejeta sa race,
Le retrancha lui-même, et vous mit en sa place.
Que n'espérions-nous point d'un roi si généreux !
Dieu regarde en pitié son peuple malheureux,
Disions-nous : un roi règne, ami de l'innocence.
Partout du nouveau prince on vantoit la clémence :
Les Juifs partout de joie en poussèrent des cris.
Ciel ! verra-t-on toujours par de cruels esprits
Des princes les plus doux l'oreille environnée,
Et du bonheur public la source empoisonnée ?
Dans le fond de la Thrace un barbare enfanté
Est venu dans ces lieux souffler la cruauté ;
Un ministre ennemi de votre propre gloire...

AMAN

De votre gloire ! Moi ? Ciel ! Le pourriez-vous croire ?
Moi, qui n'ai d'autre objet ni d'autre dieu...

ASSUÉRUS

Tais-toi !

Oses-tu donc parler sans l'ordre de ton roi ?

ESTHER

Notre ennemi cruel devant vous se déclare :
C'est lui, c'est ce ministre infidèle et barbare
Qui, d'un zèle trompeur à vos yeux revêtu,
Contre notre innocence arma votre vertu.
Et quel autre, grand Dieu ! qu'un Scythe impitoyable,
Auroit de tant d'horreurs dicté l'ordre effroyable ?
Partout l'affreux signal en même temps donné
De meutres remplira l'univers étonné :
On verra, sous le nom du plus juste des princes,
Un perfide étranger désoler vos provinces,
Et dans ce palais même, en proie à son courroux,
Le sang de vos sujets regorger jusqu'à vous !
Et que reproche aux Juifs sa haine envenimée ?
Quelle guerre intestine avons-nous allumée ?
Les a-t-on vus marcher parmi vos ennemis ?
Fut-il jamais au joug esclaves plus soumis ?
Adorant dans leurs fers le Dieu qui les châtie,
Pendant que votre main, sur eux appesantie,
A leurs persécuteurs les livroit sans secours,
Ils conjuroient ce Dieu de veiller sur vos jours,
De rompre des méchants les trames criminelles,
De mettre votre trône à l'ombre de ses ailes,
N'en doutez point, seigneur, il fut votre soutien.
Lui seul mit à vos peids le Parthe et l'Indien,
Dissipa devant vous les innombrables Scythes,
Et renferma les mers dans vos vastes limites ;
Lui seul aux yeux d'un Juif découvrit le dessein
De deux traîtres tout prêts à vous percer le sein.
Hélas ! ce Juif jadis m'adopta pour sa fille.

ASSUÉRUS

Mardochée ?

" Daignez d'un roi terrible, apaiser le courroux "

(ESTHER, acte III, scène V)

ESTHER

Il restoit seul de notre famille.
Mon père étoit son frère. Il descend comme moi
Du sang infortuné de notre premier roi.
Plein d'une juste horreur pour un Amalécite,
Race que notre Dieu de sa bouche a maudite,
Il n'a devant Aman pu fléchir les genoux,
Ni lui rendre un honneur qu'il ne croit dû qu'à vous.
De là contre les Juifs et contre Mardochée
Cette haine, seigneur, sous d'autres noms cachée.
En vain de vos bienfaits Mardochée est parée :
A la porte d'Aman est déjà préparé
D'un infâme trépas l'instrument exécrable ;
Dans une heure au plus tard ce vieillard vénérable,
Des portes du palais par son ordre arraché,
Couvert de votre pourpre y doit être attaché.

ASSUÉRUS

Quel jour mêlé d'horreur vient effrayer mon âme,
Tout mon sang de colère et de honte s'enflamme.
J'étois donc le jouet... Ciel, daigne m'éclairer !
Un moment sans témoins cherchons à respirer.
Appelez Mardochée : il faut aussi l'entendre.

(Le roi s'éloigne.)

UNE ISRAÉLITE

Vérité, que j'implore, achève de descendre !

SCÈNE V. — ESTHER, AMAN, ÉLISE, LE CHŒUR

AMAN, *à Esther.*

D'un juste étonnement je demeure frappé.
Les ennemis des Juifs m'ont trahi, m'ont trompé :
J'en atteste du ciel la puissance suprême,
En les perdant j'ai cru vous assurer vous-même.
Princesse, en leur faveur employez mon crédit :
Le roi, vous le voyez, flotte encore interdit.

Je sais par quels ressorts on le pousse, on l'arrête,
Et fais, comme il me plaît, le calme et la tempête.
Les intérêtz des Juifs déjà me sont sacrés.
Parlez : vos ennemis aussitôt massacrés,
Victimes de la foi que ma bouche vous jure,
De ma fatale erreur répareront l'injure.
Quel sang demandez-vous ?

ESTHER

Va, traître, laisse-moi !
Les Juifs n'attendent rien d'un méchant tel que toi.
Misérable ! le Dieu vengeur de l'innocence,
Tout prêt à te juger, tient déjà sa balance !
Bientôt son juste arrêt te sera prononcé.
Tremble ! son jour approche, et ton règne est passé.

AMAN

Oui, ce Dieu, je l'avoue, est un Dieu redoutable.
Mais veut-il que l'on garde une haine implacable !
C'en est fait : mon orgueil est forcé de plier ;
L'inexorable Aman est réduit à prier.
(Il se jette à ses pieds.)
Par le salut des Juifs, par ces pieds que j'embrasse,
Par ce sage vieillard, l'honneur de votre race,
Daignez d'un roi terrible apaiser le courroux ;
Sauvez Aman, qui tremble à vos sacrés genoux !

SCÈNE VI. — ASSUÉRUS, ESTHER, AMAN, ÉLISE,
LE CHŒUR, GARDES

ASSUÉRUS

Quoi ! le traître sur vous porte ses mains hardies ?
Ah ! dans ses yeux confus je lis ses perfidies,
Et son trouble, appuyant la foi de vos discours,
De tous ses attentats me rappelle le cours.
Qu'à ce monstre à l'instant l'âme soit arrachée ;
Et que devant sa porte, au lieu de Mardochée,

Apaisant par sa mort et la terre et les cieux,
De mes peuples vengés il repaisse les yeux.
(Aman est emmené par les gardes.)

SCÈNE VII. — ASSUÉRUS, ESTHER, MARDOCHÉE,
ÉLISE, LE Chœur

ASSUÉRUS, *continue en s'adressant à Mardochée.*
Mortel chéri du ciel, mon salut et ma joie,
Aux conseils des méchants ton roi n'est plus en proie ;
Mes yeux sont dessillés, le crime est confondu :
Viens briller près de moi dans le rang qui t'est dû.
Je te donne d'Aman les biens et la puissance :
Possède justement son injuste opulence.
Je romps le joug funeste où les Juifs sont soumis ;
Je leur livre le sang de tous leurs ennemis ;
A l'égal des Persans je veux qu'on les honore,
Et que tout tremble au nom du Dieu qu'Esther adore.
Rebâtissez son temple, et peuplez vos cités ;
Que vos heureux enfants dans leurs solennités
Consacrent de ce jour le triomphe et la gloire
Et qu'à jamais mon nom vive dans leur mémoire.

SCÈNE VIII. — ASSUÉRUS, ESTHER, MARDOCHÉE,
ASAPH, ÉLISE, LE Chœur

ASSUÉRUS
Que veut Asaph ?

ASAPH
Seigneur, le traître est expiré,
Par le peuple en fureur à moitié déchiré.
On traîne, on va donner en spectacle funeste
De son corps tout sanglant le misérable reste.

MARDOCHÉE
Roi, qu'à jamais le ciel prenne soin de vos jours !
Le péril des Juifs presse et veut un prompt secours,

ASSUÉRUS

Oui, je t'entends. Allons, par des ordres contraires,
Révoquer d'un méchant les ordres sanguinaires.

ESTHER

O Dieu, par quelle route inconnue aux mortels
Ta sagesse conduit ses desseins éternels !

SCÈNE IX. — LE CHŒUR

TOUT LE CHŒUR

Dieu fait triompher l'innocence :
Chantons, célébrons sa puissance.

UNE ISRAÉLITE

Il a vu contre nous les méchants s'assembler,
Et notre sang prêt à couler.
Comme l'eau sur la terre ils alloient le répandre :
Du haut du ciel sa voix s'est fait entendre :
L'homme superbe est renversé,
Ses propres flèches l'ont percé.

UNE AUTRE

J'ai vu l'impie adoré sur la terre ;
Pareil au cèdre, il cachoit dans les cieux
Son front audacieux ;
Il sembloit à son gré gouverner le tonnerre,
Fouloit aux pieds ses ennemis vaincus :
Je n'ai fait que passer, il n'étoit déjà plus.

UNE AUTRE

On peut des plus grands rois surprendre la justice.
Incapables de tromper,
Ils ont peine à s'échapper
Des pièges de l'artifice.
Un cœur noble ne peut soupçonner en autrui
La bassesse et la malice
Qu'il ne sent point en lui.

UNE AUTRE
Comment s'est calmé l'orage ?

UNE AUTRE
Quelle main salutaire a chassé le nuage ?

TOUT LE CHŒUR
L'aimable Esther a fait ce grand ouvrage.

UNE ISRAÉLITE, *seule.*
De l'amour de son Dieu son cœur s'est embrasé ;
Au péril d'une mort funeste
Son zèle ardent s'est exposé :
Elle a parlé ; le ciel a fait le reste.

DEUX ISRAÉLITES
Esther a triomphé des filles des Persans :
La nature et le ciel à l'envi l'ont ornée.

L'UNE DES DEUX
Tout ressent de ses yeux les charmes innocents.
Jamais tant de beauté fut-elle couronnée ?

L'AUTRE
Les charmes de son cœur sont encor plus puissants,
Jamais tant de vertu fut-elle couronnée ?

TOUTES DEUX, *ensemble.*
Esther a triomphé des filles des Persans :
La nature et le ciel à l'envi l'ont ornée.

UNE SEULE
Ton Dieu n'est plus irrité :
Réjouis-toi, Sion, et sors de la poussière ;
Quitte les vêtements de ta captivité,
Et reprends ta splendeur première.
Les chemins de Sion à la fin sont ouverts :
Rompez vos fers,
Tribus captives ;
Troupes fugitives,
Repassez les monts et les mers ;
Rassemblez-vous des bouts de l'univers.

TOUT LE CHŒUR

Rompez vos fers,
Tribus captives,
Troupes fugitives,
Repassez les monts et les mers ;
Rassemblez-vous des bouts de l'univers.

UNE ISRAÉLITE, *seule.*

Je reverrai ces campagnes si chères.

UNE AUTRE

J'irai pleurer au tombeau de mes pères.

TOUT LE CHŒUR

Repassez les monts et les mers ;
Rassemblez-vous des bouts de l'univers.

UNE ISRAÉLITE, *seule.*

Relevez, relevez les superbes portiques
Du temple où notre Dieu se plaît d'être adoré ;
Que de l'or le plus pur son autel soit paré,
Et que du sein des monts le marbre soit tiré.
Liban, dépouille-toi de tes cèdres antiques ;
Prêtres sacrés, préparez vos cantiques.

UNE AUTRE

Dieu descend et revient habiter parmi nous :
Terre, frémis d'allégresse et de crainte.
Et vous, sous sa majesté sainte,
Cieux abaissez-vous !

UNE AUTRE

Que le Seigneur est bon, que son joug est aimable !
Heureux qui dès l'enfance en connaît la douceur !
Jeune peuple, courez à ce maître adorable :
Les biens les plus charmants n'ont rien de comparable
Aux torrents de plaisirs qu'il répand dans un cœur.
Que le Seigneur est bon, que son joug est aimable !
Heureux qui dès l'enfance en connaît la douceur !

UNE AUTRE

Il s'apaise, il pardonne,

Du cœur ingrat qui l'abandonne
    Il attend le retour ;
Il excuse notre foiblesse ;
A nous chercher même il s'empresse.
Pour l'enfant qu'elle a mis au jour
Une mère a moins de tendresse.
Ah ! qui peut avec lui partager notre amour !

TROIS ISRAÉLITES
Il nous fait remporter une illustre victoire.

L'UNE DES TROIS
Il nous a révélé sa gloire.

TOUTES TROIS, *ensemble.*
Ah ! qui peut avec lui partager notre amour ?

TOUT LE CHŒUR
Que son nom soit béni ; que son nom soit chanté ;
    Que l'on célèbre ses ouvrages
    Au delà des temps et des âges,
    Au delà de l'éternité !

ATHALIE

TRAGÉDIE

TIRÉE DE L'ÉCRITURE SAINTE

1691

PRÉFACE

Tout le monde sait que le royaume de Juda étoit composé des deux
tribus de Juda et de Benjamin, et que les dix autres tribus qui se révol-
tèrent contre Roboam composoient le royaume d'Israël. Comme les rois
de Juda étoient de la maison de David, et qu'ils avoient dans leur partage la ville et le temple de Jérusalem, tout ce qu'il y avoit de prêtres et
de lévites se retirèrent auprès d'eux, et leur demeurèrent toujours attachés : car, depuis que le temple de Salomon fut bâti, il n'étoit plus permis
de sacrifier ailleurs ; et tous ces autres autels qu'on élevoit à Dieu sur
des montagnes, appelés par cette raison dans l'Écriture les hauts lieux,
ne lui étoient point agréables. Ainsi le culte légitime ne subsistoit plus
que dans Juda. Les dix tribus, excepté un très petit nombre de personnes, étoient ou idolâtres ou schismatiques.

Au reste, ces prêtres et ces lévites faisoient eux-mêmes une tribu
fort nombreuse. Ils furent partagés en diverses classes pour servir tour
à tour dans le temple, d'un jour de sabbat à l'autre. Les prêtres étoient
de la famille d'Aaron ; et il n'y avoit que ceux de cette famille, lesquels
pussent exercer la sacrificature. Les lévites leur étoient subordonnés, et
avoient soin, entre autres choses, du chant, de la préparation des victimes,
et de la garde du temple. Ce nom de lévite ne laisse pas d'être donné
quelquefois indifféremment à tous ceux de la tribu. Ceux qui étoient en
semaine avoient, ainsi que le grand prêtre, leur logement dans les portiques ou galeries dont le temple étoit environné, et qui faisoient partie
du temple même. Tout l'édifice s'appeloit en général le lieu saint : mais
on appeloit plus particulièrement de ce nom cette partie du temple

intérieur où étoient le chandelier d'or, l'autel des parfums, et les tables
des pains de proposition ; et cette partie étoit encore distinguée du Saint
des saints, où étoit l'arche, et où le grand-prêtre seul avoit droit d'entrer une fois l'année. C'étoit une tradition assez constante que la montagne sur laquelle le temple fut bâti étoit la même montagne où Abraham
avoit autrefois offert en sacrifice son fils Isaac.

J'ai cru devoir expliquer ici ces particularités, afin que ceux à qui
l'histoire de l'Ancien Testament ne sera pas assez présente n'en soient
point arrêtés en lisant cette tragédie. Elle a pour sujet Joas reconnu et
mis sur le trône ; et j'aurois dû, dans les règles, l'intituler Joas ; mais la
plupart du monde n'en ayant entendu parler que sous le nom d'Athalie,
je n'ai pas jugé à propos de la leur présenter sous un autre titre, puisque
d'ailleurs Athalie y joue un personnage si considérable, et que c'est sa
mort qui termine la pièce. Voici une partie des principaux événements
qui devancèrent cette grande action.

Joram, roi de Juda, fils de Josaphat, et le septième roi de la race de
David, épousa Athalie, fille d'Achab et de Jézabel, qui régnoient en
Israël, fameux l'un et l'autre, mais principalement Jézabel, par leurs sanglantes persécutions contre les prophètes. Athalie, non moins impie que
sa mère entraîna bientôt le roi son mari dans l'idolâtrie, et fit même
construire dans Jérusalem un temple à Baal, qui étoit le dieu du pays de
Tyr et de Sidon, où Jézabel avoit pris naissance. Joram, après avoir vu
périr par les mains des Arabes et des Philistins tous les princes ses
enfants, à la réserve d'Ochozias, mourut lui-même misérablement d'une
longue maladie qui lui consuma les entrailles. Sa mort funeste n'empêcha
pas Ochozias d'imiter son impiété et celle d'Athalie sa mère. Mais ce
prince, après avoir régné seulement un an, étant allé rendre visite au
roi d'Israël, frère d'Athalie, fut enveloppé dans la ruine de la maison
d'Achab, et tué par l'ordre de Jéhu, que Dieu avoit fait sacrer par ses
prophètes pour régner sur Israël, et pour être le ministre de ses vengeances Jéhu extermina toute la postérité d'Achab, et fit jeter par les fenêtre
Jézabel qui, selon la prédiction d'Élie, fut mangée des chiens dans la
vigne de ce même Naboth qu'elle avoit fait mourir autrefois pour s'em-
parer de son héritage. Athalie, ayant appris à Jérusalem tous ces mas-
sacres, entreprit de son côté d'éteindre entièrement la race royale de
David, en faisant mourir tous les enfants d'Ochozias, ses petits-fils.
Mais heureusement Josabeth, sœur d'Ochozias, et fille de Joram, mais
d'une autre mère qu'Athalie, étant arrivée lorsqu'on égorgeoit les princes ses neveux, elle trouva moyen de dérober du milieu des morts le
petit Joas, encore à la mamelle, et le confia avec sa nourrice au grand-
prêtre son mari, qui les cacha tous deux dans le temple, où l'enfant
fut élevé secrètement jusqu'au jour qu'il fut proclamé roi de Juda.
L'*Histoire des Rois* dit que ce fut la septième année d'après. Mais le texte
grec des *Paralipomènes*, que Sévère Sulpice a suivi, dit que ce fut la
huitième. C'est ce qui m'a autorisé à donner à ce prince neuf à dix ans,
pour le mettre déjà en état de répondre aux questions qu'on lui fait.

Je crois ne lui avoir rien fait dire qui soit au-dessus de la portée d'un

enfant de cet âge qui a de l'esprit et de la mémoire. Mais, quand j'aurois
été un peu au delà, il faut considérer que c'est ici un enfant tout extraordinaire, élevé dans le temple par un grand prêtre qui, le regardant
comme l'unique espérance de sa nation, l'avoit instruit de bonne heure
dans tous les devoirs de la religion et de la royauté. Il n'en étoit pas de
même des enfants des Juifs que de la plupart des nôtres : on leur appre-
noit les saintes lettres, non seulement dès qu'ils avoient atteint l'usage de
la raison, mais pour me servir de l'expression de saint Paul, dès la
mamelle. Chaque Juif étoit obligé d'écrire une fois en sa vie, de sa propre
main, le volume de la loi tout entier. Les rois étoient même obligés de
l'écrire deux fois, et il leur étoit enjoint de l'avoir continuellement
devant les yeux. Je puis dire ici que la France voit en la personne d'un
prince de huit ans et demi, qui fait aujourd'hui ses plus chères délices,
un exemple illustre de ce que peut dans un enfant un heureux naturel
aidé d'une excellente éducation, et que si j'avois donné au petit Joas
la même vivacité et le même discernement qui brillent dans les reparties
de ce jeune prince, on m'auroit accusé avec raison d'avoir péché contre
les r gles de la vraisemblance.

L'âge de Zacharie, fils du grand-prêtre, n'étant point marqué, on peut
lui supposer, si l'on veut, deux ou trois ans de plus qu'à Joas.

J'ai suivi l'explication de plusieurs commentateurs fort habiles, qui
prouvent, par le texte même de l'Écriture, que tous ces soldats à qui
Joïada, ou Joad, comme il est appelé dans Josèphe, fit prendre les armes
consacrées à Dieu par David, étoient autant de prêtres et de lévites,
aussi bien que les cinq centeniers qui les commandoient. En effet, disent
ces interprètes, tout devoit être saint dans une si sainte action, et
aucun profane n'y devoit être employé. Il s'y agissoit non seulement
de conserver le sceptre dans la maison de David, mais encore de conserver
à ce grand roi cette suite de descendants dont devoit naître le Messie :
« Car ce Messie tant de fois promis comme fils d'Abraham, devoit être
« aussi le fils de David et de tous les rois de Juda ». De là vient que
l'illustre et savant prélat de qui j'ai emprunté ces paroles appelle Joas
le précieux reste de la maison de David. Josèphe en parle dans les mêmes
termes ; et l'Écriture dit expressément que Dieu n'extermina pas toute
la famille de Joram, voulant conserver à David la lampe qu'il lui avoit
promise. Or cette lampe, qu'étoit-ce autre chose que la lumière qui
devoit être un jour révélée aux nations ?

L'histoire ne spécifie point le jour où Joas fut proclamé. Quelques
interprètes veulent que ce fût un jour de fête. J'ai choisi celle de la Pen-
tecôte, qui étoit l'une des trois grandes fêtes des Juifs. On y célébroit
la mémoire de la publication de la loi sur le mont Sinaï, et on y offroit
aussi à Dieu les premiers pains de la nouvelle moisson : ce qui faisoit
qu'on la nommoit encore la fête des prémices. J'ai songé que ces circonstances me fourniroient quelque variété pour les chants du chœur.

Ce chœur est composé de jeunes filles de la tribu de Lévi, et je mets à
leur tête une fille que je donne pour sœur à Zacharie. C'est elle qui introduit le chœur chez sa mère. Elle chante avec lui, porte la parole pour lui,

et fait enfin les fonctions de ce personnage des anciens chœurs qu'on appeloit le coryphée. J'ai aussi essayé d'imiter des anciens cette continuité d'action qui fait que leur théâtre ne demeure jamais vide, les intervalles des actes n'étant marqués que par des hymnes et par des moralités du chœur, qui ont rapport à ce qui se passe.

On me trouvera peut-être un peu hardi d'avoir osé mettre sur la scène un prophète inspiré de Dieu, et qui prédit l'avenir. Mais j'ai eu la précaution de ne mettre dans sa bouche que des expressions tirées des prophètes mêmes. Quoique l'Écriture ne dise pas en termes exprès que Joïada ait eu l'esprit de prophétie, comme elle le dit de son fils, elle le représente comme un homme tout plein de l'esprit de Dieu. Et d'ailleurs ne paroît-il pas, par l'Évangile, qu'il a pu prophétiser en qualité de souverain pontife ? Je suppose donc qu'il voit en esprit le funeste changement de Joas qui, après trente ans d'un règne fort pieux, s'abandonne aux mauvais conseils des flatteurs, et se souilla du meurtre de Zacharie, fils et successeur de ce grand-prêtre. Ce meurtre, commis dans le temple, fut une des principales causes de la colère de Dieu contre les Juifs, et de tous les malheurs qui leur arrivèrent dans la suite. On prétend même que depuis ce jour-là les réponses de Dieu cessèrent entièrement dans le sanctuaire. C'est ce qui m'a donné lieu de faire prédire de suite à Joad et la destruction du temple et la ruine de Jérusalem. Mais, comme les prophètes joignent d'ordinaire les consolations aux menaces, et que d'ailleurs il s'agit de mettre sur le trône un des ancêtres du Messie, j'ai pris occasion de faire entrevoir la venue de ce consolateur, après lequel tous les anciens justes soupiroient. Cette scène, qui est une espèce d'épisode, amène très naturellement la musique, par la coutume qu'avoient plusieurs prophètes d'entrer dans leurs saints transports au son des instruments : témoin cette troupe de prophètes qui vinrent au-devant de Saül avec des harpes et des lyres qu'on portoit devant eux ; et témoin Élisée lui-même, qui, étant consulté sur l'avenir par le roi de Juda et par le roi d'Israël, dit, comme fait ici Joad : *Adducite mihi psaltem.* Ajoutez à cela que cette prophétie sert beaucoup à augmenter le trouble dans la pièce, par la consternation et par les différents mouvements où elle jette le chœur et les principaux acteurs.

PERSONNAGES

JOAS, roi de Juda, fils d'Ochozias.
ATHALIE, veuve de Joram, aïeule de Joas.
JOAD, autrement JoïADA, grand-prêtre.
JOSABETH, tante de Joas, femme du grand-prêtre.
ZACHARIE, fils de Joad et de Josabeth.
SALOMITH, sœur de Zacharie.
ABNER, l'un des principaux officiers des rois de Juda.
AZARIAS, ISMAEL, ET LES TROIS AUTRES CHEFS DES PRÊ-
TRES ET DES LÉVITES.
MATHAN, prêtre apostat, sacrificateur de Baal.
NABAL, confident de Mathan.
AGAR, femme de la suite d'Athalie.
TROUPE DE PRÊTRES ET DE LÉVITES.
SUITE D'ATHALIE.
LA NOURRICE DE JOAS.
CHŒUR DE JEUNES FILLES DE LA TRIBU DE LÉVI.

*La scène est dans le temple de Jérusalem, dans un vestibule de
l'appartement du grand-prêtre.*

ACTE PREMIER

SCÈNE I. — JOAD, ABNER

ABNER

Oui, je viens dans son temple adorer l'Éternel ;
Je viens, selon l'usage antique et solennel,
Célébrer avec vous la fameuse journée
Où sur le mont Sina la loi nous fut donnée.
Que les temps sont changés ! Sitôt que de ce jour
La trompette sacrée annonçoit le retour,
Du temple, orné partout de festons magnifiques,
Le peuple saint en foule inondoit les portiques ;
Et tous, devant l'autel avec ordre introduits,
De leurs champs dans leurs mains portant les nouveaux fruits
Au Dieu de l'univers consacroient ces prémices :
Les prêtres ne pouvoient suffire aux sacrifices.
L'audace d'une femme, arrêtant ce concours,
En des jours ténébreux a changé ces beaux jours.
D'adorateurs zélés à peine un petit nombre
Ose des premiers temps nous retracer quelque ombre :
Le reste pour son Dieu montre un oubli fatal,
Ou même, s'empressant aux autels de Baal,
Se fait initier à ses honteux mystères,
Et blasphème le nom qu'ont invoqué leurs pères.
Je tremble qu'Athalie, à ne vous rien cacher,
Vous-même de l'autel vous faisant arracher,
N'achève enfin sur vous ses vengeances funestes,
Et d'un respect forcé ne dépouille les restes.

JOAD

D'où vous vient aujourd'hui ce noir pressentiment ?

ABNER

Pensez-vous être saint et juste impunément ?
Dès longtemps elle hait cette fermeté rare
Qui rehausse en Joad l'éclat de la tiare ;
Dès longtemps votre amour pour la religion
Est traité de révolte et de sédition.
Du mérite éclatant cette reine jalouse
Hait surtout Josabeth, votre fidèle épouse.
Si du grand-prêtre Aaron Joad est successeur,
De notre dernier roi Josabeth est la sœur.
Mathan, d'ailleurs, Mathan, ce prêtre sacrilège,
Plus méchant qu'Athalie, à toute heure l'assiège ;
Mathan, de nos autels infâme déserteur,
Et de toute vertu zélé persécuteur.
C'est peu que, le front ceint d'une mitre étrangère,
Ce lévite à Baal prête son ministère ;
Ce temple l'importune, et son impiété
Voudroit anéantir le Dieu qu'il a quitté.
Pour vous perdre il n'est point de ressorts qu'il n'invente ;
Quelquefois il vous plaint, souvent même il vous vante ;
Il affecte pour vous une fausse douceur,
Et, par là de son fiel colorant la noirceur,
Tantôt à cette reine il vous peint redoutable,
Tantôt voyant pour l'or sa soif insatiable,
Il lui feint qu'en un lieu que vous seul connoissez,
Vous cachez des trésors par David amassés.
Enfin, depuis deux jours, la superbe Athalie
Dans un sombre chagrin paroît ensevelie.
Je l'observois hier, et je voyois ses yeux
Lancer sur le lieu saint des regards furieux :
Comme si, dans le fond de ce vaste édifice,
Dieu cachoit un vengeur armé pour son supplice.
Croyez-moi, plus j'y pense, et moins je puis douter
Que sur vous son courroux ne soit prêt d'éclater,

Et que de Jézabel la fille sanguinaire
Ne vienne attaquer Dieu jusqu'en son sanctuaire.

JOAD

Celui qui met un frein à la fureur des flots
Sait aussi des méchants arrêter les complots.
Soumis avec respect à sa volonté sainte,
Je crains Dieu, cher Abner, et n'ai point d'autre crainte.
Cependant je rends grâce au zèle officieux
Qui sur tous mes périls vous fait ouvrir les yeux.
Je vois que l'injustice en secret vous irrite,
Que vous avez encor le cœur israélite.
Le ciel en soit béni ! Mais ce secret courroux,
Cette oisive vertu, vous en contentez-vous ?
La foi qui n'agit point, est-ce une foi sincère ?
Huit ans déjà passés, une impie étrangère
Du sceptre de David usurpe tous les droits,
Se baigne impunément dans le sang de nos rois.
Des enfants de son fils détestable homicide,
Et même contre Dieu lève son bras perfide ;
Et vous, l'un des soutiens de ce tremblant État,
Vous, nourri dans les camps du saint roi Josaphat,
Qui sous son fils Joram commandiez nos armées,
Qui rassurâtes seul nos villes alarmées,
Lorsque d'Ochozias le trépas imprévu
Dispersa tout son camp à l'aspect de Jéhu :
« Je crains Dieu, dites-vous ; sa vérité me touche ! »
Voici comme ce Dieu vous répond par ma bouche :
« Du zèle de ma loi que sert de vous parer ?
« Par de stériles vœux pensez-vous m'honorer ?
« Quel fruit me revient-il de tous vos sacrifices ?
« Ai-je besoin du sang des boucs et des génisses ?
« Le sang de vos rois crie, et n'est point écouté.
« Rompez, rompez tout pacte avec l'impiété ;
« Du milieu de mon peuple exterminez les crimes,
« Et vous viendrez alors m'immoler vos victimes ».

ABNER

Hé ! que puis-je au milieu de ce peuple abattu ?
Benjamin est sans force, et Juda sans vertu :
Le jour qui de leurs rois vit éteindre la race
Éteignit tout le feu de leur antique audace.
Dieu même, disent-ils, s'est retiré de nous :
De l'honneur des Hébreux autrefois si jaloux,
Il voit sans intérêt leur grandeur terrassée,
Et sa miséricorde à la fin s'est lassée :
On ne voit plus pour nous ses redoutables mains
De merveilles sans nombre effrayer les humains ;
L'arche sainte est muette, et ne rend plus d'oracles.

JOAD

Et quel temps fut jamais si fertile en miracles ?
Quand Dieu par plus d'effets montra-t-il son pouvoir ?
Auras-tu donc toujours des yeux pour ne point voir,
Peuple ingrat ! Quoi ! toujours les plus grandes merveilles
Sans ébranler ton cœur frapperont tes oreilles ?
Faut-il, Abner, faut-il vous rappeler le cours
Des prodiges fameux accomplis en nos jours ?
Des tyrans d'Israël les célèbres disgrâces,
Et Dieu trouvé fidèle en toutes ses menaces ;
L'impie Achab détruit, et de son sang trempé
Le champ que par le meurtre il avait usurpé ;
Près de ce champ fatal Jézabel immolée,
Sous les pieds des chevaux cette reine foulée,
Dans son sang inhumain les chiens désaltérés,
Et de son corps hideux les membres déchirés ;
Des prophètes menteurs la troupe confondue,
Et la flamme du ciel sur l'autel descendue ;
Élie aux éléments parlant en souverain,
Les cieux par lui fermés et devenus d'airain,
Et la terre trois ans sans pluie et sans rosée,
Les morts se ranimant à la voix d'Élisée ?
Reconnoissez, Abner, à ces traits éclatants,
Un Dieu tel aujourd'hui qu'il fut dans tous les temps :

Il sait, quand il lui plaît, faire éclater sa gloire,
Et son peuple est toujours présent à sa mémoire.

ABNER

Mais où sont ces honneurs à David tant promis,
Et prédits même encore à Salomon son fils ?
Hélas ! nous espérions que de leur race heureuse
Devoit sortir de rois une suite nombreuse,
Que sur toute tribu, sur toute nation,
L'un d'eux établiroit sa domination,
Feroit cesser partout la discorde et la guerre,
Et verroit à ses pieds tous les rois de la terre.

JOAD

Aux promesses du ciel pourquoi renoncez-vous ?

ABNER

Ce roi fils de David, où le chercherons nous ?
Le ciel même peut-il réparer les ruines
De cet arbre séché jusque dans ses racines !
Athalie étouffa l'enfant même au berceau.
Les morts, après huit ans, sortent-ils du tombeau ?
Ah ! si dans sa fureur elle s'étoit trompée ;
Si du sang de nos rois quelque goutte échappée...

JOAD

Hé bien ! que feriez-vous ?

ABNER

                              O jour heureux pour moi !
De quelle ardeur j'irois reconnoître mon roi !
Doutez-vous qu'à ses pieds nos tribus empressées...
Mais pourquoi me flatter de ces vaines pensées ?
Déplorable héritier de ces rois triomphants,
Ochozias restoit seul avec ses enfants ;
Par les traits de Jéhu je vis percer le père ;
Vous avez vu les fils massacrés par la mère.

JOAD

Je ne m'explique point ; mais, quand l'astre du jour
Aura sur l'horizon fait le tiers de son tour,

Lorsque la troisième heure aux prières rappelle,
Retrouvez-vous au temple, avec ce même zèle.
Dieu pourra vous montrer, par d'importants bienfaits,
Que sa parole est stable, et ne trompe jamais.
Allez : pour ce grand jour il faut que je m'apprête,
Et du temple déjà l'aube blanchit le faîte.

ABNER

Quel sera ce bienfait que je ne comprends pas ?
L'illustre Josabeth porte vers vous ses pas :
Je sors, et vais me joindre à la troupe fidèle
Qu'attire de ce jour la pompe solennelle.

SCÈNE II. — JOAD, JOSABETH

JOAD

Les temps sont accomplis, princesse : il faut parler,
Et votre heureux larcin ne se peut plus celer.
Des ennemis de Dieu la coupable insolence,
Abusant contre lui de ce profond silence,
Accuse trop longtemps ses promesses d'erreur.
Que dis-je ? Le succès animant leur fureur,
Jusque sur notre autel votre injuste marâtre
Veut offrir à Baal un encens idolâtre.
Montrons ce jeune roi que vos mains ont sauvé,
Sous l'aile du Seigneur dans le temple élevé.
De nos princes hébreux il aura le courage,
Et déjà son esprit a devancé son âge.
Avant que son destin s'explique par ma voix,
Je vais l'offrir au Dieu par qui règnent les rois :
Aussitôt assemblant nos lévites, nos prêtres,
Je leur déclarerai l'héritier de leurs maîtres.

JOSABETH

Sait-il déjà son nom et son noble destin ?

JOAD

Il ne répond encor qu'au nom d'Éliacin,

Et se croit quelque enfant rejeté par sa mère,
A qui j'ai par pitié daigné servir de père.

JOSABETH

Hélas ! de quel péril je l'avois su tirer !
Dans quel péril encore il est prêt de rentrer !

JOAD

Quoi ! déjà votre foi s'affoiblit et s'étonne ?

JOSABETH

A vos sages conseils, seigneur, je m'abandonne.
Du jour que j'arrachai cet enfant à la mort,
Je remis en vos mains tout le soin de son sort ;
Même, de mon amour craignant la violence,
Autant que je le puis j'évite sa présence,
De peur qu'en le voyant quelque trouble indiscret
Ne fasse avec mes pleurs échapper mon secret.
Surtout j'ai cru devoir aux larmes, aux prières,
Consacrer ces trois jours et ces trois nuits entières.
Cependant aujourd'hui puis-je vous demander
Quels amis vous avez prêts à vous seconder ?
Abner, le brave Abner viendra-t-il nous défendre ?
A-t-il près de son roi fait serment de se rendre ?

JOAD

Abner, quoiqu'on se pût assurer sur sa foi,
Ne sait pas même encor si nous avons un roi.

JOSABETH

Mais à qui de Joas confiez-vous la garde ?
Est-ce Obed, est-ce Amnon que cet honneur regarde ?
De mon père sur eux les bienfaits répandus...

JOAD

A l'injuste Athalie ils se sont tous vendus.

JOSABETH

Qui donc opposez-vous contre ses satellites ?

JOAD

Ne vous l'ai-je dit ? Nos prêtres, nos lévites.

JOSABETH

Je sais que, près de vous en secret assemblé,
Par vos soins prévoyants leur nombre est redoublé ;
Que, pleins d'amour pour vous, d'horreur pour Athalie,
Un serment solennel par avance les lie
A ce fils de David qu'on leur doit révéler.
Mais, quelque noble ardeur dont ils puissent brûler,
Peuvent-ils de leur roi venger seuls la querelle ?
Pour un si grand ouvrage est-ce assez de leur zèle ?
Doutez-vous qu'Athalie, au premier bruit semé
Qu'un fils d'Ochozias est ici renfermé,
De ses fiers étrangers assemblant les cohortes,
N'environne le temple, et n'en brise les portes ?
Suffira-t-il contre eux de vos ministres saints,
Qui, levant au Seigneur leurs innocentes mains,
Ne savent que gémir et prier pour nos crimes,
Et n'ont jamais versé que le sang des victimes ?
Peut-être dans leurs bras Joas percé de coups...

JOAD

Et comptez-vous pour rien Dieu, qui combat pour nous ?
Dieu, qui de l'orphelin protège l'innocence,
Et fait dans la foiblesse éclater sa puissance ;
Dieu, qui hait les tyrans, et qui dans Jezraël
Jura d'exterminer Achab et Jézabel ;
Dieu, qui, frappant Joram, le mari de leur fille,
A jusque sur son fils poursuivi la famille ;
Dieu, dont le bras vengeur, pour un temps suspendu,
Sur cette race impie est toujours étendu ?

JOSABETH

Et c'est sur tous ces rois sa justice sévère
Que je crains pour le fils de mon malheureux frère.
Qui sait si cet enfant, par leur crime entraîné,
Avec eux en naissant ne fut pas condamné ?
Si Dieu, le séparant d'une odieuse race,
En faveur de David voudra lui faire grâce.
Hélas ! l'état horrible où le ciel me l'offrit

Revient à tout moment effrayer mon esprit.
De princes égorgés la chambre étoit remplie ;
Un poignard à la main, l'implacable Athalie
Au carnage animoit ses barbares soldats,
Et poursuivoit le cours de ses assassinats.
Joas, laissé pour mort, frappa soudain ma vue.
Je me figure encor sa nourrice éperdue,
Qui devant les bourreaux s'étoit jetée en vain
Et, foible, le tenoit renversé sur son sein.
Je le pris tout sanglant. En baignant son visage
Mes pleurs du sentiment lui rendirent l'usage ;
Et, soit frayeur encore, ou pour me caresser,
De ses bras innocents je me sentis presser.
Grand Dieu ! que mon amour ne lui soit point funeste !
Du fidèle David c'est le précieux reste ;
Nourri dans ta maison, en l'amour de ta loi,
Il ne connoît encor d'autre père que toi.
Sur le point d'attaquer une reine homicide,
A l'aspect du péril si ma foi s'intimide,
Si la chair et le sang, se troublant aujourd'hui,
Ont trop de part aux pleurs que je répands pour lui,
Conserve l'héritier de tes saintes promesses,
Et ne punis que moi de toutes mes foiblesses !

JOAD

Vos larmes, Josabeth, n'ont rien de criminel ;
Mais Dieu veut qu'on espère en son soin paternel.
Il ne recherche point, aveugle en sa colère,
Sur le fils qui le craint l'impiété du père.
Tout ce qui reste encor de fidèles Hébreux
Lui viendroit aujourd'hui renouveler leurs vœux :
Autant que de David la race est respectée,
Autant de Jézabel la fille est détestée.
Joas les touchera par sa noble pudeur,
Où semble de son sang reluire la splendeur,
Et Dieu, par sa voix même appuyant notre exemple,
De plus près à leur cœur parlera dans son temple.

Deux infidèles rois tout à tour l'ont bravé :
Il faut que sur le trône un roi soit élevé,
Qui se souvienne un jour qu'au rang de ses ancêtres
Dieu l'a fait remonter par la main de ses prêtres,
L'a tiré par leur main de l'oubli du tombeau,
Et de David éteint rallumé le flambeau.
Grand Dieu ! si tu prévois qu'indigne de sa race,
Il doive de David abandonner la trace,
Qu'il soit comme le fruit en naissant arraché,
Ou qu'un souffle ennemi dans sa fleur a séché !
Mais, si ce même enfant, à tes ordres docile,
Doit être à tes desseins un instrument utile,
Fais qu'au juste héritier le sceptre soit remis ;
Livre à mes foibles mains ses puissants ennemis ;
Confonds dans ses conseils une reine cruelle :
Daigne, daigne, mon Dieu, sur Mathan et sur elle
Répandre cet esprit d'imprudence et d'erreur,
De la chute des rois funeste avant-coureur !
L'heure me presse : adieu ! Des plus saintes familles
Votre fils et sa sœur vous amènent les filles.

SCÈNE III. — JOSABETH, ZACHARIE, SALOMITH, LE CHŒUR

JOSABETH

Cher Zacharie, allez, ne vous arrêtez pas ;
De votre auguste père accompagnez les pas.
O filles de Lévi, troupe jeune et fidèle,
Que déjà le seigneur embrase de son zèle,
Qui venez si souvent partager mes soupirs,
Enfants, ma seule joie en mes longs déplaisirs,
Ces festons dans vos mains, et ces fleurs sur vos têtes,
Autrefois convenoient à nos pompeuses fêtes :
Mais, hélas ! en ces temps d'opprobre et de douleurs,
Quelle offrande sied mieux que celle de nos pleurs !
J'entends déjà, j'entends la trompette sacrée,
Et du temple bientôt on permettra l'entrée.

Tandis que je me vais préparer à marcher,
Chantez, louez le Dieu que vous venez chercher.

SCÈNE IV. — LE CHŒUR

TOUT LE CHŒUR *chante*.

Tout l'univers est plein de sa magnificence :
Qu'on adore ce Dieu, qu'on l'invoque à jamais !
Son empire a des temps précédé la naissance ;
        Chantons, publions ses bienfaits.

UNE VOIX, *seule*.

En vain l'injuste violence
Au peuple qui le loue imposeroit silence :
        Son nom ne périra jamais.
Le jour annonce au jour sa gloire et sa puissance,
Tout l'univers est plein de sa magnificence :
        Chantons, publions ses bienfaits.

TOUT LE CHŒUR *répète*.

Tout l'univers est plein de sa magnificence :
        Chantons, publions ses bienfaits.

UNE VOIX, *seule*.

Il donne aux fleurs leur aimable peinture ;
        Il fait naître et mûrir les fruits ;
        Il leur dispense avec mesure
Et la chaleur des jours et la fraîcheur des nuits ;
Le champ qui les reçut les rend avec usure.

UNE AUTRE

Il commande au soleil d'animer la nature,
        Et la lumière est un don de ses mains ;
        Mais sa loi sainte, sa loi pure
Est le plus riche don qu'il ait fait aux humains.

UNE AUTRE

O mont de Sinaï, conserve la mémoire
De ce jour à jamais auguste et renommé,
        Quand, sur ton sommet enflammé,

Dans un nuage épais le Seigneur enfermé
Fit luire aux yeux mortels un rayon de sa gloire.
　　Dis-nous pourquoi ces feux et ces éclairs,
Ces torents de fumée, et ce bruit dans les airs,
　　　　Ces trompettes et ce tonnerre ?
Venoit-il renverser l'ordre des éléments ?
　　　　Sur ses antiques fondements
　　　　Venoit-il ébranler la terre ?

UNE AUTRE

Il venoit révéler aux enfants des Hébreux
De ses préceptes saints la lumière immortelle ;
　　　　Il venoit à ce peuple heureux
Ordonner de l'aimer d'une amour éternelle.

TOUT LE CHŒUR

　　O divine, ô charmante loi !
　　O justice, ô bonté suprême !
Que de raisons, quelle douceur extrême
D'engager à ce Dieu son amour et sa foi !

UNE VOIX, seule.

　D'un joug cruel il sauva nos aïeux,
Les nourrit au désert d'un pain délicieux ;
Il nous donne ses lois, il se donne lui-même :
　Pour tant de biens, il commande qu'on l'aime.

LE CHŒUR

　O justice, ô bonté suprême !

LA MÊME VOIX

　Des mers pour eux il entr'ouvrit les eaux,
D'un aride rocher fit sortir des ruisseaux ;
Il nous donne ses lois, il se donne lui-même :
　Pour tant de biens, il commande qu'on l'aime.

LE CHŒUR

　　O divine, ô charmante loi !
Que de raisons, quelle douceur extrême
D'engager à ce Dieu son amour et sa foi !

UNE AUTRE VOIX, *seule.*

Vous qui ne connoissez qu'une crainte servile,
Ingrats, un Dieu si bon ne peut-il vous charmer ?
Est-il donc à vos cœurs, est-il si difficile
    Et si pénible de l'aimer ?
    L'esclave craint le tyran qui l'outrage ;
    Mais des enfants l'amour est le partage.
Vous voulez que ce Dieu vous comble de bienfaits,
    Et ne l'aimer jamais !

TOUT LE CHŒUR

    O divine, ô charmante loi !
    O justice, ô bonté suprême !
Que de raisons, quelle douceur extrême
D'engager à ce Dieu son amour et sa foi !

ACTE DEUXIÈME

SCÈNE I. — JOSABETH, SALOMITH, LE CHŒUR

JOSABETH

Mes filles, c'est assez ; suspendez vos cantiques :
Il est temps de nous joindre aux prières publiques.
Voici notre heure : allons célébrer ce grand jour,
Et devant le Seigneur paroître à notre tour.

SCÈNE II. — JOSABETH, ZACHARIE, SALOMITH,
LE CHŒUR

JOSABETH

Mais que vois-je ? Mon fils, quel sujet vous ramène ?
Où courez-vous ainsi tout pâle et hors d'haleine ?

ZACHARIE

O ma mère !

JOSABETH

Hé bien ! quoi !

ZACHARIE

Le temple est profané !

JOSABETH

Comment ?

ZACHARIE

Et du Seigneur l'autel abandonné.

JOSABETH

Je tremble. Hâtez-vous d'éclaircir votre mère.

ZACHARIE

Déjà, selon la loi, le grand-prêtre mon père,
Après avoir au Dieu qui nourrit les humains,
De la moisson nouvelle offert les premiers pains,
Lui présentoit encore entre ses mains sanglantes
Des victimes de paix les entrailles fumantes ;
Debout à ses côtés le jeune Éliacin
Comme moi le servoit en long habit de lin ;
Et cependant du sang de la chair immolée,
Les prêtres arrosoient l'autel et l'assemblée :
Un bruit confus s'élève, et du peuple surpris
Détourne tout à coup les yeux et les esprits.
Une femme... Peut-on la nommer sans blasphème ?
Une femme... C'étoit Athalie elle-même.

JOSABETH

Ciel !

ZACHARIE

Dans un des parvis, aux hommes réservé,
Cette femme superbe entre, le front levé,
Et se préparoit même à passer les limites
De l'enceinte sacrée ouverte aux seuls lévites.
Le peuple s'épouvante, et fuit de toutes parts.
Mon père... Ah ! quel courroux animoit ses regards !
Moïse à Pharaon parut moins formidable :
« Reine, sors, a-t-il dit, de ce lieu redoutable,
« D'où te bannit ton sexe et ton impiété.
« Viens-tu du Dieu vivant braver la majesté ? »
La reine alors, sur lui jetant un œil farouche,
Pour blasphémer sans doute ouvroit déjà la bouche.
J'ignore si de Dieu l'ange se dévoilant
Est venu lui montrer un glaive étincelant ;
Mais sa langue en sa bouche à l'instant s'est glacée,
Et toute son audace a paru terrassée ;
Ses yeux, comme effrayés, n'osoient se détourner ;
Surtout, Éliacin paroissoit l'étonner.

JOSABETH

Quoi donc ! Éliacin a paru devant elle ?

ZACHARIE

Nous regardions tous deux cette reine cruelle,
Et d'une égale horreur nos cœurs étoient frappés,
Mais les prêtres bientôt nous ont enveloppés :
On nous a fait sortir. J'ignore tout le reste,
Et venois vous conter ce désordre funeste.

JOSABETH

Ah ! de nos bras sans doute elle vient l'arracher ;
Et c'est lui qu'à l'autel sa fureur vient chercher.
Peut-être en ce moment l'objet de tant de larmes...
Souviens-toi de David, Dieu, qui vois mes alarmes !

SALOMITH

Quel est-il, cet objet des pleurs que vous versez ?

ZACHARIE

Les jours d'Éliacin seroient-ils menacés ?

SALOMITH

Auroit-il de la reine attiré la colère ?

ZACHARIE

Que craint-on d'un enfant sans support et sans père ?

JOSABETH

Ah ! la voici. Sortons : il la faut éviter.

SCÈNE III. — ATHALIE, ABNER, AGAR, Suite
d'Athalie

AGAR

Madame, dans ces lieux pourquoi vous arrêter ?
Ici tous les objets vous blessent, vous irritent.
Abandonnez ce temple aux prêtres qui l'habitent ;
Fuyez tout ce tumulte, et dans votre palais
A vos sens agités venez rendre la paix.

ATHALIE

Non, je ne puis : tu vois mon trouble et ma foiblesse.
Va, fais dire à Mathan qu'il vienne, qu'il se presse;
Heureuse si je puis trouver par son secours
Cette paix que je cherche, et qui me fuit toujours !

(Elle s'assied.)

SCÈNE IV. — ATHALIE, ABNER, Suite d'Athalie

ABNER

Madame, pardonnez si j'ose le défendre :
Le zèle de Joad n'a point dû vous surprendre.
Du Dieu que nous servons tel est l'ordre éternel ;
Lui-même il nous traça son temple et son autel,
Aux seuls enfants d'Aaron commit ses sacrifices,
Aux lévites marqua leur place et leurs offices,
Et surtout défendit à leur postérité
Avec tout autre dieu toute société.
Hé quoi ! vous de nos rois et la fille et la mère,
Etes-vous à ce point parmi nous étrangère ?
Ignorez-vous nos lois ? et faut-il qu'aujourd'hui...
Voici votre Mathan : je vous laisse avec lui.

ATHALIE

Votre présence, Abner, est ici nécessaire.
Laissons là de Joad l'audace téméraire,
Et tout ce vain amas de superstitions
Qui ferment votre temple aux autres nations :
Un sujet plus pressant excite mes alarmes.
Je sais que, dès l'enfance élevé dans les armes,
Abner a le cœur noble, et qu'il rend à la fois
Ce qu'il doit à son Dieu, ce qu'il doit à ses lois.
Demeurez.

SCÈNE V. — ATHALIE, ABNER, MATHAN, Suite d'Athalie

MATHAN

Grande reine, est-ce ici votre place ?
Quel trouble vous agite, et quel effroi vous glace ?
Parmi vos ennemis que venez-vous chercher ?
De ce temple profane osez-vous approcher ?
Avez-vous dépouillé cette haine si vive...

ATHALIE

Prêtez-moi l'un et l'autre une oreille attentive.
Je ne veux point ici rappeler le passé,
Ni vous rendre raison du sang que j'ai versé :
Ce que j'ai fait, Abner, j'ai cru le devoir faire.
Je ne prends point pour juge un peuple téméraire :
Quoi que son insolence ait osé publier,
Le ciel même a pris soin de me justifier.
Sur d'éclatants succès ma puissance établie
A fait jusqu'aux deux mers respecter Athalie ;
Par moi Jérusalem goûte un calme profond ;
Le Jourdain ne voit plus l'Arabe vagabond
Ni l'altier Philistin, par d'éternels ravages,
Comme au temps de vos rois, désoler ses rivages ;
Le Syrien me traite et de reine et de sœur ;
Enfin de ma maison le perfide oppresseur,
Qui devoit jusqu'à moi pousser sa barbarie,
Jéhu, le fier Jéhu, tremble dans Samarie ;
De toutes parts pressé par un puissant voisin,
Que j'ai su soulever contre cet assassin,
Il me laisse en ces lieux souveraine maîtresse.
Je jouissois en paix du fruit de ma sagesse ;
Mais un trouble importun vient, depuis quelques jours,
De mes prospérités interrompre le cours.
Un songe (me devrois-je inquiéter d'un songe ?)
Entretient dans mon cœur un chagrin qui le ronge :

" Reine, sors, a-t-il dit, de ce lieu redoutable, "

(ATHALIE, acte II, scène II)

Je l'évite partout, partout il me poursuit.
C'étoit pendant l'horreur d'une profonde nuit ;
Ma mère Jézabel devant moi s'est montrée,
Comme au jour de sa mort pompeusement parée,
Ses malheurs n'avoient point abattu sa fierté ;
Même elle avoit encor cet éclat emprunté
Dont elle eut soin de peindre et d'orner son visage,
Pour réparer des ans l'irréparable outrage :
« Tremble, m'a-t-elle dit, fille digne de moi ;
« Le cruel Dieu des Juifs l'emporte aussi sur toi .
« Je te plains de tomber dans ses mains redoutables,
« Ma fille ». En achevant ces mots épouvantables,
Son ombre vers mon lit a paru se baisser ;
Et moi je lui tendois les mains pour l'embrasser ;
Mais je n'ai plus trouvé qu'un horrible mélange
D'os et de chairs meurtris, et traînés dans la fange,
Des lambeaux pleins de sang, et des membres affreux
Que des chiens dévorants se disputoient entre eux.

ABNER

Grand Dieu !

ATHALIE

          Dans ce désordre à mes yeux se présente
Un jeune enfant couvert d'une robe éclatante,
Tels qu'on voit des Hébreux les prêtres revêtus.
Sa vue a ranimé mes esprits abattus ;
Mais lorsque, revenant de mon trouble funeste,
J'admirois sa douceur, son air noble et modeste,
J'ai senti tout à coup un homicide acier
Que le traître en mon sein a plongé tout entier.
De tant d'objets divers le bizarre assemblage
Peut-être du hasard vous paraît un ouvrage :
Moi-même quelque temps, honteuse de ma peur,
Je l'ai pris pour l'effet d'une sombre vapeur.
Mais de ce souvenir mon âme possédée
A deux fois en dormant revu la même idée ;
Deux fois mes tristes yeux se sont vu retracer

Ce même enfant toujours tout prêt à me percer.
Lasse enfin des horreurs dont j'étois poursuivie,
J'allois prier Baal de veiller sur ma vie,
Et chercher du repos au pied de ses autels :
Que ne peut la frayeur sur l'esprit des mortels !
Dans le temple des Juifs un instinct m'a poussée,
Et d'apaiser leur Dieu j'ai conçu la pensée ;
J'ai cru que des présents calmeroient son courroux,
Que ce Dieu, quel qu'il soit, en deviendroit plus doux.
Pontife de Baal, excusez ma foiblesse.
J'entre : le peuple fuit, le sacrifice cesse,
Le grand-prêtre vers moi s'avance avec fureur :
Pendant qu'il me parloit, ô surprise ! ô terreur !
J'ai vu ce même enfant dont je suis menacée,
Tel qu'un songe effrayant l'a peint à ma pensée.
Je l'ai vu : son même air, son même habit de lin,
Sa démarche, ses yeux, et tous ses traits enfin ;
C'est lui-même. Il marchoit à côté du grand-prêtre ;
Mais bientôt à ma vue on l'a fait disparoître.
Voilà quel trouble ici m'oblige à m'arrêter,
Et sur quoi j'ai voulu tous deux vous consulter.
Que présage, Mathan, ce prodige incroyable ?

MATHAN

Ce songe et ce rapport, tout me semble effroyable.

ATHALIE

Mais cet enfant fatal, Abner, vous l'avez vu :
Quel est-il ? de quel sang, et de quelle tribu ?

ABNER

Deux enfants à l'autel prêtoient leur ministère :
L'un est fils de Joad, Josabeth est sa mère ;
L'autre m'est inconnu.

MATHAN
Pourquoi délibérer ?
De tous les deux, madame, il se faut assurer.
Vous savez pour Joad mes égards, mes mesures ;

Que je ne cherche point à venger mes injures ;
Que la seule équité règne en tous mes avis ;
Mais lui-même, après tout, fût-ce son propre fils,
Voudroit-il un moment laisser vivre un coupable ?

ABNER

De quel crime un enfant peut-il être capable ?

MATHAN

Le ciel nous le fait voir un poignard à la main :
Le ciel est juste et sage, et ne fait rien en vain.
Que cherchez-vous de plus ?

ABNER

    Mais, sur la foi d'un songe,
Dans le sang d'un enfant voulez-vous qu'on se plonge ?
Vous ne savez encor de quel père il est né.
Quel il est.

MATHAN

  On le craint, tout est examiné.
A d'illustres parents s'il doit son origine,
La splendeur de son sort doit hâter sa ruine ;
Dans le vulgaire obscur si le sort l'a placé,
Qu'importe qu'au hasard un sang vil soit versé ?
Est-ce aux rois à garder cette lente justice ?
Leur sûreté souvent dépend d'un prompt supplice.
N'allons point les gêner d'un soin embarrassant :
Dès qu'on leur est suspect, on n'est plus innocent.

ABNER

Hé quoi, Mathan ! d'un prêtre est-ce là le langage ?
Moi, nourri dans la guerre, aux horreurs du carnage,
Des vengeances des rois ministre rigoureux,
C'est moi qui prête ici ma voix au malheureux !
Et vous, qui lui devez des entrailles de père,
Vous, ministre de paix dans les temps de colère,
Couvrant d'un zèle faux votre ressentiment,
Le sang à votre gré coule trop lentement !
Vous m'avez commandé de vous parler sans feinte,

Madame : quel est donc ce grand sujet de crainte ?
Un songe, un foible enfant que votre œil, prévenu,
Peut-être sans raison croit avoir reconnu.

ATHALIE

Je le veux croire, Abner ; je puis m'être trompée :
Peut-être un songe vain m'a trop préoccupée.
Hé bien ! il faut revoir cet enfant de plus près ;
Il en faut à loisir examiner les traits.
Qu'on les fasse tous deux paroître en ma présence.

ABNER

Je crains...

ATHALIE

            Manqueroit-on pour moi de complaisance ?
De ce refus bizarre où seroient les raisons ?
Il pourroit me jeter en d'étranges soupçons.
Que Josabeth, vous dis-je, ou Joad les amène.
Je puis, quand je voudrai, parler en souveraine.
Vos prêtres, je veux bien, Abner, vous l'avouer,
Des bontés d'Athalie ont lieu de se louer.
Je sais sur ma conduite et contre ma puissance
Jusqu'où de leurs discours ils portent la licence :
Ils vivent cependant, et leur temple est debout.
Mais je sens que bientôt ma douceur est à bout.
Que Joad mette un frein à son zèle sauvage,
Et ne m'irrite point par un second outrage.
Allez.

SCÈNE VI. — ATHALIE, MATHAN, Suite d'Athalie

MATHAN

            Enfin je puis parler en liberté ;
Je puis dans tout son jour mettre la vérité.
Quelque monstre naissant dans ce temple s'élève,
Reine : n'attendez pas que le nuage crève.
Abner chez le grand-prêtre a devancé le jour :
Pour le sang de ses rois vous savez son amour.

Et qui sait si Joad ne veut point en leur place
Substituer l'enfant dont le ciel vous menace,
Soit son fils, soit quelque autre...

ATHALIE
Oui, vous m'ouvrez les yeux,
Je commence à voir clair dans cet avis des cieux.
Mais je veux de mon doute être débarrassée :
Un enfant est peu propre à trahir sa pensée ;
Souvent d'un grand dessein un mot nous fait juger.
Laissez-moi, cher Mathan, le voir, l'interroger.
Vous, cependant, allez ; et, sans jeter d'alarmes,
A tous mes Tyriens faites prendre les armes.

SCÈNE VII. — JOAS, ATHALIE, JOSABETH, ZACHA-
RIE, SALOMITH, ABNER, DEUX LÉVITES, LE CHŒUR,
SUITE D'ATHALIE

JOSABETH, *aux deux lévites.*
O vous, sur ces enfants si chers, si précieux,
Ministres du Seigneur, ayez toujours les yeux.

ABNER, *à Josabeth.*
Princesse, assurez-vous, je les prends sous ma garde.

ATHALIE
O ciel ! plus j'examine, et plus je le regarde...
C'est lui ! D'horreur encor tous mes sens sont saisis.
(Montrant Joas.)
Épouse de Joad, est-ce là votre fils ?

JOSABETH
Qui ? lui, madame ?

ATHALIE
Lui.

JOSABETH
Je ne suis point sa mère.
(Montrant Zacharie.)
Voilà mon fils.

ATHALIE, *à Joas.*
Et vous, quel est donc votre père ?
Jeune enfant, répondez.

JOSABETH
Le ciel jusque aujourd'hui...

ATHALIE
Pourquoi vous pressez-vous de répondre pour lui ?
C'est à lui de parler.

JOSABETH
Dans un âge si tendre
Quel éclaircissement en pouvez-vous attendre ?

ATHALIE
Cet âge est innocent : son ingénuité
N'altère point encor la simple vérité.
Laissez-le s'expliquer sur tout ce qui le touche.

JOSABETH, *tout bas.*
Daigne mettre, grand Dieu, ta sagesse en sa bouche !

ATHALIE
Comment vous nommez-vous ?

JOAS
J'ai nom Éliacin.

ATHALIE
Votre père ?

JOAS
Je suis, dit-on, un orphelin
Entre les bras de Dieu jeté dès ma naissance,
Et qui de mes parents n'eus jamais connaissance.

ATHALIE
Vous êtes sans parents ?

JOAS
Ils m'ont abandonné.
ATHALIE
Comment ? et depuis quand ?

JOAS

    Depuis que je suis né.

ATHALIE

Ne sait-on pas au moins quel pays est le vôtre ?

JOAS

Ce temple est mon pays : je n'en connois point d'autre.

ATHALIE

Où dit-on que le sort vous a fait rencontrer ?

JOAS

Parmi des loups cruels prêts à me dévorer.

ATHALIE

Qui vous mit dans ce temple ?

JOAS

    Une femme inconnue,
Qui ne dit point son nom, et qu'on n'a point revue.

ATHALIE

Mais de vos premiers ans quelles mains ont pris soin ?

JOAS

Dieu laissa-t-il jamais ses enfants au besoin ?
Aux petits des oiseaux il donne leur pâture,
Et sa bonté s'étend sur toute la nature.
Tous les jours je l'invoque, et d'un soin paternel
Il me nourrit des dons offerts sur son autel.

ATHALIE

Quel prodige nouveau me trouble et m'embarrasse ?
La douceur de sa voix, son enfance, sa grâce,
Font insensiblement à mon inimitié
Succéder... Je serois sensible à la pitié ?

ABNER

Madame, voilà donc cet ennemi terrible ?
De vos songes menteurs l'imposture est visible,
A moins que la pitié qui semble vous troubler
Ne soit ce coup fatal qui vous faisoit trembler.

ATHALIE, *à Joas et à Josabeth.*

Vous sortez ?

JOSABETH

Vous avez entendu sa fortune :
Sa présence à la fin pourroit être importune.

ATHALIE

Non : revenez.
(A Joas.)
Quel est tous les jours votre emploi ?

JOAS

J'adore le Seigneur ; on m'explique sa loi :
Dans son livre divin on m'apprend à la lire,
Et déjà de ma main je commence à l'écrire.

ATHALIE

Que vous dit cette loi ?

JOAS

Que Dieu veut être aimé ;
Qu'il venge tôt ou tard son saint nom blasphémé ;
Qu'il est le défenseur de l'orphelin timide ;
Qu'il résiste au superbe, et punit l'homicide.

ATHALIE

J'entends. Mais tout ce peuple enfermé dans ce lieu,
A quoi s'occupe-t-il ?

JOAS

Il loue, il bénit Dieu.

ATHALIE

Dieu veut-il qu'à toute heure on prie, on le contemple ?

JOAS

Tout profane exercice est banni de son temple.

ATHALIE

Quels sont donc vos plaisirs ?

JOAS

Quelquefois à l'autel

Je présente au grand-prêtre ou l'encens ou le sel ;
J'entends chanter de Dieu les grandeurs infinies ;
Je vois l'ordre pompeux de ses cérémonies.

ATHALIE

Hé quoi ! vous n'avez point de passe-temps plus doux !
Je plains le triste sort d'un enfant tel que vous.
Venez dans mon palais, vous y verrez ma gloire.

JOAS

Moi ! des bienfaits de Dieu je perdrois la mémoire !

ATHALIE

Non, je ne vous veux pas contraindre à l'oublier.

JOAS

Vous ne le priez point.

ATHALIE

Vous le pourrez prier.

JOAS

Je verrois cependant en invoquer un autre.

ATHALIE

J'ai mon Dieu que je sers ; vous servirez le vôtre :
Ce sont deux puissants dieux.

JOAS

Il faut craindre le mien,

Lui seul est Dieu, madame, et le vôtre n'est rien.

ATHALIE

Les plaisirs près de moi vous chercheront en foule.

JOAS

Le bonheur des méchants comme un torrent s'écoule.

ATHALIE

Ces méchants, qui sont-ils ?

JOSABETH

Hé, madame ! excusez

Un enfant...

ATHALIE, *à Josabeth.*
J'aime à voir comme vous l'instruisez.
Enfin, Éliacin, vous avez su me plaire ;
Vous n'êtes point sans doute un enfant ordinaire.
Vous voyez, je suis reine, et n'ai point d'héritier :
Laissez-là cet habit, quittez ce vil métier ;
Je veux vous faire part de toutes mes richesses ;
Essayez dés ce jour l'effet de mes promesses.
A ma table, partout, à mes côtés assis,
Je prétends vous traiter comme mon propre fils.

JOAS

Comme votre fils ?

ATHALIE
Oui... Vous vous taisez ?

JOAS
Quel père
Je quitterois ! et pour....

ATHALIE
Hé bien ?

JOAS
Pour quelle mère !

ATHALIE, *à Josabeth.*
Sa mémoire est fidèle, et, dans tout ce qu'il dit,
De vous et de Joad je reconnois l'esprit.
Voilà comme, infectant cette simple jeunesse,
Vous employez tous deux le calme où je vous laisse.
Vous cultivez déjà leur haine et leur fureur ;
Vous ne leur prononcez mon nom qu'avec horreur.

JOSABETH
Peut-on de nos malheurs leur dérober l'histoire ?
Tout l'univers les sait ; vous-même en faites gloire.

ATHALIE
Oui, ma juste fureur, et j'en fais vanité,
A vengé mes parents sur ma postérité,

J'aurois vu massacrer et mon père et mon frère,
Du haut de son palais précipiter ma mère,
Et dans un même jour égorger à la fois
(Quel spectacle d'horreur !) quatre-vingts fils de rois ;
Et pourquoi ? Pour venger je ne sais quels prophètes
Dont elle avoit puni les fureurs indiscrètes :
Et moi, reine sans cœur, fille sans amitié,
Esclave d'une lâche et frivole pitié,
Je n'aurois pas du moins à cette aveugle rage
Rendu meurtre pour meurtre, outrage pour outrage,
Et de votre David traité tous les neveux
Comme on traitoit d'Achab les restes malheureux !
Où serois-je aujourd'hui, si, domptant ma foiblesse,
Je n'eusse d'une mère étouffé la tendresse ;
Si de mon propre sang ma main versant des flots
N'eût par ce coup hardi réprimé vos complots ?
Enfin de votre Dieu l'implacable vengeance
Entre nos deux maisons rompit toute alliance :
David m'est en horreur, et les fils de ce roi,
Quoique nés de mon sang, sont étrangers pour moi.

JOSABETH

Tout vous a réussi. Que Dieu voie, et nous juge !

ATHALIE

Ce Dieu, depuis longtemps votre unique refuge,
Que deviendra l'effet de ses prédictions ?
Qu'il vous donne ce roi promis aux nations,
Cet enfant de David, votre espoir, votre attente...
Mais nous nous reverrons. Adieu ! Je sors contente :
J'ai voulu voir, j'ai vu.

ABNER, à Josabeth.

      Je vous l'avois promis :
Je vous rends le dépôt que vous m'avez commis.

SCÈNE VIII. — JOAS, JOSABETH, ZACHARIE, SALOMITH, JOAD, ABNER, Lévites, le Chœur

JOSABETH *à Joad.*
Avez-vous entendu cette superbe reine,
Seigneur ?

JOAD
J'entendois tout, et plaignois votre peine.
Ces lévites et moi prêts à vous secourir,
Nous étions avec vous résolus de périr.
(A Joas, en l'embrassant.)
Que Dieu veille sur vous, enfant dont le courage
Vient de me rendre à son nom ce noble témoignage.
Je reconnois, Abner, ce service important :
Souvenez-vous de l'heure où Joad vous attend.
Et nous, dont cette femme impie et meurtrière
A souillé les regards et troublé la prière,
Rentrons, et qu'un sang pur, par mes mains épanché,
Lave jusques au marbre où ses pas ont touché.

SCÈNE IX. — LE CHŒUR

UNE DES FILLES DU CHŒUR
Quel astre à nos yeux vient de luire ?
Quel sera quelque jour cet enfant merveilleux ?
Il brave le faste orgueilleux,
Et ne se laisse point séduire
A tous ses attraits périlleux.

UNE AUTRE
Pendant que du Dieu d'Athalie
Chacun court encenser l'autel,
Un enfant courageux publie
Que Dieu lui seul est éternel,
Et parle comme un autre Élie
Devant cet autre Jézabel.

UNE AUTRE

Qui nous révélera ta naissance secrète,
Cher enfant ? Es-tu fils de quelque saint prophète ?

UNE AUTRE

Ainsi l'on vit l'aimable Samuel

Croître à l'ombre du tabernacle :
Il devint des Hébreux l'espérance et l'oracle.
Puisses-tu, comme lui, consoler Israël !

UNE AUTRE *chante.*

O bienheureux mille fois
L'enfant que le Seigneur aime,
Qui de bonne heure entend sa voix,
Et que ce Dieu daigne instruire lui-même !
Loin du monde élevé, de tous les dons des cieux
Il est orné dès son enfance :
Et du méchant l'abord contagieux
N'altère point son innocence.

TOUT LE CHŒUR

Heureuse, heureuse l'enfance
Que le Seigneur instruit et prend sous sa défense !

LA MÊME VOIX, *seule.*

Tel en un secret vallon,
Sur le bord d'une onde pure,
Croît, à l'abri de l'aquillon,
Un jeune lis, l'amour de la nature.
Loin du monde élevé, de tous les dons des cieux
Il est orné dès sa naissance :
Et du méchant l'abord contagieux
N'altère point son innocence.

TOUT LE CHŒUR

Heureux, heureux mille fois
L'enfant que le Seigneur rend docile à ses lois !

UNE VOIX, *seule.*

Mon Dieu, qu'une vertu naissante

Parmi tant de périls marche à pas incertains !
Qu'une âme qui te cherche et veut être innocente
    Trouve d'obstacle à ses desseins !
    Que d'ennemis lui font la guerre !
    Où se peuvent cacher tes saints ?
    Les pécheurs couvrent la terre.

UNE AUTRE

O palais de David ! et sa chère cité,
Mont fameux, que Dieu même a longtemps habité !
Comment as-tu du ciel attiré la colère ?
Sion, chère Sion, que dis-tu quand tu vois
    Une impie étrangère
Assise, hélas ! au trône de tes rois ?

TOUT LE CHŒUR

Sion, chère Sion, que dis tu quand tu vois
    Une impie étrangère
Assise, hélas ! au trône de tes rois ?

LA MÊME VOIX *continue.*

    Au lieu des cantiques charmants
Où David t'exprimoit ses saints ravissements,
Et bénissoit son Dieu, son Seigneur et son père,
Sion, chère Sion, que dis-tu quand tu vois
    Louer le dieu de l'impie étrangère,
Et blasphémer le nom qu'ont adoré tes rois ?

UNE VOIX, *seule.*

Combien de temps, Seigneur, combien de temps encore
Verrons-nous contre toi les méchants s'élever ?
Jusque dans ton saint temple ils viennent te braver :
Ils traitent d'insensé le peuple qui t'adore.
Combien de temps, Seigneur, combien de temps encore
Verrons-nous contre toi les méchants s'élever ?

UNE AUTRE

Que vous sert, disent-ils, cette vertu sauvage ?
    De tant de plaisirs si doux

Pourquoi fuyez-vous l'usage ?
Votre Dieu ne fait rien pour vous.

UNE AUTRE

Allons, chantons, dit cette troupe impie :
De fleurs en fleurs, de plaisirs en plaisirs,
        Promenons nos désirs.
Sur l'avenir insensé qui se fie.
De nos ans passagers le nombre est incertain :
Hâtons-nous aujourd'hui de jouir de la vie,
        Qui sait si nous serons demain ?

TOUT LE CHŒUR

Qu'ils pleurent, ô mon Dieu ! qu'ils frémissent de crainte,
        Ces malheureux, qui de ta cité sainte
Ne verront point l'éternelle splendeur.
C'est à nous de chanter, nous à qui tu révèles
        Tes clartés immortelles,
C'est à nous de chanter tes dons et ta grandeur.

UNE VOIX, *seule.*

De tous ces vains plaisirs où leur âme se plonge
Que leur restera-t-il ? Ce qui reste d'un songe
        Dont on a reconnu l'erreur.
    A leur réveil, ô réveil plein d'horreur !
        Pendant que le pauvre à ta table
Goûtera de ta paix la douceur ineffable,
Ils boiront dans la coupe affreuse, inépuisable,
Que tu présenteras, au jour de ta fureur,
        A toute la race coupable.

TOUT LE CHŒUR

    O réveil plein d'horreur !
    O songe peu durable !
    O dangereuse erreur !

ACTE TROISIÈME

SCÈNE I. — MATHAN, NABAL, le Chœur

MATHAN

Jeunes filles, allez : qu'on dise à Josabeth
Que Mathan veut ici lui parler en secret.

UNE DES FILLES DU CHŒUR

Mathan ! O Dieu du ciel, puisses-tu le confondre !

NABAL

Hé quoi ! tout se disperse, et fuit sans vous répondre ?

MATHAN

Approchons.

SCÈNE II. — ZACHARIE, MATHAN, NABAL

ZACHARIE

Téméraire, où voulez-vous passer ?
Au delà de ce lieu gardez-vous d'avancer :
C'est des ministres saints la demeure sacrée ;
Les lois à tout profane en défendent l'entrée.
Qui cherchez-vous ? Mon père, en ce jour solennel,
De l'idolâtre impur fuit l'aspect criminel,
Et devant le Seigneur maintenant prosternée,
Ma mère en ce devoir craint d'être détournée.

MATHAN

Mon fils, nous attendrons ; cessez de vous troubler.
C'est votre illustre mère à qui je veux parler :
Je viens ici chargé d'un ordre de la reine.

SCÈNE III. — MATHAN, NABAL

NABAL

Leurs enfants ont déjà leur audace hautaine.
Mais que veut Athalie en cette occasion ?
D'où naît dans ses conseils cette confusion ?
Par l'insolent Joad ce matin offensée,
Et d'un enfant fatal en songe menacée,
Elle alloit immoler Joad à son courroux,
Et dans ce temple enfin placer Baal et vous.
Vous m'en aviez déjà confié votre joie ;
Et j'espérois ma part d'une si riche proie.
Qui fait changer ainsi ses vœux irrésolus ?

MATHAN

Ami, depuis deux jours je ne la connois plus.
Ce n'est plus cette reine éclairée, intrépide,
Élevée au-dessus de son sexe timide,
Qui d'abord accabloit ses ennemis surpris,
Et d'un instant perdu connoissoit tout le prix :
La peur d'un vain remords trouble cette grande âme.
Elle flotte, elle hésite ; en un mot, elle est femme.
J'avois tantôt remplie d'amertume et de fiel
Son cœur, déjà saisi des menaces du ciel ;
Elle-même, à mes soins confiant sa vengeance,
M'avoit dit d'assembler sa garde en diligence ;
Mais, soit que cet enfant devant elle amené,
De ses parents, dit-on, rebut infortuné,
Eût d'un songe effrayant diminué l'alarme,
Soit qu'elle eût même en lui vu je ne sais quel charme,
J'ai trouvé son courroux chancelant, incertain,
Et déjà remettant sa vengeance à demain.
Tous ses projets sembloient l'un l'autre se détruire.
« Du sort de cet enfant je me suis fait instruire,
« Ai-je dit : on commence à vanter ses aïeux ;
« Joad de temps en temps le montre aux factieux,

« Le fait attendre aux Juifs comme une autre Moïse,
« Et d'oracles menteurs s'appuie et s'autorise. »
Ces mots ont fait monter la rougeur sur son front.
Jamais mensonge heureux n'eut un effet si prompt.
« Est-ce à moi de languir dans cette incertitude ?
« Sortons, a-t-elle dit, sortons d'inquiétude.
« Vous-même à Josabeth prononcez cet arrêt :
« Les feux vont s'allumer, et le fer est tout prêt ;
« Rien ne peut de leur temple empêcher le ravage,
« Si je n'ai de leur foi cet enfant pour otage. »

NABAL

Hé bien ! pour un enfant qu'ils ne connoissent pas,
Que le hasard peut-être a jeté dans leurs bras,
Voudront-ils que leur temple, enseveli sous l'herbe...

MATHAN

Ah ! de tous les mortels connois le plus superbe.
Plutôt que dans mes mains par Joad soit livré
Un enfant qu'à son Dieu Joad a consacré,
Tu lui verras subir la mort la plus terrible.
D'ailleurs pour cet enfant leur attache est visible :
Si j'ai bien de la reine entendu le récit,
Joad sur sa naissance en sait plus qu'il ne dit.
Quel qu'il soit, je prévois qu'il leur sera funeste ;
Ils le refuseront : je prends sur moi le reste,
Et j'espère qu'enfin de ce temple odieux
Et la flamme et le fer vont délivrer mes yeux.

NABAL

Qui peut vous inspirer une haine si forte ?
Est-ce que de Baal le zèle vous transporte ?
Pour moi, vous le savez, descendu d'Ismaël
Je ne sers ni Baal, ni le dieu d'Israël.

MATHAN

Ami, peux-tu penser que d'un zèle frivole
Je me laisse aveugler pour une vaine idole,
Pour un fragile bois que, malgré mon secours,

Les vers sur son autel consument tous les jours ?
Né ministre du Dieu qu'en ce temple on adore,
Peut-être que Mathan le serviroit encore,
Si l'amour des grandeurs, la soif de commander,
Avec son joug étroit pouvoient s'accommoder.
Qu'est-il besoin, Nabal, qu'à tes yeux je rappelle
De Joad et de moi la fameuse querelle,
Quand j'osai contre lui disputer l'encensoir ;
Mes brigues, mes combats, mes pleurs, mon désespoir ?
Vaincu par lui, j'entrai dans une autre carrière,
Et mon âme à la cour s'attacha tout entière.
J'approchai par degrés de l'oreille des rois,
Et bientôt en oracle on érigea ma voix.
J'étudiai leur cœur, je flattai leurs caprices ;
Je leur semai de fleurs le bord des précipices :
Près de leurs passions rien ne me fut sacré ;
De mesure et de poids je changeois à leur gré.
Autant que de Joad l'inflexible rudesse
De leur superbe oreille offensoit la mollesse,
Autant je les charmois par ma dextérité,
Dérobant à leurs yeux la triste vérité,
Prêtant à leurs fureurs des couleurs favorables,
Et prodigue surtout du sang des misérables.
Enfin, au dieu nouveau qu'elle avoit introduit
Par les mains d'Athalie un temple fut construit.
Jérusalem pleura de se voir profanée :
Des enfants de Lévi la troupe consternée
En poussa vers le ciel des hurlemants affreux.
Moi seul, donnant l'exemple aux timides Hébreux,
Déserteur de leur loi, j'approuvai l'entreprise,
Et par là de Baal méritai la prêtrise ;
Par là je me rendis terrible à mon rival ;
Je ceignis la tiare, et marchai son égal.
Toutefois, je l'avoue, en ce comble de gloire,
Du Dieu que j'ai quitté l'importune mémoire
Jette encore en mon âme un reste de terreur,
Et c'est ce qui redouble et nourrit ma fureur.

Heureux si, sur son temple achevant ma vengeance,
Je puis convaincre enfin sa haine d'impuissance,
Et parmi le débris, le ravage et les morts,
A force d'attentats perdre tous mes remords !
Mais voici Josabeth.

SCÈNE IV. — JOSABETH, MATHAN, NABAL

MATHAN

Envoyé par la reine,
Pour rétablir le calme et dissiper la haine,
Princesse, en qui le ciel mit un esprit si doux,
Ne vous étonnez pas si je m'adresse à vous.
Un bruit, que j'ai pourtant soupçonné de mensonge,
Appuyant les avis qu'elle a reçus en songe,
Sur Joad, accusé de dangereux complots,
Alloit de sa colère attirer tous les кots.
Je ne veux point ici vous vanter mes services :
De Joad contre moi je sais les injustices ;
Mais il faut à l'offense opposer les bienfaits.
Enfin, je viens chargé de paroles de paix.
Vivez, solennisez vos fêtes sans ombrage.
De votre obéissance elle ne veut qu'un gage :
C'est, pour l'en détourner j'ai fait ce que j'ai pu,
Cet enfant sans parents qu'elle dit qu'elle a vu.

JOSABETH

Éliacin ?

MATHAN

J'en ai pour elle quelque honte :
D'un vain songe peut-être elle fait trop de compte.
Mais vous vous déclarez ses mortels ennemis,
Si cet enfant sur l'heure en mes mains n'est remis.
La reine, impatiente, attend votre réponse.

JOSABETH

Et voilà de sa part la paix qu'on nous annonce !

MATHAN

Pourriez-vous un moment douter de l'accepter ?
D'un peu de complaisance est-ce trop l'acheter ?

JOSABETH

J'admirois si Mathan, dépouillant l'artifice,
Avoit pu de son cœur surmonter l'injustice,
Et si de tant de maux le funeste inventeur
De quelque ombre de bien pouvoit être l'auteur.

MATHAN

De quoi vous plaignez-vous ? Vient-on avec furie
Arracher de vos bras votre fils Zacharie ?
Quel est cet autre enfant si cher à votre amour ?
Ce grand attachement me surprend à mon tour.
Est-ce un trésor pour vous si précieux, si rare ?
Est-ce un libérateur que le ciel vous prépare ?
Songez-y : vos refus pourroient me confirmer
Un bruit sourd que déjà l'on commence à semer.

JOSABETH

Quel bruit ?

MATHAN

        Que cet enfant vient d'illustre origine ;
Qu'à quelque grand projet votre époux le destine.

JOSABETH

Et Mathan, par ce bruit qui flatte sa fureur...

MATHAN

Princesse, c'est à vous à me tirer d'erreur.
Je sais que, du mensonge implacable ennemie,
Josabeth livreroit même sa propre vie,
S'il falloit que sa vie à sa sincérité
Coûtât le moindre mot contre la vérité.
Du sort de cet enfant on n'a donc nulle trace ?
Une profonde nuit enveloppe sa race ?
Et vous-même ignorez de quels parents issu,
De quelles mains Joad en ses bras l'a reçu ?

Parlez ; je vous écoute, et suis prêt à vous croire :
Au Dieu que vous servez, princesse, rendez gloire.

JOSABETH

Méchant, c'est bien à vous d'oser ainsi nommer
Un Dieu que votre bouche enseigne à blasphémer !
Sa vérité par vous peut-elle être attestée,
Vous, malheureux, assis dans la chair empestée
Où le mensonge règne et répand son poison ;
Vous, nourri dans la fourbe et dans la trahison ?

SCÈNE V. — JOAD, JOSABETH, MATHAN, NABAL

JOAD

Où suis-je ? De Baal ne vois-je pas le prêtre ?
Quoi ! fille de David, vous parlez à ce traître ?
Vous souffrez qu'il vous parle ? Et vous ne craignez pas
Que du fond de l'abîme entr'ouvert sous ses pas
Il ne sorte à l'instant des feux qui vous embrasent,
Ou qu'en tombant sur lui, ces murs ne vous écrasent ?
Que veut-il ? De quel front cet ennemi de Dieu
Vient-il infecter l'air qu'on respire en ce lieu ?

MATHAN

On reconnaît Joad à cette violence.
Toutefois il devroit montrer plus de prudence,
Respecter une reine, et ne pas outrager
Celui que de son ordre elle a daigné charger.

JOAD

Hé bien ! que nous fait-elle annoncer de sinistre ?
Quel sera l'ordre affreux qu'apporte un tel ministre ?

MATHAN

J'ai fait à Josabeth savoir sa volonté.

JOAD

Sors donc de devant moi, monstre d'impiété.
De toutes tes horreurs, va, comble la mesure.
Dieu s'apprête à te joindre à la race parjure,

Abiron et Dathan, Doëg, Achitophel :
Les chiens, à qui son bras a livré Jézabel,
Attendant que sur toi sa fureur se déploie,
Déjà sont à ta porte, et demandent leur proie.

MATHAN *(Il se trouble)*.
Avant la fin du jour... on verra qui de nous...
Doit... Mais sortons, Nabal.

NABAL
Où vous égarez-vous ?
De vos sens étonnés quel désordre s'empare ?
Voilà votre chemin.

SCÈNE VI. — JOAD, JOSABETH

JOSABETH
L'orage se déclare :
Athalie en fureur demande Éliacin.
Déjà de sa naissance et de votre dessein
On commence, seigneur, à percer le mystère :
Peu s'en faut que Mathan ne m'ait nommé son père.

JOAD
Au perfide Mathan qui l'auroit révélé ?
Votre trouble à Mathan n'a-t-il point trop parlé ?

JOSABETH
J'ai fait ce que j'ai pu pour m'en rendre maîtresse.
Cependant, croyez-moi, seigneur, le péril presse.
Réservons cet enfant pour un temps plus heureux.
Tandis que les méchants délibèrent entre eux,
Avant qu'on l'environne, avant qu'on nous l'arrache,
Une seconde fois souffrez que je le cache :
Les portes, les chemins lui sont encore ouverts.
Faut-il le transporter aux plus affreux déserts ?
Je suis prête : je sais une secrète issue
Par où, sans qu'on le voie, et sans être aperçue,
De Cédron avec lui traversant le torrent,

J'irai dans le désert où jadis en pleurant,
Et cherchant comme nous son salut dans la fuite,
David d'un fils rebelle évita la poursuite.
Je craindrai moins pour lui les lions et les ours...
Mais pourquoi de Jéhu refuser le secours ?
Je vous ouvre peut-être un avis salutaire.
Faisons de ce trésor Jéhu dépositaire.
On peut dans ses États le conduire aujourd'hui,
Et le chemin est court qui mène jusqu'à lui.
Jéhu n'a point un cœur farouche, inexorable ;
De David à ses yeux le nom est favorable.
Hélas ! est-il un roi si dur et si cruel,
A moins qu'il n'eût pour mère une autre Jézabel,
Qui d'un tel suppliant ne plaignît l'infortune ?
Sa cause à tous les rois n'est-elle pas commune ?

JOAD

Quels timides conseils m'osez-vous suggérer ?
En l'appui de Jéhu pourriez-vous espérer ?

JOSABETH

Dieu défend-il tout soin et toute prévoyance ?
Ne l'offense-t-on point par trop de confiance ?
A ses desseins sacrés employant les humains,
N'a-t-il pas de Jéhu lui-même armé les mains ?

JOAD

Jéhu, qu'avoit choisi sa sagesse profonde,
Jéhu, sur qui je vois que votre espoir se fonde,
D'un oubli trop ingrat a payé ses bienfaits :
Jéhu laisse d'Achab l'affreuse fille en paix,
Suit des rois d'Israël les profanes exemples,
Du vil Dieu de l'Égypte a conservé les temples ;
Jéhu, sur les hauts lieux enfin osant offrir
Un téméraire encens que Dieu ne peut souffrir,
N'a pour servir sa cause et venger ses injures
Ni le cœur assez droit, ni les mains assez pures.
Non, non : c'est à Dieu seul qu'il faut nous attacher.
Montrons Éliacin ; et, loin de le cacher,

Que du bandeau royal sa tête soit ornée :
Je veux même avancer l'heure déterminée,
Avant que de Mathan le complot soit formé.

SCÈNE VII. — JOAD, JOSABETH, AZARIAS, *suivi du Chœur et de plusieurs lévites*

JOAD

Hé bien, Azarias, le temple est-il fermé ?

AZARIAS

J'en ai fait devant moi fermer toutes les portes.

JOAD

N'y reste-t-il que vous et vos saintes cohortes ?

AZARIAS

De ses parvis sacrés j'ai deux fois fait le tour.
Tout a fui, tous se sont séparés sans retour,
Misérable troupeau qu'a dispersé la crainte ;
Et Dieu n'est plus servi que dans la tribu sainte.
Depuis qu'à Pharaon ce peuple est échappé,
Une égale terreur ne l'avoit point frappé.

JOAD

Peuple lâche, en effet, et né pour l'esclavage,
Hardi contre Dieu seul ! Poursuivons notre ouvrage.
Mais qui retient encor ces enfants parmi nous ?

UNE DES FILLES DU CHŒUR

Hé ! pourrions-nous, seigneur, nous séparer de vous ?
Dans le temple de Dieu sommes-nous étrangères ?
Vous avez près de vous nos pères et nos frères.

UNE AUTRE

Hélas ! si pour venger l'opprobre d'Israël,
Nos mains ne peuvent pas, comme autrefois Jahel,
Des ennemis de Dieu percer la tête impie,
Nous lui pouvons du moins immoler notre vie.
Quand vos bras combattront pour son temple attaqué,
Par nos larmes du moins il peut être invoqué.

JOAD

Voilà donc quels vengeurs s'arment pour ta querelle,
Des prêtres, des enfants, ô Sagesse éternelle !
Mais, si tu les soutiens, qui les peut ébranler ?
Du tombeau, quand tu veux, tu sais nous rappeler :
Tu frappes et guéris, tu perds et ressuscites.
Ils ne s'assurent point en leurs propres mérites,
Mais en ton nom sur eux invoqué tant de fois,
En tes serments jurés au plus saint de leurs rois,
En ce temple où tu fais ta demeure sacrée,
Et qui doit du soleil égaler la durée.
Mais d'où vient que mon cœur frémit d'un saint effroi ?
Est-ce l'esprit divin qui s'empare de moi ?
C'est lui-même ; il m'échauffe, il parle : mes yeux s'ouvrent
Et les siècles obscurs devant moi se découvrent.
Lévites, de vos sons prêtez-moi les accords,
Et de ses mouvements secondez les transports.

LE CHŒUR *chante au son de toute la symphonie des instruments.*

Que du Seigneur la voix se fasse entendre,
Et qu'à nos cœurs son oracle divin
Soit ce qu'à l'herbe tendre
Est, au printemps, la fraîcheur du matin.

JOAD.

Cieux, écoutez ma voix ; terre, prête l'oreille.
Ne dis plus, ô Jacob, que ton Seigneur sommeille !
Pécheurs, disparoissez : le Seigneur se réveille.
(Ici recommence la symphonie, et Joad aussitôt reprend la
parole.)
Comment en un plomb vil l'or pur s'est-il changé ?
Quel est dans le lieu saint ce pontife égorgé ?
Pleure, Jérusalem, pleure, cité perfide,
Des prophètes divins malheureuse homicide :
De son amour pour toi ton Dieu s'est dépouillé ;
Ton encens à ses yeux est un encens souillé.
Où menez-vous ces enfants et ces femmes ?
Le Seigneur a détruit la reine des cités :

Ses prêtres sont captifs, ses rois sont rejetés.
Dieu ne veut plus qu'on vienne à ses solennités :
Temple, renverse-toi ; cèdres, jetez des flammes.
　　　Jérusalem, objet de ma douleur,
Quelle main en un jour a ravi tous tes charmes ?
Qui changera mes yeux en deux sources de larmes
　　　　　Pour pleurer ton malheur ?

AZARIAS

O saint temple !

JOSABETH
　　O David !

LE CHŒUR
　　　　Dieu de Sion, rappelle,
Rappelle en sa faveur tes antiques bontés.
　*(La symphonie recommence encore ; et Joad, un moment
　　　　après l'interrompt.)*

JOAD
　　Quelle Jérusalem nouvelle
Sort du fond du désert, brillanté de clartés,
Et porte sur le front une marque immortelle ?
　　Peuple de la terre, chantez :
Jérusalem renaît plus brillante et plus belle.
　　D'où lui viennent de tous côtés
Ces enfants qu'en son sein elle n'a point portés ?
Lève, Jérusalem, lève ta tête altière ;
Regarde tous ces rois de ta gloire étonnés ;
Les rois des nations, devant toi prosternés,
　　　De tes pieds baisent la poussière ;
Les peuples à l'envi marchent à ta lumière.
　　Heureux qui pour Sion d'une sainte ferveur
　　　Sentira son âme embrasée !
　　　Cieux, répandez votre rosée,
Et que la terre enfante son Sauveur !

JOSABETH
Hélas ! d'où nous viendra cette insigne faveur,
Si les rois de qui doit descendre ce Sauveur...

JOAD

Préparez, Josabeth, le riche diadème
Que sur son front sacré David porta lui-même.
    (Aux lévites.)
Et vous, pour vous armer, suivez-moi dans ces lieux
Où se garde caché, loin des profanes yeux,
Ce formidable amas de lances et d'épées
Qui du sang philistin jadis furent trempées,
Et que David vainqueur, d'ans et d'honneurs chargé,
Fit consacrer au Dieu qui l'avoit protégé.
Peut-on les employer pour un plus noble usage ?
Venez, je veux moi-même en faire le partage.

SCÈNE VIII. — SALOMITH, LE CHŒUR

SALOMITH

Que de craintes, mes sœurs, que de troubles mortels
    Dieu tout-puissant, sont-ce là les prémices,
        Les parfums et les sacrifices
Qu'on devoit en ce jour offrir sur tes autels ?

UNE DES FILLES DU CHŒUR

    Quel spectacle à nos yeux timides !
    Qui l'eût cru, qu'on dût voir jamais
Les glaives meurtriers, les lances homicides
        Briller dans la maison de paix ?

UNE AUTRE

D'où vient que, pour son Dieu pleine d'indifférence
Jérusalem se tait en ce pressant danger ?
    D'où vient, mes sœurs, que, pour nous protéger,
Le brave Abner au moins ne rompt pas le silence ?

SALOMITH

Hélas ! dans une cour où l'on n'a d'autres lois
        Que la force et la violence,
        Où les honneurs et les emplois
Sont le prix d'une aveugle et basse obéissance,

Ma sœur, pour la triste innocence
Qui voudroit élever la voix ?

UNE AUTRE

Dans ce péril, dans ce désordre extrême,
Pour qui prépare-t-on le sacré diadème.

SALOMITH

Le Seigneur a daigné parler ;
Mais ce qu'à son prophète il vient de révéler,
Qui pourra nous le faire entendre ?
S'arme-t-il pour nous défendre ?
S'arme-t-il pour nous accabler ?

TOUT LE CHŒUR *chante.*

O promesse ! ô menace ! ô ténébreux mystère !
Que de maux, que de biens sont prédits tour à tour ?
Comment peut-on avec tant de colère
Accorder tant d'amour ?

UNE VOIX, *seule.*

Sion ne sera plus : une flamme cruelle
Détruira tous ses ornements.

UNE AUTRE VOIX

Dieu protège Sion : elle a pour fondements
Sa parole éternelle.

LA PREMIÈRE

Je vois tout son éclat disparoître à mes yeux.

LA SECONDE

Je vois de toutes parts sa clarté répandue.

LA PREMIÈRE

Dans un gouffre profond Sion est descendue.

LA SECONDE

Sion a son front dans les cieux.

LA PREMIÈRE

Quel triste abaissement !

LA SECONDE
Quelle immortelle gloire !

LA PREMIÈRE
Que de cris de douleur !

LA SECONDE
Que de chants de victoire !

UNE TROISIÈME
Cessons de nous troubler : notre Dieu, quelque jour,
Dévoilera ce grand mystère.

TOUTES TROIS
Révérons sa colère ;
Espérons en son amour.

UNE AUTRE
D'un cœur qui t'aime,
Mon Dieu, qui peut troubler la paix ?
Il cherche en tout ta volonté suprême,
Et ne se cherche jamais.
Sur la terre, dans le ciel même,
Est-il d'autre bonheur que la tranquille paix
D'un cœur qui t'aime ?

ACTE QUATRIÈME

SCÈNE I. — JOAS, JOSABETH, ZACHARIE, SALOMITH, un Lévite, le Chœur

SALOMITH

D'un pas majestueux, à côté de ma mère,
Le jeune Éliacin s'avance avec mon frère,
Dans ces voiles, mes sœurs, que portent-ils tous deux ?
Quel est ce glaive enfin qui marche devant eux ?

JOSABETH, *à Zacharie.*

Mon fils, avec respect posez sur cette table
De notre sainte loi le livre redoutable.
Et vous aussi, posez, aimable Éliacin,
Cet auguste bandeau près du livre divin.
Lévite, il faut placer, Joad ainsi l'ordonne,
Le glaive de David auprès de sa couronne.

JOAS

Princesse, quel est donc ce spectacle nouveau ?
Pourquoi ce livre saint, ce glaive, ce bandeau ?
Depuis que le Seigneur m'a reçu dans son temple,
D'un semblable appareil je n'ai point vu d'exemple.

JOSABETH

Tous vos doutes, mon fils, bientôt s'éclairciront.

JOAS

Vous voulez essayer ce bandeau sur mon front ?
Ah ! princesse, gardez d'en profaner la gloire :
Du roi qui l'a porté respectez la mémoire.
Un malheureux enfant aux ours abandonné...

JOSABETH, *lui essayant le diadème.*
Laissez, mon fils : je fais ce qui m'est ordonné.

JOAS

Mais j'entends les sanglots sortir de votre bouche !
Princesse, vous pleurez ! Quelle pitié vous touche ?
Est-ce qu'en holocauste aujourd'hui présenté,
Je dois, comme autrefois la fille de Jephté,
Du Seigneur, par ma mort apaiser la colère ?
Hélas ! un fils n'a rien qui ne soit à son père.

JOSABETH

Voici qui vous dira les volontés des cieux.
Ne craignez rien. Et nous, sortons tous de ces lieux.

SCÈNE II. — JOAS, JOAD

JOAS, *courant dans les bras du grand-prêtre.*
Mon père !

JOAD

Hé bien, mon fils ?

JOAS

Qu'est-ce donc qu'on prépare ?

JOAD

Il est juste, mon fils, que je vous le déclare.
Il faut que vous soyez instruit, même avant tous,
Des grands desseins de Dieu sur son peuple et sur vous.
Armez-vous d'un courage et d'une foi nouvelle :
Il est temps de montrer cette ardeur et ce zèle
Qu'au fond de votre cœur mes soins ont cultivés,
Et de payer à Dieu ce que vous lui devez.
Sentez-vous cette noble et généreuse envie ?

JOAS

Je me sens prêt, s'il veut, de lui donner ma vie.

JOAD

On vous a lu souvent l'histoire de nos rois :

« Mon père, en quel état vous vois je devant moi? »

(ATHALIE, acte IV, scène II)

Vous souvient-il, mon fils, quelles étroites lois
Doit s'imposer un roi digne du diadème ?

JOAS

Un roi sage, ainsi Dieu l'a prononcé lui-même,
Sur la richesse et l'or ne met point son appui,
Craint le Seigneur son Dieu ; sans cesse a devant lui
Ses préceptes, ses lois, ses jugements sévères,
Et d'injustes fardeaux n'accable point ses frères.

JOAD

Mais sur l'un de ces rois s'il falloit vous régler,
A qui choisiriez-vous, mon fils, de ressembler ?

JOAS

David, pour le Seigneur plein d'un amour fidèle,
Me paraît des grands rois le plus parfait modèle.

JOAD

Ainsi dans leurs excès vous n'imiteriez pas
L'infidèle Joram, l'impie Ochozias ?

JOAS

O mon père !

JOAD

Achevez, dites : que vous en semble ?

JOAS

Puisse périr comme eux quiconque leur ressemble !
(Joad se prosterne à ses pieds.)
Mon père, en quel état vous vois-je devant moi ?

JOAD

Je vous rends le respect que je dois à mon roi.
De votre aïeul David, Joas, rendez-vous digne.

JOAS

Joas ? Moi ?

JOAD, *se relevant.*

Vous saurez par quelle grâce insigne
D'une mère en fureur Dieu trompant le dessein,
Quand déjà son poignard étoit dans votre sein,

Vous choisit, vous sauva du milieu du carnage.
Vous n'êtes pas encore échappé de sa rage :
Avec la même ardeur qu'elle voulut jadis
Perdre en vous le dernier des enfants de son fils,
A vous faire périr sa cruauté s'attache,
Et vous poursuit encor sous le nom qui vous cache.
Mais sous vos étendards j'ai déjà su ranger
Un peuple obéissant et prompt à vous venger.
Entrez, généreux chefs des familles sacrées,
Du ministère saint tour à tour honorées.

SCÈNE III. — JOAS, JOAD, AZARIAS, ISMAEL, et les
TROIS AUTRES CHEFS DES LÉVITES

JOAD *continue*

Roi, voilà vos vengeurs contre vos ennemis.
Prêtres, voilà le roi que je vous ai promis.

AZARIAS

Quoi ! c'est Éliacin ?

ISMAEL

Quoi ! cet enfant aimable...

JOAD

Est des rois de Juda l'héritier véritable,
Dernier né des enfants du triste Ochozias,
Nourri, vous le savez, sous le nom de Joas.
De cette fleur si tendre et sitôt moissonnée
Tout Juda, comme vous, plaignant la destinée,
Avec ses frères morts le crut enveloppé.
Du perfide couteau comme eux il fut frappé ;
Mais Dieu d'un coup mortel sut détourner l'atteinte,
Conserva dans son cœur la chaleur presque éteinte,
Permit que, des bourreaux trompant l'œil vigilant,
Josabeth dans son sein l'emportât tout sanglant,
Et, n'ayant de son vol que moi seul pour complice,
Dans le temple cachât l'enfant et la nourrice.

JOAS

Hélas ! de tant d'amour et de tant de bienfaits,
Mon père, quel moyen de m'acquitter jamais ?

JOAD

Gardez pour d'autres temps cette reconnoissance.
Voilà donc votre roi, votre unique espérance.
J'ai pris soin jusqu'ici de vous le conserver :
Ministres du Seigneur, c'est à vous d'achever.
Bientôt de Jézabel la fille meurtrière,
Instruite que Joas voit encor la lumière,
Dans l'horreur du tombeau viendra le replonger !
Déjà, sans le connaître, elle veut l'égorger :
Prêtres saints, c'est à vous de prévenir sa rage ;
Il faut finir des Juifs le honteux esclavage,
Venger vos princes morts, relever votre loi,
Et faire aux deux tribus reconnoître leur roi.
L'entreprise sans doute, est grande et périlleuse :
J'attaque sur son trône une reine orgueilleuse,
Qui voit sous ses drapeaux marcher un camp nombreux
De hardis étrangers, d'infidèles Hébreux ;
Mais ma force est au Dieu dont l'intérêt me guide.
Songez qu'en cet enfant tout Israël réside.
Déjà ce Dieu vengeur commence à la troubler.
Déjà, trompant ses soins, j'ai su vous rassembler.
Elle nous croit ici sans armes, sans défense.
Couronnons, proclamons Joas en diligence :
De là, du nouveau prince intrépides soldats,
Marchons, en invoquant l'arbitre des combats,
Et, réveillant la foi dans les cœurs endormie,
Jusque dans son palais cherchons notre ennemie.
Et quels cœurs si plongés dans un lâche sommeil,
Nous voyant avancer dans ce saint appareil,
Ne s'empresseront pas à suivre notre exemple ?
Un roi, que Dieu lui-même a nourri dans son temple,
Le successeur d'Araron de ses prêtres suivi,
Conduisant au combat les enfants de Lévi,

Et, dans ces mêmes mains, des peuples révérées,
Les armes au Seigneur par David consacrées !
Dieu sur ses ennemis répandra sa terreur.
Dans l'infidèle sang baignez-vous sans horreur ;
Frappez et Tyriens, et même Israélites.
Ne descendez-vous pas de ces fameux lévites
Qui, lorsqu'au Dieu du Nil le volage Israël
Rendit dans le désert un culte criminel,
De leurs plus chers parents saintement homicides,
Consacrèrent leurs mains dans le sang des perfides,
Et par ce noble exploit vous acquirent l'honneur
D'être seuls employés aux autels du Seigneur ?
Mais je vois que déjà vous brûlez de me suivre.
Jurez donc, avant tout, sur cet auguste livre,
A ce roi que le ciel vous redonne aujourd'hui,
De vivre, de combattre, et de mourir pour lui.

AZARIAS

Oui, nous jurons ici pour nous, pour tous nos frères,
De rétablir Joas au trône de ses pères,
De ne poser le fer entre nos mains remis,
Qu'après l'avoir vengé de tous ses ennemis.
Si quelque transgresseur enfreint cette promesse,
Qu'il éprouve, grand Dieu, ta fureur vengeresse ;
Qu'avec lui ses enfants, de ton partage exclus,
Soient au rang de ces morts que tu ne connois plus !

JOAD

Et vous, à cette loi, votre règle éternelle,
Roi, ne jurez-vous pas d'être toujours fidèle ?

JOAS

Pourrois-je à cette loi ne pas me conformer ?

JOAD

O mon fils ! de ce nom j'ose encor vous nommer,
Souffrez cette tendresse, et pardonnez aux larmes
Que m'arrachent pour vous de trop justes alarmes.
Loin du trône nourri, de ce fatal honneur,

Hélas ! vous ignorez le charme empoisonneur ;
De l'absolu pouvoir vous ignorez l'ivresse,
Et des lâches flatteurs la voix enchanteresse.
Bientôt ils vous diront que les plus saintes lois,
Maîtresses du vil peuple, obéissent aux rois ;
Qu'un roi n'a d'autre frein que sa volonté même ;
Qu'il doit immoler tout à sa grandeur suprême ;
Qu'aux larmes, au travail le peuple est condamné,
Et d'un sceptre de fer veut être gouverné ;
Que, s'il n'est opprimé, tôt ou tard il opprime :
Ainsi de piège en piège, et d'abîme en abîme,
Corrompant de vos mœurs l'aimable pureté,
Ils vous feront enfin haïr la vérité,
Vous peindront la vertu sous une affreuse image.
Hélas ! ils ont des rois égaré le plus sage.
Promettez sur ce livre, et devant ces témoins,
Que Dieu fera toujours le premier de vos soins ;
Que sévère aux méchants, et des bons le refuge,
Entre le pauvre et vous vous prendrez Dieu pour juge,
Vous souvenant, mon fils, que, caché sous ce lin,
Comme eux vous fûtes pauvre, et comme eux orphelin.

JOAS

Je promets d'observer ce que la loi m'ordonne.
Mon Dieu, punissez-moi, si je vous abandonne.

JOAD

Venez : de l'huile sainte il faut vous consacrer.
Paraissez, Josabeth : vous pouvez vous montrer !

SCÈNE IV. — JOAS, JOAD, JOSABETH, ZACHARIE, SALOMITH, AZARIAS, ISMAEL, LES TROIS AUTRES CHEFS DES LÉVITES, LE CHŒUR

JOSABETH, embrassant Joas.

O roi, fils de David !

JOAS

O mon unique mère !
Venez, cher Zacharie, embrasser votre frère.

JOSABETH, *à Zacharie.*

Aux pieds de votre roi prosternez-vous, mon fils.
                    (Zacharie se jette aux pieds de Joas.)

JOAD, *pendant qu'ils s'embrassent.*

Enfants, ainsi toujours puissiez-vous être unis !

JOSABETH, *à Joas.*

Vous savez donc quel sang vous a donné la vie ?

JOAS

Et je sais quelle main sans vous me l'eût ravie.

JOSABETH

De votre nom, Joas, je puis donc vous nommer.

JOAS

Joas ne cessera jamais de vous aimer.

LE CHŒUR

Quoi ! c'est là...

JOSABETH

C'est Joas.

JOAD

Écoutons ce lévite.

SCÈNE V. — JOAS, JOAD, JOSABETH, ZACHARIE,
SALOMITH, AZARIAS, ISMAEL, LES TROIS AUTRES
CHEFS DES LÉVITES, UN LÉVITE, LE CHŒUR

UN LÉVITE

J'ignore contre Dieu quel projet on médite ;
Mais l'airain menaçant frémit de toutes parts ;
On voit luire des feux parmi des étendards,
Et sans doute Athalie assemble son armée :
Déjà même au secours toute voie est fermée ;
Déjà le sacré mont où le temple est bâti

D'insolents Tyriens est partout investi ;
L'un d'eux, en blasphémant, vient de nous faire entendre
Qu'Abner est dans les fers, et ne peut nous défendre.

JOSABETH, à Joas.

Cher enfant, que le ciel en vain m'avoit rendu,
Hélas ! pour vous sauver j'ai fait ce que j'ai pu :
Dieu ne se souvient plus de David votre père !

JOAD, à Josabeth.

Quoi ! vous ne craignez pas d'attirer sa colère
Sur vous et sur ce roi si cher à votre amour ?
Et quand Dieu, de vos bras l'arrachant sans retour,
Voudroit que de David la maison fût éteinte,
N'êtes-vous pas ici sur la montagne sainte
Où le père des Juifs sur son fils innocent
Leva sans murmurer un bras obéissant,
Et mit sur un bûcher ce fruit de sa vieillesse,
Laissant à Dieu le soin d'accomplir sa promesse,
Et lui sacrifiant, avec ce fils aîné,
Tout l'espoir de sa race, en lui seul renfermé ?
Amis, partageons-nous : qu'Ismael en sa garde
Prenne tout le côté que l'orient regarde ,
Vous, le côté de l'ourse ; et vous, de l'occident ;
Vous, le midi. Qu'aucun, par un zèle imprudent,
Découvrant mes desseins, soit prêtre, soit lévite,
Ne sorte avant le temps, et ne se précipite ;
Et que chacun enfin, d'un même esprit poussé,
Garde en mourant le poste où je l'aurai placé.
L'ennemi nous regarde, en son aveugle rage,
Comme de vils troupeaux réservés au carnage,
Et croit ne rencontrer que désordre et qu'effroi.
Qu'Azarias partout accompagne le roi.
     (A Joas.)
Venez, cher rejeton d'une vaillante race,
Remplir vos défenseurs d'une nouvelle audace ;
Venez du diadème à leurs yeux vous couvrir,
Et périssez du moins en roi, s'il faut périr.

Suivez-le, Josabeth.
(A un lévite.)
Vous, donnez-moi ces armes.
(Au chœur.)
Enfants, offrez à Dieu vos innocentes larmes.

SCÈNE VI. — SALOMITH, le Chœur

TOUT LE CHŒUR *chante.*
Partez, enfants d'Aaron, partez :
Jamais plus illustre querelle
De vos aïeux n'arma le zèle ;
Partez, enfants d'Aaron, partez :
C'est votre roi, c'est Dieu pour qui vous combattez.

UNE VOIX, *seule.*
Où sont les traits que tu lances,
Grand Dieu, dans ton juste courroux ?
N'es-tu plus le Dieu jaloux ?
N'es-tu plus le Dieu des vengeances ?

UNE AUTRE
Où sont, Dieu de Jacob, tes antiques bontés ?
Dans l'horreur qui nous environne,
N'entends-tu que la voix de nos iniquités ?
N'es-tu plus le Dieu qui pardonne ?

TOUT LE CHŒUR
Où sont, Dieu de Jacob, tes antiques bontés ?

UNE VOIX, *seule.*
C'est à toi que dans cette guerre
Les flèches des méchants prétendent s'adresser.
« Faisons, disent-ils, cesser
« Les fêtes de Dieu sur la terre ;
« De son joug importun délivrons les mortels :
« Massacrons tous ses saints ; renversons ses autels ;
« Que de son nom, que de sa gloire
« Il ne reste plus de mémoire ;
« Que ni lui ni son Christ ne règnent plus sur nous. »

TOUT LE CHŒUR

Où sont les traits que tu lances,
Grand Dieu, dans ton juste courroux ?
N'es-tu plus le Dieu jaloux ?
N'es-tu plus le Dieu des vengeances ?

UNE VOIX, *seule*.

Triste reste de nos rois,
Chère et dernière fleur d'une tige si belle,
Hélas ! sous le couteau d'une mère cruelle
Te verrons-nous tomber une seconde fois.
Prince aimable, dis-nous si quelque ange, au berceau,
Contre tes assassins prit soin de te défendre ;
Ou si dans la nuit du tombeau
La voix du Dieu vivant a ranimé ta cendre ?

UNE AUTRE

D'un père et d'un aïeul contre toi révoltés,
Grand Dieu, les attentats lui sont-ils imputés ?
Est-ce que sans retour ta pitié l'abandonne ?

LE CHŒUR

Où sont, Dieu de Jacob, tes antiques bontés ?
N'es-tu plus le Dieu qui pardonne ?

UNE DES FILLES DU CHŒUR, *sans chanter*.

Chères sœurs, n'entendez-vous pas
Des cruels Tyriens la trompette qui sonne ?

SALOMITH

J'entends même les cris des barbares soldats
Et d'horreur j'en frissonne.
Courons, fuyons, retirons-nous
A l'ombre salutaire
Du redoutable sanctuaire.

ACTE CINQUIÈME

SCÈNE I. — ZACHARIE, SALOMITH, le Chœur

SALOMITH

Cher Zacharie, hé bien ! que nous apprenez-vous ?

ZACHARIE

Redoublez au Seigneur votre ardente prière :
Peut-être nous touchons à notre heure dernière ;
Pour l'horrible combat, ma sœur, l'ordre est donné.

SALOMITH

Que fait Joas ?

ZACHARIE

           Joas vient d'être couronné :
Le grand-prêtre a sur lui répandu l'huile sainte.
O ciel ! dans tous les yeux quelle joie étoit peinte
A l'aspect de ce roi racheté du tombeau !
Ma sœur, on voit encor la marque du couteau :
On voit paroître aussi la fidèle nourrice,
Qui, cachée en un coin de ce vaste édifice,
Gardoit ce cher dépôt, et n'avoit de ses soins
Que les yeux de ma mère et que Dieu pour témoins.
Nos lévites pleuroient de joie et de tendresse,
Et mêloient leurs sanglots à leurs cris d'allégresse.
Lui, parmi ces transports, affable et sans orgueil,
A l'un tendoit la main, flattoit l'autre de l'œil,
Juroit de se régler par leurs avis sincères,
Et les appeloit tous ses pères ou ses frères.

SALOMITH

Ce secret au dehors est-il aussi semé ?

ZACHARIE

Ce secret dans le temple est encor renfermé.
Des enfants de Lévi la troupe partagée
Dans un profond silence aux portes s'est rangée.
Tous doivent à la fois précipiter leurs pas,
Et crier pour signal : Vive le roi Joas !
Mais mon père défend que le roi se hasarde,
Et veut qu'Azarias demeure pour sa garde.
Cependant Athalie, un poignard à la main,
Rit des foibles remparts de nos portes d'airain.
Pour les rompre, elle attend les fatales machines,
Et ne respire enfin que sang et que ruines.
Quelques prêtres, ma sœur, ont d'abord proposé
Qu'en un lieu souterrain, par nos pères creusé,
On renfermât du moins notre arche précieuse.
« O crainte, a dit mon père, indigne, injurieuse !
« L'arche qui fit tomber tant de superbes tours,
« Et força le Jourdain de rebrousser son cours,
« Des dieux des nations tant de fois triomphante,
« Fuiroit donc à l'aspect d'une femme insolente ! »
Ma mère, auprès du roi, dans un trouble mortel,
L'œil tantôt sur ce prince et tantôt vers l'autel,
Muette, et succombant sous le poids des alarmes,
Aux yeux les plus cruels arracheroit des larmes,
Le roi de temps en temps la presse entre ses bras,
La flatte... Chères sœurs, suivez toutes mes pas ;
Et, s'il faut aujourd'hui que notre roi périsse,
Allons, qu'un même sort avec lui nous unisse.

SALOMITH

Quelle insolente main frappe à coups redoublés ?
Qui fait courir ainsi ces lévites troublés ?
Quelle précaution leur fait cacher leurs armes ?
Le temple est-il forcé ?

ZACHARIE
Dissipez vos alarmes ;
Dieu nous envoie Abner.

SCÈNE II. — JOAD, JOSABETH, ZACHARIE, SALO-
    MITH, ABNER, ISMAEL, deux Lévites, le Chœur.

JOAD
En croirai-je mes yeux,
Cher Abner ? Quel chemin a pu jusqu'en ces lieux
Vous conduire au travers d'un camp qui nous assiège ?
On disoit que d'Achab la fille sacrilège
Avoit, pour assurer ses projets inhumains,
Chargé d'indignes fers vos généreuses mains.

ABNER
Oui, Seigneur, elle a craint mon zèle et mon courage ;
Mais c'est le moindre prix que me gardoit sa rage.
Dans l'horreur d'un cachot, par son ordre enfermé,
J'attendois que, le temple en cendre consumé,
De tant de flots de sang non encore assouvie,
Elle vînt m'affranchir d'une importune vie,
Et retrancher des jours qu'auroit dû mille fois
Terminer la douleur de survivre à mes rois.

JOAD
Par quel miracle a-t-on obtenu votre grâce ?

ABNER
Dieu dans ce cœur cruel sait seul ce qui se passe.
Elle m'a fait venir ; et d'un air égaré :
« Tu vois de mes soldats tout ce temple entouré,
« Dit-elle ; un fer vengeur va le réduire en cendre,
« Et ton Dieu contre moi ne le sauroit défendre.
« Ses prêtres toutefois, mais il faut se hâter,
« A deux conditions peuvent se racheter :
« Qu'avec Éliacin on mette en ma puissance
« Un trésor dont je sais qu'ils ont la connoissance,
« Par votre roi David autrefois amassé,

« Sous le sceau du secret au grand-prêtre laissé.
« Va, dis-leur qu'à ce prix je leur permets de vivre ».

JOAD

Quel conseil, cher Abner, croyez-vous qu'on doit suivre ?

ABNER

Et tout l'or de David, s'il est vrai qu'en effet
Vous gardiez de David quelque trésor secret ;
Et tout ce que des mains de cette reine avare
Vous avez pu sauver et de riche et de rare,
Donnez-le. Voulez-vous que d'impurs assassins
Viennent briser l'autel, brûler les chérubins,
Et, portant sur notre arche une main téméraire,
De votre propre sang souiller le sanctuaire ?

JOAD

Mais siéroit-il, Abner, à des cœurs généreux
De livrer au supplice un enfant malheureux,
Un enfant que Dieu même à ma garde confie,
Et de nous racheter aux dépens de sa vie ?

ABNER

Hélas ! Dieu voit mon cœur. Plût à ce Dieu puissant
Qu'Athalie oubliât un enfant innocent,
Et que du sang d'Abner sa cruauté contente
Crût calmer par ma mort le ciel, qui la tourmente !
Mais que peuvent pour lui vos inutiles soins ?
Quand vous périrez tous, en périra-t-il moins ?
Dieu vous ordonne-t-il de tenter l'impossible ?
Pour obéir aux lois d'un tyran inflexible,
Moïse, par sa mère au Nil abandonné,
Se vit, presque en naissant, à périr condamné ;
Mais Dieu, le conservant contre toute espérance,
Fit par le tyran même élever son enfance.
Qui sait ce qu'il réserve à votre Éliacin ;
Et si, lui préparant un semblable destin,
Il n'a point de pitié déjà rendu capable
De nos malheureux rois l'homicide implacable ?

Du moins, et Josabeth comme moi l'a pu voir,
Tantôt à son aspect je l'ai vu s'émouvoir ;
J'ai vu de son courroux tomber la violence.
Princesse, en ce péril vous gardez le silence !
Hé quoi ! pour un enfant qui vous est étranger
Souffrez-vous que sans fruit Joad laisse égorger
Vous, son fils, tout ce peuple, et que le feu dévore
Le seul lieu sur la terre où Dieu veut qu'on l'adore ?
Que feriez-vous de plus, si des rois vos aïeux
Ce jeune enfant étoit un reste précieux ?

JOSABETH, *tout bas à Joad.*
Pour le sang de ses rois vous voyez sa tendresse :
Que ne lui parlez-vous ?

JOAD
Il n'est pas temps, princesse.

ABNER
Le temps est cher, seigneur, plus que vous ne pensez.
Tandis qu'à me répondre ici vous balancez,
Mathan, près d'Athalie, étincelant de rage,
Demande le signal et presse le carnage.
Faut-il que je me mette à vos sacrés genoux ?
Au nom du lieu si saint qui n'est ouvert qu'à vous,
Lieu terrible où de Dieu la majesté repose,
Quelque dure que soit la loi qu'on vous impose,
De ce coup imprévu songeons à nous parer.
Donnez-moi seulement le temps de respirer.
Demain, dès cette nuit, je prendrai des mesures
Pour assurer le temple et venger ses injures.
Mais je vois que mes pleurs et que mes vains discours
Pour vous persuader sont un foible secours ;
Votre austère vertu n'en peut être frappée :
Hé bien ! trouvez-moi donc quelque arme, quelque épée,
Et qu'aux portes du temple, où l'ennemi m'attend,
Abner puisse du moins mourir en combattant.

JOAD
Je me rends. Vous m'ouvriez un avis que j'embrasse :

De tant de maux, Abner, détournons la menace.
Il est vrai, de David un trésor est resté :
La garde en fut commise à ma fidélité ;
C'étoit des tristes Juifs l'espérance dernière,
Que mes soins vigilants cachoient à la lumière.
Mais puisqu'à votre reine il le faut découvrir,
Je vais la contenter, nos portes vont s'ouvrir,
De ses plus braves chefs qu'elle entre accompagnée ;
Mais de nos saints autels qu'elle tienne éloignée
D'un ramas d'étrangers l'indiscrète fureur :
Du pillage du temple épargnez-moi l'horreur.
Des prêtres, des enfants lui feroient-ils quelque ombre ?
De sa suite avec vous qu'elle règle le nombre.
Et quart à cet enfant si craint, si redouté,
De votre cœur, Abner, je connois l'équité,
Je vous veux devant elle expliquer sa naissance.
Vous verrez s'il le faut remettre en sa puissance ;
Et je vous ferai juge entre Athalie et lui.

ABNER
Ah ! je le prends déjà, seigneur, sous mon appui.
Ne craignez rien. Je cours vers celle qui m'envoie.

SCÈNE III. — JOAD, JOSABETH, ZACHARIE, SALO-MITH, ISMAEL, DEUX LÉVITES, LE CHŒUR

JOAD
Grand Dieu ! voici ton heure, on t'amène ta proie !
Ismaël, écoutez.
(Il lui parle à l'oreille.)

JOSABETH
Puissant maître des cieux,
Remets-lui le bandeau dont tu couvrois ses yeux,
Lorsque, lui dérobant tout le fruit de son crime,
Tu cachas dans mon sein cette tendre victime.

JOAD
Allez, sage Ismaël, ne perdez point de temps ;

Suivez de point en point ces ordres importants ;
Surtout qu'à son entrée, et que sur son passage
Tout d'un calme profond lui présente l'image.
Vous, enfants, préparez un trône pour Joas ;
Qu'il s'avance suivi de nos sacrés soldats.
Faites venir aussi sa fidèle nourrice,
Princesse, et de vos pleurs que la source tarisse.

    (A un lévite.)

Vous, dès que cette reine, ivre d'un fol orgueil,
De la porte du temple aura passé le seuil,
Qu'elle ne pourra plus retourner en arrière,
Prenez soin qu'à l'instant la trompette guerrière
Dans le camp ennemi jette un subit effroi :
Appelez tout le peuple au secours de son roi ;
Et faites retentir jusques à son oreille
De Joas conservé l'étonnante merveille.
Il vient.

SCÈNE VI. — JOAD, JOSABETH, ZACHARIE, SALO-MITH, JOAS, AZARIAS, TROUPE DE PRÊTRES ET DE LÉVITES, LE CHŒUR

    JOAD *continue.*

Lévites saints, prêtres de notre Dieu,
Partout sans vous montrer environnez ce lieu ;
Et, laissant à mes soins gouverner votre zèle,
Pour paroître attendez que ma voix vous appelle.

    (Ils se cachent tous.)

Roi, je crois qu'à vos vœux cet espoir est permis,
Venez voir à vos pieds tomber vos ennemis.
Celle dont la fureur poursuivit votre enfance
Vers ces lieux à grands pas pour vous perdre s'avance.
Mais ne la craignez point : songez qu'autour de vous
L'ange exterminateur est debout avec nous.
Montez sur votre trône, et... Mais la porte s'ouvre :

Permettez un moment que ce voile vous couvre.

(Il tire un rideau.)

Vous changez de couleur, princesse !

JOSABETH

Ah ! sans pâlir,
Puis-je voir d'assassins le temple se remplir ?
Quoi ! ne voyez-vous pas quelle nombreuse escorte...

JOAD

Je vois que du saint temple on referme la porte :
Tout est en sûreté.

SCÈNE V. — JOAS, ATHALIE, JOAD, JOSABETH,
ABNER, suite d'Athalie

(Joas est caché derrière le rideau.)

ATHALIE, *à Joad.*

Te voilà séducteur,
De ligues, de complots, pernicieux auteur,
Qui dans le trouble seul as mis tes espérances,
Éternel ennemi des suprêmes puissances !
En l'appui de ton Dieu tu t'étois reposé :
De ton espoir frivole es-tu désabusé ?
Il laisse en mon pouvoir et ton temple et ta vie.
Je devrois sur l'autel où ta main sacrifie
Te... Mais du prix qu'on m'offre il faut me contenter.
Ce que tu m'as promis, songe à l'exécuter :
Cet enfant, ce trésor qu'il faut qu'on me remette,
Où sont-ils ?

JOAD

Sur-le-champ tu seras satisfaite :
Je te les vais montrer l'un et l'autre à la fois.

*(Le rideau se tire. On voit Joas sur son trône ; sa nourrice est
à genoux à sa droite ; Azarias, l'épée à la main, est debout à
sa gauche ; et près de lui Zacharie et Salomith sont à genoux*

sur les degrés du trône ; plusieurs lévites, l'épée à la main,
sont rangés sur les côtés.)

Paroissez, cher enfant, digne sang de nos rois.
Connois-tu l'héritier du plus saint des monarques,
Reine ? De ton poignard connois du moins ces marques.
Voilà ton roi, ton fils, le fils d'Ochozias.
Peuples, et vous, Abner, reconnoissez Joas.

ABNER

Ciel !

ATHALIE, *à Joad.*

Perfide !

JOAD

Vois-tu cette Juive fidèle
Dont tu sais bien qu'alors il suçoit la mamelle ?
Il fut par Josabeth à ta rage enlevé :
Ce temple le reçut, et Dieu l'a conservé.
Des trésors de David voilà ce qui me reste.

ATHALIE

Ta fourbe à cet enfant, traître, sera funeste.
D'un fantôme odieux, soldats, délivrez-moi.

JOAD

Soldats du Dieu vivant, défendez votre roi.
(Le fond du théâtre s'ouvre : on voit le dedans du temple ; et
les lévites armés entrent de tous côtés sur la scène.)

ATHALIE

Où suis-je ? O trahison ! ô reine infortunée !
D'armes et d'ennemis je suis environnée !

JOAD

Tes yeux cherchent en vain, tu ne peux échapper,
Et Dieu de toutes parts a su t'envelopper.
Ce Dieu que tu bravois en nos mains t'a livrée :
Rends-lui compte du sang dont tu t'es enivrée.

ATHALIE

Quoi ! la peur a glacé mes indignes soldats !
Lâche Abner, dans quel piège as-tu conduit mes pas ?

ABNER

Reine, Dieu m'est témoin...

ATHALIE

                    Laisse-là ton Dieu, traître !
Et venge-moi.

ABNER, *se jetant aux pieds de Joas.*
          Sur qui ? Sur Joas ! sur mon maître !

ATHALIE

Lui Joas ! lui ton roi ! Songez, méchants, songez
Que mes armes encor vous tiennent assiégés.
J'entends à haute voix tout mon camp qui m'appelle.
On vient à mon secours : tremblez, troupe rebelle !

SCÈNE VI. — JOAS, ATHALIE, JOAD, ISMAEL, ET
TOUS LES ACTEURS DE LA SCÈNE PRÉCÉDENTE

ISMAEL, *à Joad.*
Seigneur, le temple est libre et n'a plus d'ennemis :
L'étranger est en fuite, et le Juif est soumis.
Comme le vent dans l'air dissipe la fumée,
La voix du Tout-Puissant a chassé cette armée.
Nos lévites, du haut de nos sacrés parvis,
D'Ochozias au peuple ont annoncé le fils,
Ont conté son enfance au glaive dérobée,
Et la fille d'Achab dans le piège tombée.
Partout en même temps la trompette a sonné :
Et ses sons et leurs cris dans son camp étonné
Ont répandu le trouble et la terreur subite
Dont Gédéon frappa le fier Madianite.
Les Tyriens, jetant armes et boucliers,
Ont, par divers chemins, disparu les premiers ;
Quelques Juifs éperdus ont aussi pris la fuite ;
Mais, de Dieu sur Joas admirant la conduite,
Le reste à haute voix s'est pour lui déclaré.
Enfin, d'un même esprit tout le peuple inspiré,

Femmes, vieillards, enfants, s'embrassant avec joie,
Bénissent le Seigneur et celui qu'il envoie.
Tous chantent de David le fils ressuscité.
Baal est en horreur dans la sainte cité ;
De son temple profane on a brisé les portes.
Mathan est égorgé ;

ATHALIE

Dieu des Juifs, tu l'emportes !
Oui, c'est Joas ; je cherche en vain à me tromper :
Je reconnois l'endroit où je le fis frapper ;
Je vois d'Ochozias et le port et le geste ;
Tout me retrace enfin un sang que je déteste.
David, David triomphe ; Achab seul est détruit.
Impitoyable Dieu, toi seul as tout conduit !
C'est toi qui, me flattant d'une vengeance aisée,
M'as vingt fois en un jour à moi-même opposée :
Tantôt pour un enfant excitant mes remords,
Tantôt m'éblouissant de tes riches trésors
Que j'ai craint de livrer aux flammes, au pillage.
Qu'il règne donc ce fils, ton soin et ton ouvrage ;
Et que, pour signaler son empire nouveau,
On lui fasse en mon sein enfoncer le couteau !
Voici ce qu'en mourant lui souhaite sa mère :
Que dis-je, souhaiter ! Je me flatte, j'espère
Qu'indocile à ton joug, fatigué de ta loi,
Fidèle au sang d'Achab, qu'il a reçu de moi,
Conforme à son aïeul, à son père semblable,
On verra de David l'héritier détestable
Abolir tes honneurs, profaner ton autel,
Et venger Athalie, Achab et Jézabel.

(Athalie sort, les lévites la suivent.)

JOAD

Qu'à l'instant hors du temple elle soit emmenée,
Et que la sainteté n'en soit pas profanée.
Allez, sacrés vengeurs de vos princes meurtris,
De leur sang par sa mort faire cesser les cris.

Si quelque audacieux embrasse sa querelle,
Qu'à la fureur du glaive on le livre avec elle.

SCÈNE VII. — JOAS, JOAD, JOSABETH, ABNER, et
TOUS LES ACTEURS DE LA SCÈNE PRÉCÉDENTE

JOAS, *descendu de son trône.*

Dieu, qui voyez mon trouble et mon affliction,
Détournez loin de moi sa malédiction,
Et ne souffrez jamais qu'elle soit accomplie :
Faites que Joas meure avant qu'il vous oublie.

JOAD, *aux lévites.*

Appelez tout le peuple, et montrons-lui son roi ;
Qu'il lui vienne en ses mains renouveler sa foi.
Roi, prêtres, peuple, allons, pleins de reconnoissance,
De Jacob avec Dieu confirmer l'alliance,
Et, saintement confus de nos égarements,
Nous rengager à lui par de nouveaux serments.
Abner, auprès du roi reprenez votre place.

SCÈNE VIII. — JOAS, JOAD, UN LÉVITE, ET TOUS LES
ACTEURS DE LA SCÈNE PRÉCÉDENTE

JOAD, *au lévite.*

Hé bien ! de cette impie a-t-on puni l'audace ?

LE LÉVITE

Le fer a de sa vie expié les horreurs.
Jérusalem, longtemps en proie à ses fureurs,
De son joug odieux à la fin soulagée,
Avec joie en son sang la regarde plongée.

JOAD

Par cette fin terrible, et due à ses forfaits,
Apprenez, roi des Juifs, et n'oubliez jamais
Que les rois dans le ciel ont un juge sévère,
L'innocence un vengeur, et l'orphelin un père.

ACHEVÉ D'IMPRIMER
LE 21 DÉCEMBRE 1926
PAR F. PAILLART A
ABBEVILLE (SOMME)